KB272407

괄호
밖은

안녕

괄호 밖은 안녕

이주혜 소설집

문학동네

차례

안개의 기분

목적지에 도착하기도 전에 해가 져버렸다. 렌터카 내비게이션에 입력한 목적지는 구시로 강변의 호텔. 구시로의 명물은 구시로 강변에서 바라보는 석양이래. 은재씨의 이 한마디로 시작된 여행이었는데, 구시로까지 한 시간도 넘게 남았을 때부터 서쪽 하늘은 이미 붉어지기 시작했다. 은재씨는 옆자리에서 그저 눈을 감고 있었지만 나는 은재씨의 마음을 듣고 말았다. (그 맛대가리도 없는 수프 카레를 먹는 게 아니었어. 공항에서 파는 수프 카레가 진짜 수프 카레일 리가 없잖아. 그런 걸 한 시간씩이나 줄 서서 먹는 게 아니었다고.) 공항 식당가에서 점심을 먹은 것은 어쩔 수 없는 선택이었다. 물론 이왕이면 맛있는 걸 먹고 싶은데, 사람들이 몰려가는 가게는 맛있는 가게일 확률이 높으니 대기 줄이 유난히 길어 보였던 수프 카레 집에서 점심을 먹자고 한 건 나였다. 은재씨도 오랜만에 수프 카레를 먹어보겠다며 달뜬 얼굴로 동의했었다. 하지만 수프 카레는 생각보다 맛이 없었고 몇 년 전 삿포로에서 은재씨와 특대 사이즈로 한 그릇씩 맛나게 싹싹 비운 그 수프 카레와 외양이며 맛이며 조금도 비슷하지 않았다. 식당 앞의 긴 대기 줄에 '낚인' 건 실수였지만, 그게 구시로 강변의 석양을 놓친 주요 원인이라는 생각은 들지 않았다. 따져보면 늦은 오전 비행기를 타고 신치토세공항에 도착해 곧바로 렌터카를 찾아 냅다 밟았어도 해가 지기 전까지 구시로 강변에 도착하기에는 무리가 있는 일정이었다. 애초에 비행기 출발 시각이 문제였다. 구시로의 석양을 놓친 것은 기내식도 주지 않으면서 점심 무렵에나 출발하는 저가 항공사를 이용했기 때문이었고 그 항공권을 선택한 것은 은재씨였다. 은재씨는 항공권의 가격이 아니라 오직 출발 시각만 중요한 사람처럼 이른 시간에 출발하는 국적기는 애초에 선택지에서 제외해버렸다. 간간이 내비게이션 안내 음성만 들려올 뿐인 자동차 안에 또 은재씨의 마음의 소리가 들려왔다. (너도 늙어봐. 잠 못 자고 새벽 비행기를 타면 여행의 질이 얼마나 떨어지는지 아니?) 나이가 들수록 아침잠이 없어진다는데, 은재씨는 내가 성인이 되면서부터 이제 기상과 아침밥은 알아서 챙기라고 선언하더니 거의 새벽이 되어서 잠들고 정오가 지나 일어나는 생활을 시작했다. 버들 할머니는 그런 은재씨를 보고 걱정과 비난을 적절히 섞어 끌탕을 하곤 했지만, 나는 은재씨의 야행성 생활이 어디서 시작되었는지 짐작할 수 있었기에 어떤 말도 꺼내지 못했다.

은재씨는 늘 잠이 모자란 사람이었다. 어린 시절을 떠올려보면 나는 언제나 은재씨가 깨워서 일어났다. 은재씨가 챙겨준 아침을 먹고 유치원이나 학교에 갔으며, 집에 돌아오면 은재씨와 함께 놀다가 저녁을 먹고 은재씨의 도움으로 몸을 씻은 뒤 은재씨가 책 읽어주는 소리를 들으며 잠들었다. 은재씨가 나를 돌보는 모든 노동을 마치고 나면 그때부터 생계를 위한 또다른 노동을 시작한다는 것을 제대로 지각하게 된 것은 중학교에 다니면서부터였다. 나를 낳기 전 은재씨는 대형 출판사의 편집자였다는데, 내가 태어난 후로는 집에서 나를 돌보며 일도 할 수 있겠다는 생각으로 외주 편집 일과 번역 일을 시작했다고 들었다. 간혹 목이 마르거나 오줌이 마려워 한밤중에 깨어 거실에 나가보면 은재씨의 작은 방에서 흘러나오는 토독 토도독 키보드 두드리는 소리가 어둡고 서늘한 공기 속에 떠다녔는데, 그때의 나는 잠결이라 몽롱했는지 처음부터 생각이 모자랐는지 은재씨가 밤잠과 바꾸어야 했을 노동의 고독함과 고됨에 대해서는 조금도 짐작하지 못했다. 누구도 따져 묻지 않았는데 혼자서 구시로의 석양을 놓친 원인을 이리

저리 따지다보니 잠과 관련한 은재씨와의 에피소드가 떠올랐
다. 유치원에 다닐 무렵이었을 것이다. 어두운색 나무로 마감
해 늘 서늘하고 침침했던 버들세탁소 안집 거실에 인색하나마
햇빛이 사선으로 드러누웠던 오후였다. 당시 나는 레고 자동
차를 조립하는 일과 파워레인저 역할놀이에 푹 빠져 있었기에
은재씨 옆에서 레고를 만지작거리다가 파워레인저가 되어 악
당인 은재씨를 물리치다가 하며 놀았다. 그날도 파워레인저
블랙쫌이 되어 은재씨를 향해 슈퍼빔, 울트라파 등을 쏘고 날
렸을 텐데, 내 공격을 요리조리 피하던 은재씨가 "윽, 정통으
로 맞았군. 나는 죽는다" 하더니 거실 한가운데 픽 쓰러졌다.
예상 가능한 시나리오였기 때문에 나는 허리춤에 손을 올리며
"음홧홧홧. 내가 이겼다!" 우쭐거리곤 다음 놀이를 재촉하러
은재씨에게 갔다. 반듯하게 누운 은재씨 얼굴 위로 길쭉한 모
양의 햇빛이 흔들리고 있었다. 그 표정이 모처럼 편안해 보여
흔들어 깨우려고 뻗었던 내 손이 절로 멈칫했다. 나는 은재씨
를 잠시 놓아주기로 했다. 무엇으로부터 놓아주어야겠다고 생
각했는지는 모르지만 여섯 살의 나는 정말로 은재씨를 '놓아'
주어야겠다고 생각했다. 나는 한동안 얼굴에 햇빛조각을 드리
운 채 편안한 표정으로 눈을 감고 있는 은재씨를 물끄러미 보
고만 있었다. 몇 분이나 흘렀을까. 꽤 기다렸다고 생각했는데
은재씨가 눈을 뜨지 않자 더럭 겁이 났다. 은재씨가 정말로 죽

어버렸을까봐. 어디론가 가버리고 돌아오지 않을까봐. 나는 몸을 흔들어 깨울 생각은 하지 못하고 그 자리에 주저앉아 울음을 터뜨렸다. 울음소리가 커지자 은재씨가 반짝 눈을 떠 잠시 어리둥절한 표정으로 나를 보았다. 그러곤 살짝 짓궂은 표정으로 씩 웃으며 말했다. 아, 죽은 척하느라 힘들었어. 은재씨는 그 순간의 부재가 나를 골려주려던 장난이었던 양 말했지만, 사실 늘 잠이 부족하고 피로했던 은재씨는 까무룩 잠이 들었던 게 아닐까. 아니, 나의 울트라파 공격을 받고 정말로 잠시 죽었던 건 아닐까? 아니아니, 다 버리고만 싶어 감쪽같이 사라지려다가 내 울음소리를 듣고 마지못해 돌아왔던 건 아닐까? 그때부터 이십 년도 더 흘렀지만 지금 은재씨는 조수석에 몸만 앉혀둔 채 어디론가 훌쩍 떠나버린 사람처럼 눈을 감고 있고 나는 그 무수한 시간 동안 한 뼘도 자라지 못한 사람처럼 스멀스멀 차오르는 울음을 지그시 누르고 있었다.

시市 경계선을 넘은 지 조금 되었지만, 도로 양옆에 인가는 보이지 않았다. 지나가는 차도 거의 없었다. 가로등 간격도 넓어서 앞이 잘 보이지 않았다. 석양이 명물이라는 구시로는 안개가 잘 끼는 것으로도 유명하다는 안내문이 이제야 떠올랐다. 운전중 시야 확보가 어려운 건 이른 어둠 때문만이 아니라 존재하는 줄도 모르게 음험이 다가온 안개 때문일지도 몰랐다. 순간 야생동물의 로드킬을 조심하라 당부했던 렌터카 업체 직원의 말이 떠오르며 반사적으로 상향등을 켰다. 눈앞에 환한 빛의 그물이 던져졌고 그 한가운데 거짓말처럼 커다란 사슴 한 마리가 나타났다. 화들짝 놀라 급히 브레이크를 밟자 은재씨의 몸이 앞으로 크게 쏠렸다. 낯선 곳에서의 밤 운전이 라 천천히 가고 있었던 게 다행이었다. 자동차는 사슴의 몸 바로 앞에 멈춰 섰다. 사슴은 길을 건너는 중이었는지 몸은 도로 반대편을 향하고 있었지만, 고개는 살짝 왼편으로 돌려 우리 를 보고 있었다. 몸집은 웬만한 망아지보다 크고 우람했으며, 붉은 기가 도는 털에는 선명한 하얀 얼룩이 점점이 박혀 있었 다. 어린 날 버들 할아버지 할머니와 함께 놀러갔던 동물원의 꽃사슴과 상당히 비슷했지만, 키도 몸집도 눈앞의 사슴이 훨 씬 커 보였다. 사슴은 꼼짝도 하지 않고 우리 쪽을 바라보았 다. 아련한 눈빛을 지닌 아이돌이나 배우를 왜 '사스미'라고 부르는지 알 것도 같은 게, 자동차 상향등 조명을 받고 선 사 슴의 눈망울은 유난히 촉촉하고 깊숙이 일렁이듯 반짝였다. 아스라한 안개를 단단히 뭉쳐놓으면 저런 눈빛이 될까. 사슴 주변의 시공이 얼어붙은 것 같다는 뜬금없는 생각을 하는 사 이 사슴이 천천히 움직이기 시작했다. 은재씨 쪽에서 한숨인 지 탄식인지 한껏 억눌렸던 숨이 터져나오는 소리가 들렸다. 사슴은 타박타박 걸어 자동차 오른쪽으로 다가왔다. 자동차 왼쪽 조수석에 앉은 은재씨는 도망치듯 등받이 쪽으로 몸을 한껏 뺐다. 사슴이 운전석 유리창을 향해 고개를 숙였다.

어떡하지?

나도 모르게 속삭이며 물었고,

괜찮을 거야. 사슴이니까.

은재씨는 전혀 괜찮지 않은 목소리로 대꾸했다. 우리 두 사람은 약속이라도 한 듯 한껏 작은 소리로 속삭이고 있었다. 마치 큰 소리라도 냈다간 사슴이 놀라 돌발 행동을 할지도 모른다는 듯이. 나는 사슴의 돌발 행동에는 어떤 것들이 있을까 생각하며 유리창을 조금 내렸다. 열린 틈새로 사슴이 번들거리는 코끝을 들이밀자 축축한 공기 냄새가 날아들었다. 나는 유리창을 반 뼘 정도 더 내렸다. 사슴의 코끝이 조금 더 가까워졌고 이번에는 냄새 대신 소리가 틈새를 비집고 들어왔다.

실례합니다만, 구시로 시내까지 태워주실 수 있나요?

*

사슴이 안내한 로바타야키는 호텔에서 도보로 칠 분 거리에 있었다. 구시로가 로바타야키의 원조래. 일찍이 은재씨가 말한 덕에 우리는 구시로 강변에서 석양을 감상한 후 호텔에서 가까운 로바타야키를 찾아가 해산물 구이와 맥주로 저녁을 해결하기로 계획했었다. 몰랐던 언어를 만나면 이리저리 뜯어보고 새로 습득하기가 유일한 취미인 은재씨는 내가 호텔을 예약하는 동안 옆에서 인터넷 백과사전을 찾아보며 로바타야키가 화로로 구워먹는 요리 혹은 가게를 뜻하고 '로'가 우리말의 '화로 노爐'와 같다며 무척 즐거워했었다. 그러나 한 시간 전 석양 구경을 놓친 일로 실망한데다가 어두운 도로 한복판에서 별안간 사슴을 만나 자동차 뒷자리에 태우고 오는 동안 긴장이 깊어져 은재씨도 나도 로바타야키를 향한 호기심과 기대를 까맣게 잊고 있었다. 그런데 자동차가 호텔 앞에 도착하자 사슴이 먼저 저녁은 어디서 먹을 생각이냐, 따로 예약해둔 곳이 없으면 자기가 구시로에서 가장 맛이 좋고 가격도 '착한'(그는 정말로 이 표현을 썼다) 로바타야키를 소개하겠다고 나섰다. 그러자 미친듯이 배가 고파졌고 은재씨도 같았는지 배에서 요란하게 꼬르륵거리는 소리가 들려왔다. 은재씨와 나는 서둘러 체크인을 하고 방에 짐을 옮긴 뒤 곧바로 일층으로 내려왔다. 사슴은 호텔 뒷문 쪽 주차장에 미동도 없이 서서 우리를 기다리고 있었다. 어둠 속 사슴 등 위의 흰 점들이 호텔 간판의 네온사인 빛을 받아 안개 입자처럼 괴괴히 반짝이고 있었다.

키리라고 합니다.

로바타야키에 자리를 잡고 앉아 테이블 키오스크로 주문을 마친 후 돌연 어색한 침묵이 찾아오자 사슴이 먼저 말을 꺼냈다.

한국말을 잘하시네요.

은재씨는 사슴의 한국어 실력에 놀랐는지 사슴의 자기소개에 자신의 이름으로 화답해 예의의 공평함을 완성해야 한다는 생각을 깜박 잊은 모양이었다.

저는 유민해라고 합니다.

내가 먼저 말하자 그제야 실수를 깨달았는지 은재씨가,

유은재입니다. 이 친구 엄마예요.

하고 말했다.

'이 친구'는 내가 성인이 되자마자 은재씨가 쓰기 시작한 지칭이었다. 어쩌다가 은재씨와 내가 나란히 이름을 말하게 되면 한국에서는 십중팔구 "엄마와 아들이 성이 같네요?" 하고 눈치 없는(혹은 눈치 없는 척하는) 질문이 돌아왔다. 우리는 돌발적인 질문의 돌팔매에 대비하느라 먼저 질문하기는커녕 여러 버전의 대답을 예상하고 준비해야 하는 사람들이었다. 사람들은 은재씨와 내 성이 똑같다는 사실을 대어라도 낚은 양 물고늘어지며 '사연'을 캐려고 했다. 내 기억에 은재씨는 그날의 기분과 상대방의 태도에 따라 대답을 달리했는데, 그중 최악은 "제 어머니와 제 성도 똑같다는 사실을 알면 까무러치시겠어요"였다. 아마도 그건 은재씨가 떠올린 최고의 위악이었을 텐데, 이 말을 들은 상대방이 정말로 까무러칠 만큼 놀라 입을 다물기는 해도 뒤에서는 3대째 막돼먹은 집구석이라며 더 신나게 떠들고 다닐 뿐이라는 사실은 은재씨만 몰랐다(혹은 모르는 척했다). 그런데 키리는 원래 가족이 모두 같은 성을 쓰는 일본 사슴이어서인지 아니면 예의를 차릴 줄 알아서인지 은재씨와 나의 '풀 네임'을 듣고도 별다른 반응을 보이지 않았다.

잠깐 어색한 침묵이 이어지다가 곧 직원이 네모난 화로에 이글거리는 참숯을 가득 담아왔다. 화로 위로 철망이 놓이고 이어서 주문한 오징어와 조개, 열빙어, 버섯과 채소 모둠이 각각 다른 접시에 담겨 나왔다. 직원이 일본어로 뭐라뭐라 말하고 가버리자 키리가 난색을 보이며 말했다.

아무래도, 직접 구워드셔야겠습니다.

그제야 키리에겐 음식값을 치를 돈만 없는 게 아니라 집게와 가위를 들고 오징어와 버섯을 구울 손가락 혹은 발가락도 없다는 당연한 사실을 깨달았다. 내가 얼른 집게를 들어 조개와 새우와 감자를 철망 위에 올리자 은재씨도 같은 생각에 이르렀는지 어색하게 헛기침을 하고 말했다.

그런데, 한국말을 어디서 배우셨어요?

철망에 오징어를 올리자 칙 하고 흰 연기가 피어올랐다. 키리가 연기 너머로 은재씨와 눈을 맞추며 말했다.

한국어는 오늘 처음 말해봅니다. 저는 마음을 다하면 저절로 상대방의 말을 할 줄 알게 됩니다.

부럽다, 그런 능력.

은재씨는 진심으로 부러워하는 것 같았다. 하긴, 번역하다 해석이 막힐 땐 며칠 밤을 끙끙대며 잠 못 이루는 은재씨 성격에 마음만 다하면 저절로 상대의 언어를 이해할 수 있는 능력이라니, 얼마나 탐이 날까.

제 능력이란 오직 그것뿐입니다.

키리는 이렇게 말하고 오그라드는 오징어로 시선을 돌렸다. 사슴은 초식동물일 텐데, 키리는 꽤 탐난다는 눈빛으로 익어가는 오징어를 바라봤다. 독특한 사슴이로군, 생각하고 있는데 직원이 커다란 유리컵에 담긴 하이볼 석 잔을 들고 왔다. 키리 앞에 놓인 하이볼에만 굵은 빨대가 꽂혀 있었다. 은재씨와 나의 시선이 저절로 마주쳤다.

*

우리집이 다른 집과 다르다는 건 어린이집에 다닐 때부터 알았지만(아빠 운동회와 재롱잔치 때마다 어김없이 불러야 했던 〈아빠 힘내세요〉라는 노래를 생각해보라) 은재씨가 여느 엄마들과 다를지도 모른다는 의심은 한참 후에야 겨우 짐작만 할 수 있었다. 사실 어린이집과 유치원에 다닐 때도 아빠가 필요한 날엔 버들 할아버지가 함께 가주었기에 큰 상심이나 소외감을 느끼지는 않았다. 버들 할아버지는 은재씨를 낳고 성까지 물려준 원조 싱글맘 버들 할머니의 동거인으로, 서울 북동쪽에서 꽤 오래 버들세탁소를 운영했다. 버들 할아버지가 버들 할아버지가 된 것은 버들세탁소 주인이어서도 있지만 내가 아는 또다른 이유는 훨씬 더 애틋하다. 버들 할아버지의 성은 버들 류柳 자를 써서 두음법칙을 무시하고 '류'로 표기했는데, 성에 그러할 유兪 자를 써서 '유'로 표기하는 모녀, 버들 할머니와 은재씨랑 함께 살기 시작하면서 자신의 성 표기도 '류'에서 '유'로 고쳤다. 할아버지는 할머니를 설득하고 또 설득해 내처 혼인신고까지 하고 호적도 정리해 한동안 세 사람의 주민등록등본에는 '유'라는 성이 나란히 기재되었다. 그러니 은재씨는 학창시절 가족의 성이 모두 같은 조금 독특한 집이라는 말은 들었을지언정 아비 없는 자식이라는 멸시는 피할 수 있었다. 하지만 은재씨는 버들 할아버지를 아버지라 부르지 않았고 버들 할아버지 역시 아버지라는 호칭을 요구하지 않았다. 은재씨는 버들세탁소 안집에서 중고등학교를 다니다가 대학에 입학한 후 그 집을 떠나 혼자 살기 시작했다. 그러다 외환위기가 터지면서 대한민국이 크게 휘청거린 해에 스물여덟 살의 은재씨는 홀몸으로 나를 낳은 뒤 다시 버들세탁소 안집으로 돌아왔고, 그때부터 버들세탁소에는 네 명의 유씨가 함께 살게 되었다. 지금도 어린 시절을 생각하면 버들 할아버지 손에 들린 날렵한 모양의 다리미에서 스팀이 안개처럼 피어오르던 것, 동시에 뜨겁고 축축한 옷감냄새가 순식간에 좁은 공간을 채웠던 것, 그리고 버들 할머니가 부지런히 돌리던 재봉틀 주위로 뿌연 실 먼지가 피어올랐던 것, 그런 장면들이 앞다투어 떠오른다. 사실 안집에서 보낸 시간에 비해 세탁소 영업장에 머문 시간은 턱없이 짧았지만, 버들세탁소는 내 유년의 감각들이 생성되고 야물어간 고향과 다름없었다. 은재씨가 버들 할아버지와 살기 시작한 게 열두 살이 넘어서라고 했으니 버들 할머니와 단둘이 단칸 셋방을 전전했던 은재씨의 유년은 따뜻하고 뿌연 스팀으로 채워진 나의 유년에 비해 훨씬 건조하고 퍽퍽했을 것이다.

이렇게 말하면 은재씨는 동의하지 않겠지만 은재씨와 나는 외환위기의 해부터 버들세탁소 안집에서 버들 할아버지와 할머니의 비호를 받으며 남매처럼 함께 자랐다. 버들 할아버지와 할머니가 이 년 간격으로 나란히 세상을 떠나고 세탁소와 안집을 정리하면서 우리는 뜻밖의 기록들과 마주하게 되었다. 버들 할아버지의 방 문갑 깊숙이 쌓여 있던 공책들은 뜻밖에도 그의 기록광으로서의 면모를 보여주었는데, 97년의 일기는 '7월 24일 민해 이유식 브로꼬리죽 두 숟갈. 설사 ×' '8월 2일 민해 이유식 밤죽 세 숟갈. 무른 똥 조금' '11월 5일 은재위내시경. 수면 내시경 보호자로 따라감. 돌아오는 길에 참맛죽에서 함께 식사. 은재는 소고기버섯죽. 나는 팥죽' 같은 기록으로 빼곡했다. 자개 옷장 아래쪽 서랍에는 버들 할머니가 쓴 가계부가 연도순으로 정리되어 있었고 마찬가지로 97년부터 '민해 교육보험' '은재 보약' '민해 설빔' 같은 항목이 꾸준히 등장했다. 은재씨와 나는 함께 유품을 정리하다 무방비 상태로 이런 기록들과 마주치면 각자의 어떤 마음을 눌러대느라 담배를 피우러 나가거나 부엌에서 찬물을 들이켜곤 해서 정리가 한없이 늘어졌다. 마침내 지난했던 집 정리를 끝내고 시 외곽에서 두 사람이 살기 적당한 아파트를 찾아냈을 때 나는 다소 충동적으로 지원했던 영국의 한 대학원에서 합격 통보를 받았다. 소식을 들은 은재씨는 잘됐다고 요란하게 축하해주지는 않았지만 자기 혼자 남겨둔 채 멀리 떠난다고 크게 섭섭해하지도 않았다. 오히려 은재씨의 반응이 너무 평온하고 심상해 내쪽에서 괜히 눈치를 보며 은재씨의 속마음을 상상하는 이상한 버릇이 생기고 말았다. 그러던 중 영국의 9월 학기가 시작되기까지 한 달 반 정도 남은 한여름에 은재씨가 불쑥 일본 여행 이야기를 꺼냈다. 구시로의 명물은 구시로 강변에서 바라보는 석양이래. 그렇게 말할 때의 은재씨가 보여준 안개 같은 눈빛은 도저히 뿌리칠 수 없는 어떤 힘을 뿜어내고 있었다.

로바타야키 직원이 두번째 하이볼을 각자의 앞에 내려놓고 갔다. 이번에도 키리의 하이볼에는 굵은 빨대가 꽂혀 있었다. 은재씨가 담배를 피우고 오겠다며 자리를 떠났고 나는 키리가 생각보다 능숙하게 집어먹는, 아니 호로록 빨아먹는 안주들을 적당한 크기로 잘라 키리의 접시에 올려주었다. 키리는 내가 골고루 올려준 안주 중에서도 유독 오징어를 좋아했다.

사슴은 초식성으로 아는데, 의외로 해산물도 잘 드시네요?

내 질문에 키리는 고개를 내 쪽으로 기울이며 대답했다.

한창 뿔이 야무는 계절이라서요.

키리의 갈색 뿔은 가지가 세 군데로 뻗어 있었는데, 단단히 야무는 중이라는 말을 들으니 어쩐지 만져보고 싶었지만 실례가 될 것 같아 굳이 입 밖에 내지는 않았다. 대신 접시에 남은 오징어를 집게로 집어 화로 위에 올렸다. 불을 만난 오징어는 서서히 오그라들며 하얗게 익어갔다. 키리와 내가 아무 말 없이 오징어만 바라보고 있을 때 은재씨가 돌아왔다. 은재씨에게서 담배 냄새와 함께 오래전 버들세탁소에서 맡았던 따뜻하고 축축한 스팀냄새가 풍겼다. 은재씨가 내 손에서 집게를 가져가 오징어를 뒤집었다. 화로에 집중된 은재씨의 시선도 키리 못지않게 오징어를 탐내고 있었다.

버들 할아버지는 은재씨가 좋아하는 것으로 코카콜라와 마른오징어를 꼽았다. 할아버지는 은재씨가 고3 시절을 보낼 때

속초에서 마른오징어를 몇 축씩 사다 쟁여놓고 거의 매일 한 마리를 통째로 구워 시원한 콜라 한 병과 함께 은재씨 방에 가져갔다고 했다. 그 시절을 회상하는 버들 할아버지의 얼굴은 유난히 빛이 났다. 불내 풍기는 오징어를 쟁반에 받쳐들고 네 엄마 방에 들어가 왼손에 오징어, 오른손에 가위를 흔들며 매번 물었단다. 어떻게, 세로로 잘라드려, 가로로 잘라드려? 자신의 한때를 흉내내는 버들 할아버지의 말투에는 과장과 장난기가 섞여 옆에서 함께 이야기를 듣는 버들 할머니는 이 대목에서 이미 큭큭 웃기 시작했다. 나는 일류 코미디언의 일인극을 관람하는 특별한 손님이 된 것처럼 한껏 들떠서는 그래서? 응? 그래서? 자꾸만 할아버지를 재촉했다. 그러면 책상 앞에 앉아 공부하던 네 엄마가 고개를 돌리지도 않고 새초롬하게 대답했지. 오늘은 세로 기분(이 대목에서 버들 할머니는 "아휴, 새침데기 기집애" 하고 애정어린 추임새를 넣었다). 그럼 이 할애비가 고급 레스토랑 지배인처럼 아주 신중하게 오징어 몸통을 세로로 반듯이 잘라 바쳤단다. 네 엄마는 책에서 눈도 떼지 않고 오징어를 집어먹었어. 출산 직후부터 잇몸이 내려앉기 시작한 은재씨는 삼십대에 접어들면서 더는 마른오징어를 씹을 수 없게 되어 대신 반건조 오징어를 먹었지만, 버들 할아버지는 부드러운 반건조 오징어도 당신이 직접 가위로 잘라주길 고집했다. 어떻게, 세로로 잘라드려, 가로로 잘라드려? 이 질문도 빠뜨리지 않았다. 나는 은재씨 옆에서 버들 할아버지가 굽고 잘라주는 오징어를 씹으며 어른들 이야기에 귀를 기울였고 세 명의 유씨가 풍기는 남다른 분위기를 내 것으로 흡수하려고 애썼다.

내가 수시로 지원한 여섯 군데의 대학 중 '하필' 은재씨가 다녔던 대학에 합격했을 때 유씨 셋은 각자의 방식으로 동요했던 것 같다. 합격 소식을 들은 버들 할아버지는 셋 중 가장 눈에 띄게 기뻐하며 양복과 구두를 맞춰준다, 컴퓨터를 사준다, 들떠했고, 그동안 부어온 교육보험으로 등록금을 마련해 조용히 내밀었던 버들 할머니는 어딘가 불안한 기색을 감추지 못했으며, 은재씨는 그 어떤 감정도 내비치지 않아 사실상 가장 수상쩍었다. 세 사람이 각각 다르게 보여준 그 수상쩍음은 대학교 1학년 1학기가 시작되고 두 달도 안 돼서 정체를 드러냈다. 전공과목 중 교수들, 선배들과 함께 떠나는 답사 여행이 있었다. 이박 삼일 동안 남도의 박물관과 기념관 몇 군데를 돌아다니고 저녁에는 숙소에서 술판을 벌이는 게 전통인 모양이었다. 첫째 날 저녁은 다음날 일정을 고려해 식사와 함께 간단히 맥주를 마시고 끝났지만 둘째 날은 마지막날이라고 술자리가 길어졌다. 교수 한 명당 학생 대여섯 명이 조를 이루어 게임을 하고 술도 마시다가 자정이 넘자 은근슬쩍 빠져나가는 사람도 생기고 자리를 옮겨가며 술을 권하는 사람도 생겼다.

낯가림이 심하고 내향적인 나는 풀어진 분위기에 젖어들지도 자리를 떠나지도 못한 채 술만 눈치껏 홀짝이고 있었다. 새벽 한시가 넘어 처음 인원의 절반 이상이 빠져나갔을 무렵 누군가 내 어깨에 한쪽 팔을 두르며 옆자리에 털썩 앉았다. 옆 조의 담당 교수였다. 그는 낮 동안 박물관을 돌아다닐 때도, 도중에 점심을 먹으러 들른 식당에서도 누구보다 목청이 커서 눈에 띄었던 중년의 남자 교수였다. 불콰한 얼굴과 어딘가 엉성한 몸동작만 봐도 그가 꽤 취했다는 걸 알 수 있었다. 어이, 반가워, 반가워. 교수는 방금 처음 만난 사람처럼 내 쪽으로 술잔을 내밀며 중얼거렸다. 그가 내민 술잔에서 찬 소주가 흘러내려 내 바지를 적셨다. 이름이 뭐랬지? 그러곤 내 대답을 듣기도 전에 내 왼쪽 가슴 위에 붙은 명찰을 보겠다고 고개를 바투 들이밀었다. 나는 반사적으로 뒤로 물러나며 또박또박 말했다.

유민해입니다.

미네?

민. 해. 입니다.

민해?

교수가 세상 웃긴 소릴 다 들었다는 듯이 픽 웃더니 제 등 뒤쪽에 앉아 있던 또다른 교수를 돌아보았다.

야, 형수야! 일루 좀 와봐!

형수라고 불린 교수는 낯부끄러운 기색으로 마지못해 내 옆으로 다가왔다. 나는 자리를 비켜주는 척하면서 얼른 두 교수에게서 떨어져 앉았다.

형수야. 이 친구 이름이 민해란다. 민해.

형수라는 교수가 취한 교수의 팔을 부드럽게 잡으며

형, 많이 취했네. 그만 자러 갑시다.

했는데, 취한 교수는 꿈쩍도 하지 않고 다른 쪽 손으로 나를 가리키며 계속 떠들었다.

민해! 부모님이 지어주신 이름이냐? 그 이름이 민족 해방의 약자인가, 민중 해방의 약자인가?

형수라는 교수가 안절부절못하며 취한 교수를 뒤로 끌어당겼다.

부모님이 짱돌깨나 던지셨나보네. 그런데 그분들이 엔엘이었을까, 피디였을까? 하, 존나 궁금하네.

형!

형수라는 교수가 울 것 같은 표정으로 내 쪽을 흘낏 보았다.

나는 두 남자가 대체 무슨 말을 하는 건지 잘 이해할 수 없었지만, 취한 교수가 무례하게 굴고 있다는 것쯤은 알 수 있었다.

형수야, 존나 웃기지 않냐? 엔엘이고 피디고 다 망해버린 줄 알았는데, 걔네가 뿌린 씨가 정말로 사람이 되어서 대학에 기어들어오는 시대가 와버렸다. 정말 존나 웃기고 무서운 일

아니냐?

형수라고 불린 교수가 취한 교수의 귀에 대고 다급히 속삭였지만 취한 사람이 알아듣기에는 터무니없이 작은 소리였다. 형수라는 교수는 어쩔 수 없이 목소리를 조금 키워 다시 말했고, 그러는 바람에 귓속말한 보람 없이 내 귀에도 들리고 말았다.

쟤, 유은재 아들이야. 심현기 애라고.

그다음부터 기억은 선명하지 않은데, 그게 홀짝홀짝 받아 마신 술 때문이었는지, 전혀 예상하지 못한 곳에서 은재씨의 이름을 들은 이물감 때문이었는지, 혹은 저 교수들이 은재씨를 알고 있다는 놀라운 우연 때문이었는지, 이도 저도 아니면 생판 남의 목소리로 난생처음 들어본 내 아버지의 이름 때문이었는지는 아직도 모르겠다. 다만 하나 또렷이 기억나는 건 내가 흥분해 취한 교수에게 주먹을 날린 원인은 그의 입에서 흘러나온 '밀고자'나 '자살' '비겁한 새끼' 같은 말들이 아니라 은재씨의 이름 다음에 붙은 '정액받이'라는 말이었다는 것. 다음날 아침 서울로 돌아가는 관광버스에 올라탔을 때 그의 모습은 보이지 않았고 앞에서 두번째 줄에 앉아 있던 형수라는 교수는 나를 보더니 급히 시선을 돌렸다.

답사에서 돌아온 그 주말에 뜻밖에도 취했던 교수가 버들세탁소로 찾아왔다. 취하지 않았을 때의 그는 생각보다 소심하고 불안한 인상을 풍겼다. 교수는 홍삼선물세트를 든 채 쭈뼛거리며 세탁소 문을 열었고(나중에 버들 할아버지한테 들은 이야기다) 버들 할머니의 안내를 받아 은재씨와 내가 있는 안집으로 들어왔다. 버들 할머니와 은재씨가 나란히 앉자 교수가 갑자기 큰절을 하더니 고개를 들지도 않고 사과의 말을 읊조렸다. 버들 할머니는 당황한 기색이었지만 은재씨는 대충 무슨 일이 있었는지 눈치를 챈 것도 같았다. 은재씨가 나직한 목소리로 나와 버들 할머니에게 자리를 비켜달라고 말했다. 하지만 그런 은재씨도 지은 지 수십 년이 넘는 낡은 세탁소 안집의 방음이 형편없다는 사실을 모르지는 않았을 것이다. 버들 할머니가 일부러(라고 나는 믿는다) 살짝 열어놓고 나간 문 틈으로 드문드문 말이 새어나왔다. 누나. 교수는 은재씨를 누나라고 불렀다. 죄송. 몰랐. 실수. 잘못. 용서. 현기 형이. 평온. 장성. 사과. 명복. 안부. 세월. 책임. 든든. 내가. 가르칠. 누나. 걱정. 교수의 말이 토막 난 듯 들려온 것은 방음보다는 원래 말투 때문인 것 같았다. 한참 침묵이 이어졌다. 이윽고 흘러나온 은재씨의 말은 나직했지만, 교수와 달리 문장 전체가 또렷하게 들려왔다.

허교수(자신을 '누나'라고 부르는 상대에게 깍듯이 교수 직함을 붙여 부르는 게 은재씨 성격의 많은 면을 말해준다). 나는 아직도 그 사람의 애도를 완성하지 못했어. 그러니 허교수 먼저 용서해달라는 말은 들어줄 수가 없네.

잠시 후 교수가 조용히 방을 나왔다. 은재씨는 교수를 배웅하지 않았다. 교수는 문밖에 서 있는 나와 버들 할머니를 향해 고개를 숙여 인사하고 서둘러 떠났다. 할머니가 내 손을 잡고 은재씨 방으로 들어가더니 나와 은재씨를 번갈아 쳐다보며 자초지종을 물었다. 나는 뒤풀이 자리에서 있었던 교수의 주사에 대해 대강 말했다. 물론 '정액받이'나 '밀고자' 같은 말은 하지 않았다. 교수가 술에 취해 신입생에게 시비를 걸었다가 결국 주먹다짐이 벌어졌다는 식으로만 얘기했으나, 버들 할머니는 격노했다. 평소 집안에서 가장 말이 적고 순한 버들 할머니였기에 그토록 흥분한 모습은 처음이었다.

아니, 교수씩이나 되는 놈이 애랑 쌈박질을 했단 말이냐? 그 쪽 찢어 죽일 놈이! 소금이나 뿌려줄 것을. 에잇, 그 쪽 찢어 죽일 놈!

할머니는 할 줄 아는 욕이 그것밖에 없는지 푸들푸들 떨며 계속 '쪽 찢어 죽일 놈'이라고 했다. 퍽 시달린 얼굴로 눈을 감고 있던 은재씨가 눈을 뜨고 욕하는 할머니를 말끄러미 쳐다보다가 갑자기 풋 웃더니 물었다.

어떻게, 세로로 찢어드려, 가로로 찢어드려?

방안에 정확히 삼 초의 침묵이 흐르고 버들 할머니와 은재씨와 내가 동시에 웃음을 터뜨렸다. 웃음은 한참 그치지 않았고 눈물까지 흘러나왔다. 이제 좀 잦아드는가 싶을 때 버들 할머니가 웃다가 오줌을 지렸다고 말하는 바람에 다시 웃음이 터졌다. 버들 할아버지가 헐레벌떡 방안으로 들어오며

나만 빼고 뭐가 그리 재미져? 응? 뭔데, 뭔데?

하고 물어서 웃음이 내내 이어졌다. 배근육이 땅기도록 웃어젖힌 우리는 그후로 다시는 그 교수 이야기를 (더불어 '밀고자'에 '비겁한 새끼'였다는 내 아버지에 대해서도) 입에 올리지 않았다.

*

오징어가 알맞게 익자 나는 은재씨에게서 집게와 가위를 받아들고 물었다.

어떻게, 세로로 잘라드려, 가로로 잘라드려?

키리가 무슨 소리냐는 얼굴로 나를 보았고 은재씨는 고개를 숙인 채 핏 웃더니, 잠시 후 대답했다.

오늘은 대각선 기분이네요.

나는 오래전 버들 할아버지처럼 과장되게 신중한 동작으로 오징어의 몸통을 사선으로 자르기 시작했다. 은재씨가 어쩐지 배가 고프다며 키오스크를 켜 참치덮밥을 주문했다. 그리고 키리에게 혹시 식사를 하겠느냐고 물었다. 키리는 연어덮밥으

로 부탁드린다고 또박또박 말했다. 화롯불의 열기 때문에 모두의 뺨이 키리의 털빛만큼 붉어졌다. 은재씨가 휴대폰으로 뭔가를 검색해보더니 키리에게 물었다.

당신은 에조 사슴인가요?

키리가 굵은 빨대로 하이볼을 쭉 들이켜고 대답했다.

에조는 홋카이도를 부르던 옛말로 사실상 멸칭에 가깝습니다. 가능하면 홋카이도 사슴이라고 불러주세요. 그냥 키리라고 불러주면 더 좋고요.

아, 몰랐어요. 미안합니다. 다시는 에조라는 말을 쓰지 않을게요.

괜찮습니다.

키리의 용서를 받은 은재씨가 하이볼을 벌컥벌컥 마셨다. 나는 언젠가의 은재씨처럼 짓궂은 표정을 짓고 물었다.

엄마, 내 이름은 민족 해방의 약자야, 민중 해방의 약자야?

은재씨가 별 괴상한 질문을 다 들어봤다는 듯 나를 빤히 쳐다보더니 담배를 피우고 오겠다며 나갔다. 은재씨가 없는 사이 직원이 먹음직스러운 참치덮밥과 연어덮밥을 가져왔다. 나는 바싹 구워져 뻣뻣해진 열빙어를 입에 넣고 씹었다. 열빙어에서 오래전 마른오징어맛이 났다. 은재씨가 다시 담배 냄새를 묻히고 돌아왔다. 이어 숟가락을 들고 연어덮밥을 싹싹 비비더니 키리 앞에 놔주었다. 그러고는 자기 몫의 참치덮밥에

간장을 뿌리며 말했다.

지금 바깥에 안개가 대단해.

나와 키리가 동시에 출입문 쪽을 흘끗 쳐다보았다. 선팅된 문 너머로는 아무것도 보이지 않았지만, 나는 사그라지는 숯불 위로 어쩌면 안개의 냄새를 맡은 것도 같았다. 순간 하고 싶은 말이 두서없이 떠올랐으나(엄마 혼자 놔두고 가서 미안해. 더 야물어져서 돌아올게. 그때까지 외등을 켜두고 기다려 줘. 고맙습니다. 엄마 힘내세요, 우리가 있잖아요. 어떻게, 세로로 잘라드려, 가로로 잘라드려?) 전혀 엉뚱한 말이 튀어나왔다.

얼른 먹고 다 함께 안개를 산책하자. 오늘은 영 안개의 기분이야.

입안 가득 덮밥을 물고 있던 은재씨와 키리가 고개만 끄덕여 대답했다. 입안의 것을 삼킨 은재씨가 반찬을 집어먹듯 심상히 말했다.

민들레와 해바라기.

응?

네 이름. 동아리에서 내 별명이 민들레, 그 사람 별명이 해바라기였어. 믿거나 말거나.

다시 덮밥을 한술 떠먹는 은재씨의 표정은 편안해 보였다. 오래전 햇빛조각을 얼굴에 얹고 잠깐 죽었다 살아났던 삼십대의 은재씨처럼. 메마른 바깥을 헤매다 따뜻하고 축축한 버들 세탁소 안으로 막 들어섰을 때의 은재씨처럼.

저도 민들레와 해바라기를 좋아합니다. 둘 다 노랗고 활짝 웃어줍니다.

키리가 말했다. 은재씨가 키리를 보고 활짝 웃었다. 손님이 들어오는지 로바타야키 출입문이 벌컥 열렸고 그 사이로 안개 냄새가 훅 끼쳐왔다. 키리, 민들레, 민들레와 해바라기가 동시에 그쪽을 쳐다보았다.

여름 손님입니까

호텔 출입구에 향이 타오르고 있었다. 향은 호텔 안과 밖의 경계인 회전문 바로 옆에서 온종일 흰 연기를 피워올렸다. 향이 가장 먼저 손님을 맞이하고 맨 마지막으로 손님을 배웅했다. 문이 돌고 돌면 향도 돌고 돌았다. 시작과 끝이, 손님과 주인이 향과 함께 돌고 도는 어지러운 호텔이었다.

체크인을 마치고 구층 방에 올라가 암막 커튼을 열어젖히자 저 아래 묘지가 보였다. 회색 묘비가 빽빽이 들어찬 작은 묘지였다. 호텔이 자리한 골목에는 묘지를 품은 절과 숙박업소들과 카페가 비슷한 비율로 섞여 있었다. 호텔 바로 옆에도 절이 있었는데 방에서 묘지가 내려다보일 줄은 몰랐다. 산 자들의 세계와 망자들의 세계가 자연스럽게 포개진 도시였다. 어쩌면 호텔 입구에 피워놓은 향은 투숙객들만을 위한 게 아닐지도 몰랐다.

호텔에 예약해둔 저녁식사까지 한 시간 정도 남았지만 외출하기엔 애매한 시간이라 꼭대기층의 온천탕부터 다녀오기로 했다. 옷장에 비치된 유카타로 갈아입고 수건을 챙기는데 초인종이 울렸다. 방문에 외시경이 따로 없어 영어로 누구냐고 목청 높여 물었더니 뜻밖에 한국어가 들려왔다.

손님입니다.

조심스럽게 문을 열자 큼직한 나팔꽃 무늬 유카타를 입은 백발의 노부인이 서 있었다. 부인은 묘하게 낯이 익으면서도 기이하게 낯선 인상이었다. 어느 일본 영화에서 사랑하는 맏아들을 사고로 잃고 둘째 아들과 조용히 불화중인 엄마 역의 배우와 닮았고, 어느 드라마 속 재혼한 남편과의 사이에서 얻은 딸을 지극히 사랑한 나머지 전남편 곁에 두고 온 첫째 딸을 외면하는 엄마 역 배우와도 비슷했다. 사실 두 배우는 주로 맡아온 캐릭터도 풍기는 인상도 달랐는데, 왜 문 앞에서 빙그레 웃고 있는 노부인을 보고 두 배우를 동시에 떠올렸는지는 모르겠다. 그때 부인이 한국어로 말했다.

그만 갈까요?

투숙객을 온천탕까지 안내하는 직원인가보다 생각하며 부인을 따라갔다. 그런데 호텔은 내가 지금 온천탕에 가려고 준비중인 걸 어떻게 알았지? 나도 모르는 사이 안내 서비스를 신청했던가? 체크인 때 데스크 직원과 의사소통이 잘 안 되기는 했다. 영어로 대화했지만 그가 사용하는 영어와 내 영어는 같은 언어라고 할 수 없을 만큼 달랐다. 부인은 발소리도 내지 않고 복도를 걸어갔는데 종종걸음 같으면서도 바닥 위를 미끄러지듯 나아가는 걸음걸이가 독특했다. 보폭이 아주 좁고 상체를 거의 움직이지 않아 그런 것 같았다. 부인이 엘리베이터 앞에 도착하자 기다렸다는 듯 문이 열렸다. 먼저 안으로 들어간 부인은 내가 탈 때까지 가만히 기다리고 있다가 엘리베이터 문이 닫히고 나서야 천천히 십이층 버튼을 눌렀다. 이 나라 사람들은 어디서든 서두르는 법이 없군. 버스든 엘리베이터든 나만 못 타면 어떡하나 하는 불안이 없나봐. 이렇게 생각하는데, 부인이 내 마음을 읽은 듯 말했다.

가려고 하면 가게 됩니다.

온천탕은 아담했다. 탈의실에 로커가 따로 없어 비치된 대바구니에 옷을 벗어두어야 했다. 부인은 탈의실까지 따라와 내가 옷을 벗어 대바구니에 담고 수건만 챙겨 목욕탕으로 들어가는 모습을 말없이 지켜보았다. 거참, 민망한 서비스였다.

저녁식사 시간 직전이라 그런지 목욕탕에 사람은 나밖에 없었다. 평소 버릇대로 가장 구석진 자리에 앉아 머리부터 감고 몸에 비누칠을 했다. 등만 남았을 때 김 서린 유리문이 열리며 부인이 들어왔다. 부인은 유카타 차림 그대로였다. 내가 놀란 눈으로 쳐다보자 부인이 내 손에서 수건을 가져가 내 등을 닦기 시작했다. 말릴 틈도 없이 벌어진 일이었는데 등을 타고 느껴지는 시원함 때문에 처음의 민망함이 점점 사그라졌다. 부인은 귀 뒤쪽부터 어깨와 날갯죽지를 거쳐 꼬리뼈 바로 위까지 꼼꼼하게 비누칠했다. 그러고는 오른손으로 샤워기를 들고 왼손으로 내 등을 문지르며 비눗물을 천천히 헹궜다. 등 곳곳에 닿는 부인의 손바닥이 서늘했다. 그 시원한 느낌을 오래 감각하고 싶은 마음과 젊은이가 노인에게 신세 지고 있다는 죄책감이 싸웠다. 집요할 만큼 열심히 등을 닦던 부인은 다 됐다는 신호로 내 등을 가볍게 한 번 두드리더니 샤워기를 제자리에 돌려놓으며 말했다.

혼자서는 할 수 없는 일이 있지요.

부인이 탈의실로 돌아가는 걸 보고 탕에 들어갔다. 물은 예상대로 뜨거웠고 예상 밖으로 미끌미끌했다. 코끝에 유황냄새가 어른거렸다. 벽에 안내문이 붙어 있었는데 무슨 말인지 알 수는 없었지만 그 옆의 그림으로 추측하자면 바닥이 미끄러우니 조심하라는 것과 이 온천물로 씻으면 예뻐진다는 뜻 같았다. 다시 보니 글자 중에 아름다울 미 자와 사람 인 자가 도드라졌다. 온천욕이 피부와 건강에 좋다는 말은 그럭저럭 수긍할 만했지만 한 번 씻었다고 미인이 된다는 것은 좀 과대광고 아닌가, 이렇게 생각하는 사이 이마에서 땀이 줄줄 흘러내렸다.

잠시 후 노천탕으로 나갔다. 작은 베란다 같은 그곳에는 가장자리에 돌을 쌓은 초승달 모양 탕과 도자기로 만든 일인용 탕이 있었다. 한여름이었지만 뜨거운 물에 몸을 담갔다가 실외로 나왔더니 한기가 끼쳤다. 뜻밖에도 초승달 모양 탕에 사람이 있었다. 벽면을 향해 돌아앉아 있는 까닭에 몸집이 왜소하고 백발이라는 걸 빼면 누군지는 알 수 없었다. 백발 때문에 노인인가 했지만 앉은 자세가 꼿꼿하고 물 밖에 드러난 어깨와 등이 매끄러운 걸 보면 나보다 훨씬 젊은 사람일 수도 있었다. 얼굴이 보이지는 않았지만 어쩐지 그 사람은 눈을 감고 명상을 하고 있거나 물속에서 요가중일 것만 같았다. 나는 방해가 되기 싫어 일인용 탕으로 들어갔다. 도자기 탕은 그 모양이 찻잔 혹은 밥공기 같았는데 그 안에 오도카니 앉아 있으려니 누군가의 녹차나 밥이 되어 먹히길 기다리는 듯한 기분이 들었다.

탈의실로 돌아갔을 때 노부인은 화장대 앞에 꼿꼿한 자세로 앉아 눈을 감고 있었다. 바로 옆에서 대형 선풍기가 작동중이었는데 선풍기 바람에 부인의 옷 앞섶이 펄럭펄럭 나부꼈지만 놀랍게도 곱게 빗어 올린 백발은 한 가닥도 흔들리지 않았다. 머리카락마저 꼿꼿한 사람이었다. 바구니에 벗어둔 옷을 꿰어 입고 화장대 위에 있는 헤어드라이어를 집어들자 부인이 눈을 떴다. 그러곤 말릴 틈도 없이 내 손에서 드라이어를 가져가 내 머리를 말리기 시작했다. 도대체 나는 나도 모르는 사이 무슨 서비스를 신청한 걸까? 이번에는 편하다, 시원하다는 느낌보다 젊은이가 제 머리 하나 못 말려서 노인의 도움을 받는다는 부끄러움이 훨씬 더 강렬했는데, 요란한 드라이어 소리 사이로 부인의 말이 띄엄띄엄 들려왔다.

혼자. 있는. 도. 둘. 면. 지요.

혼자 할 수 있는 일이라도 둘이 하면 어쨌다는 말일까? 둘이 하면 편하지요? 둘이 하면 빠르지요? 둘이 하면 이상하지요? 둘이 해서 미안하지요?

드라이어를 제자리에 돌려놓은 부인이 화장대에 비치된 로션을 손바닥에 짜더니 내 얼굴에 발라주기 시작했다. 온탕의 열기로 달아오른 얼굴이 부인의 서늘한 손바닥을 만나 진정되는 느낌이 들었다. 로션에서 산뜻한 여름 과일 향이 풍겼다. 부인이 코언저리와 눈 밑을 한번 더 꼼꼼하게 매만지더니 다 됐다는 듯 양쪽 뺨을 톡톡 두드렸다. 나도 모르게 질끈 눈을 감았다. 눈꺼풀 안쪽에 수십 년 전 엄마랑 언니와 함께 대중목욕탕에 갔을 때의 풍경이 맺혔다. 어린 내 몸에 너무 뜨거웠던 열탕의 온도와 숨이 턱턱 막혔던 공기, 그리고 온갖 세제 향기 아래 묵직하게 깔린 물비린내까지. 늘 피로해 보였던 엄마의 처진 어깨와 그런 엄마의 등을 꼼꼼하게 닦아주느라 정작 자신은 맨 마지막에 씻었던 언니의 새하얀 살결도 생각났다. 뜻밖의 기억에 뒷덜미를 챌까 두려워 얼른 눈을 떴다. 눈앞에 바짝 다가온 부인의 얼굴, 거기에는 혼자서 탈의실로 나와 제 손으로 로션을 발라보다가 온 얼굴이 허옇게 번들거렸던 여섯 살 여자아이가 눈부처로 맺혀 있었다.

＊

다음날 조식은 세 가지 중 하나를 골라야 했다. 메뉴판에 구운 생선과 밥과 된장국, 약간의 회가 나오는 오차즈케, 그리고 토스트와 달걀, 햄, 샐러드로 이루어진 양식 메뉴 사진이 나란히 보였다. 삼박 예정이었으므로 하루에 하나씩 먹으면 되겠다 싶었지만, 어떤 것부터 먹을지 결정하느라 애를 먹었다. 메뉴판을 뚫을 기세로 오래 들여다보고 있는 내가 짜증스러웠을 수도 있지만 식당 직원은 감정이 전혀 드러나지 않는 얼굴로 내 옆에 가만히 서 있었다. 나는 마침내 오차즈케 사진을 가리켰다가 직원이 알겠다고 응대하자마자 다시 아니, 아니, 고개를 저으며 구운 생선과 밥과 된장국 사진을 가리켜 디스 원 플리즈라고 말했다. 직원은 표정 하나 바꾸지 않고 다시 알겠다고 대답하며 고개를 살짝 숙이곤 주방으로 돌아갔다.

사소한 일로 타인을 피곤하게 만들었다는 죄책감, 하지만 여행지 호텔 조식 메뉴를 선택하는 게 정말로 사소한 일인가 하는 의문이 두서없이 떠올랐다. 시끄러운 속을 들키고 싶지 않아 괜히 검지로 테이블을 톡톡 두드리며 여유 있는 척 주위를 둘러보았다. 식당 통유리창 너머가 온실처럼 꾸며져 있었다. 이름을 알 수 없는 활엽수 아래 중간 키의 관목들이 있고 그 아래 작은 풀과 꽃이 옹기종기 자라고 있었다. 지붕 아래의 식물들은 한여름 야외에서 진한 녹색으로 자라는 식물들에 비해 빛깔이 좀더 연하고 보드라워 보였다. 보살핌받는 존재의 보드라움을 생각하자 명치가 찌르르 울리며 숨쉬기가 살짝 버거웠지만, 식물을 정성껏 돌보는 사람은 음식도 깔끔하고 맛있게 잘 만든다는 평소 선입견 쪽으로 생각의 방향을 틀었다. 낯선 동네에서 식당을 찾아갈 때도 가게 앞 좁은 턱에나마 잘 가꾼 화분을 촘촘히 늘어놓은 곳을 발견하면 무조건 들어갔다. 그러므로 보드라우면서도 생생한 녹색을 뿜어내는 베란다를 보면 오늘의 저녁은 백 퍼센트 성공일 것이었다. 그때 주문을 받았던 직원이 난감한 표정으로 다가왔다. 그가 사과로 들릴 수도 해명으로 들릴 수도 있는 말을 건넸는데, 제대로 알아들을 수가 없어서 휴대폰을 꺼내 번역기 앱을 켰다. 나는 번역기 앱의 마이크 그림을 누르며 여기에 다시 말해달라고 몸짓했다. 직원은 잠시 흠칫하는 기색이더니 곧 내 휴대폰을 향해 상체를 숙이고 무슨 말을 했다. 인공지능이 남자 대신 말했다.

죄송합니다. 물고기가 없다. 다시 주문을 부탁하지만 나는 수치스럽게 죽는다.

나는 이렇게 사소한 일로 친절한 직원이 죽음을 선택할까 두려워 얼른 메뉴판을 집어들었다. 오차즈케 쪽을 고르려다가 생각해보니 이 메뉴에도 생선회가 있으므로 이걸 주문하면 직원은 또 한차례 물고기 없음을 수치스러워할 것 같았다. 결국 세번째 사진인 양식 메뉴를 골랐다. 직원이 생명의 은인에게나 할 법한 지나치게 정중한 인사를 건네고 다시 주방으로 향했다. 직원이 돌아가고 식당 안에 나 혼자 남자(아무래도 이 호텔 식당은 내 예측과 달리 영 인기가 없는 모양이었다) 급격히 쓸쓸해졌다. 나는 좀더 매끄러운 통번역을 위해 번역기 앱을 바꿔야 하나, 생각했다가 창밖의 식물을 쳐다보며 여름이구나, 했다가 한여름이면 이곳은 비수기인가, 생각했다. 그렇지. 한여름에 누가 이렇게 덥고 습한 곳에 오겠어. 온천탕에도 식당에도 손님이 나뿐인 게 당연하고 손님이 나뿐이니 물고기가 없는 것도 당연했다. 그러자 푹푹 찌는 한여름 섬나라에 와서 아무도 찾지 않아 전혀 준비되어 있지 않은 물고기를 꼭 집어 주문한 내가 너무 한심했다. 나는 한심한 손님. 한심하기 짝이 없는 여름 손님.

오뉴월 손님은 호랑이보다 무섭단다.

엄마는 이렇게 말했다. 내 한몸 건사하기도 힘든 이 한여름에 호랑이보다 무서운 여름 손님으로 초대를 받았다고. 하지만 당신은 호랑이보다 무서운 손님이 되어 폐를 끼치고 싶지 않으니 내가 대신 여름 손님이 되어주어야겠다고. 그건 부탁이 아니었다. 엄마의 지붕 밑에서 자란 내게 엄마의 말은 전부 외면할 수 없는 보드라운 명령이자 색이 연한 협박이었다. 영란 언니가 자신의 딸 결혼식에 엄마를 초대했다. 그 한마디만 듣고도 나는 너무 놀라 어떤 대답조차 할 수가 없었다. 언니는 삼십 년도 더 전에 스무 살이 되자마자 엄마를 버리고 일본으로 떠난 후 소식 한 줄 보내오지 않았다. 그런데 일본 어디에서 어떻게 사는지도 알 수 없었던 언니가 불쑥 자신의 딸 결혼식에 엄마를 초대했다는 것이다. 언니가 결혼을 했는지 어쨌는지도 모르는데 언제 낳아 키웠는지 당연히 모를 딸이 벌써 결혼한다고? 언니는 삼십 년이라는 단절의 세월을 가볍게 무시하고 천연덕스럽게 엄마를 초대했다. 그런데 더 놀라운 점은 언니가 떠난 후 세상을 다 잃은 것처럼(단순한 관용 표현이 아니다) 절망했던 엄마까지 언제 그런 일이 있었느냐는 듯 감쪽같은 얼굴로 한여름에 열리는 남의 잔치에 내가 대신 가줘야겠다고 말했다는 것이다. 엄마는 삼십 년 전 언니의 돌연했던 일방적 절연이나 그사이 연락 한 번 없었던 무심함은 다 잊은 채 오직 더운 계절에 손님이 되는 처지만이 호랑이보다 무섭고 끔찍한 일이라는 듯 굴었다. 언니도 엄마도 이해할 수 없는 이상한 사람들이었다. 결국 내가 거길 왜 가느냐고 고래고래 소리를 지르다 전화를 끊어버렸다. 그런데 이틀 후 엄마가 다시 전화를 걸어 한껏 기가 죽은 목소리로 여행 비용도 축의금도 넉넉히 챙겨줄 테니 제발 엄마 대신 결혼식에 다녀와 달라고 진심어린(그렇게 들렸다) 부탁을 해오자 내 마음도 달라지기 시작했다. 엄마가 정말로 원하는 게 뭘까? 호랑이보다 무서운 여름 손님이 되는 것 말고 진짜 무서운 게 뭐지? 칠순이 넘은 엄마는 아무리 옆 나라라고 해도 정말로 비행기까지 타고 외국에 갈 체력이 없는지도 모른다. 아니면 엄마는 삼십 년 전 자신에게 큰 상처를 입힌 언니를 아직 용서하지 않았을지도 모른다. 엄마는 나를 대신 보내 언니에게 자신의 마음속 앙금을 은근히 내비칠 속셈이다. 그렇지 않고서야 여덟 살에 헤어져 이제는 언니를 알아볼 수 있을지 자신할 수 없고 나눌 대화도 풀어야 할 묵은 감정도 없는 내게 삼십 년 만의 해후를 떠넘기는 게 말이 되느냔 말이다. 제 손으로 야멸치게 연을 끊어놓고 천연덕스럽게 초대장을 보낸 언니나, 언니와의 복잡한 감정을 내게 떠넘기는 엄마나 둘 다 이해가 되지 않았다. 엄마는 비겁하다. 언니도 비겁하다. 두 사람은 내게 늘 비겁했다.

우리 공주가 참아. 언니는 손님이잖아!

아빠는 숨이 넘어가게 우는 나를 안고 이렇게 속삭였다. 무엇 때문에 그렇게 울었는지는 기억나지 않는다. 다만 언니에게 화가 났고 내 편을 들어주지 않는 엄마에게 또 화가 나서 곱절로 서러웠다. 엄마는 늘 나보다 언니 편을 들었지만, 언니만은 언제나 내 편이었다. 그랬는데 그날은 무슨 일이었는지 언니가 내 편을 들어주지 않았던 것 같다. 마루에 드러누워 발버둥까지 치며 꼴사납게 악을 쓰고 우는데 엄마도 언니도 모르는 척했다. 얼마 후 퇴근한 아빠가 사태를 파악하곤 나를 덥석 안아 안방으로 데려갔다. 아빠는 흐느끼는 나를 안고 엉덩이를 토닥이며 달래주었다. 겨우 울음은 그쳤지만 딸꾹질이 멈추지 않았다. 숨쉬기가 힘들었다. 목이 아팠다. 그 와중에도 나는 엄마가 아닌 언니를 향해 저주의 말을 퍼부었다. 언니는 마귀할멈이라고. 언니는 계모라고. 언니는 돼지 새끼라고. 여섯 살에 배운 극악무도한 말들을 전부 언니에게 쏟아부었다. 그때 아빠가 속삭였다. 언니는 손님이라고. 손님이니까 공주인 내가 참아주어야 한다고. 겨우 여섯 살이었지만 그동안 삐죽이 고개를 쳐들었던 크고 작은 의문들이 일제히 풀리는 느낌이 들었다. 미묘하게 짝이 맞지 않았던 조각들이 순식간에 정렬하며 꼴을 이루었다. 언니는 손님이었다! 그 말은 이렇게도 해석할 수 있었다. 언니는 남이었다! 엄마에겐 눈에 넣어도 아프지 않은 첫정, 첫사랑, 첫딸이었던 언니가! 언제나 내 편을 들어주고 나를 세상에서 가장 사랑한다는 확신을 주었지만 엄마의 애정 때문에 어린 내 마음에 감당하기 버거운 질투심을 피워올렸던 언니가! 나는 너무 놀라 딸꾹질도 멈추었다. 비밀이 풀렸다. 부주의한 아빠의 입에서 새어나온 진실이 나를 덥석 끌어안고 아득한 곳으로 흘러갔다.

하씨는 하씨끼리 양씨는 양씨끼리!

엄마는 음식을 나눠 먹어야 할 때도, 기차나 버스 좌석에 나눠 앉아야 할 때도 이렇게 말했었다. 우리 네 식구는 프라이드 치킨은 하씨끼리 먹고 양념치킨은 양씨끼리 먹었다. 기차를 타고 나들이를 갈 때도 하씨끼리 앉고 양씨끼리 앉았다. 아빠와 함께 하씨였던 나는, 다정하게 이마를 마주하고 삶은 달걀을 나눠 먹는 통로 건너편의 두 양씨를 흘낏거렸다. 어릴 때부터 '하씨는 하씨끼리 양씨는 양씨끼리'의 율법에 익숙했기에 다른 집도 엄마 성과 아빠 성을 골라 가질 수 있는 줄 알았다. 첫째 딸인 영란 언니는 엄마의 성을 따라 양영란이 되었고 둘째 딸인 나는 아빠의 성을 따라 하민지가 되었다고. 성이 같으면 유난히 친한 것도 당연해 엄마와 언니가 짬뽕 그릇을 가운데 두고 사이좋게 매운 면발을 후루룩 빨아올리는 모습을 속수무책으로 바라만 보았고 그런 날에는 아빠가 숟가락에 올려 먹여주는 짜장면이 조금도 맛이 없었다. 내 질투심이나 소외감이 복잡했던 건 나를 향한 언니의 애정 때문이었을 것이다.

어른들의 말에 따르면 내가 처음으로 '엄마'라고 부른 대상은 엄마가 아니라 언니였다. 나와 띠동갑인 언니는 내게 최초의 숭배 대상이었다. 그러니 다정하게 이마를 포갠 엄마와 언니를 보았을 때 뱃속 깊은 곳부터 부글거렸던 불쾌감은 엄마 때문인지 언니 때문인지 구분하기가 어려웠다. 내가 엄마를 사이에 두고 언니와 경쟁하고 있는지 아니면 언니를 사이에 두고 엄마와 경쟁하고 있는지 명확하게 꼭 집어 말할 수도 없었다. 언니에 대한 내 최초의 기억은 감색 세일러복을 입고 마당에 내놓은 고리버들 의자에 앉아 문고본을 읽는 모습이다. 마루에 앉은 내가 장난감 인형을 가지고 놀다가 마당에 휙 내던지면 언니는 책을 내려놓고 얼른 일어나 인형을 주워주었다. 그 반사적인 행동이 어떤 장난보다 재미있어 나는 계속 인형을 마당에 던지며 언니의 반응을 기다렸다. 그 기억에 엄마나 아빠는 등장하지 않는다. 다만 인형을 주워 건넬 때마다 내 쪽을 가볍게 흘기는 언니의 반달 모양 눈이, 언니의 가슴 위에서 조용히 흔들리던 세일러 칼라가, 엄마가 늘 '참머리'라고 칭찬했던 언니의 단발머리가 내 쪽으로 확 쏠리던 순간이 내 안 어딘가에 선명히 각인되어 있다.

영란 언니가 엄마가 낳은 딸이 아니라 엄마가 '달고 시집온' 조카라는 사실은 조금 더 나중에 알게 되었다. 아이들에게도 귀가 있다는 사실을 잊곤 하는 어른들이 함부로 뱉은 말의 조각들을 하나씩 주워모아 어렵사리 완성한 정보였다. 영란 언니는 엄마의 오빠였다는 사람의 딸이었다. 내게 외삼촌일 그 사람은 집안의 기둥으로 일본에 유학을 떠났다가 현지에서 사랑하는 여자를 만났고 학위를 따자마자 그 여자와 함께 귀국해 가정을 꾸렸다. 그런데 영란 언니가 태어나고 몇 달 안 돼 외삼촌은 재일유학생 간첩단 사건에 연루되어 구속되었고 감옥 안에서 알 수 없는 연유로 죽었다. 누구는 고문 가능성을 이야기했고 누구는 억울한 마음이 지극하면 사람을 속부터 태워 죽인다는 무시무시한 말을 입에 올렸다. 외삼촌이 죽고 난 후 소식을 듣고 찾아온 외숙모의 가족은 졸지에 타지에서 남편을 잃고 얼빠진 채 지내는 외숙모만 일본으로 데려갔다. 그렇게 부모를 잃은 영란 언니는 당시 막 여고를 졸업한 스무 살 엄마와 단둘이 남겨졌다. 집안 재산은 외삼촌의 유학 뒷바라지 때부터 야금야금 사라지기 시작해 영란 언니와 엄마만 남았을 때는 거의 다 거덜이 난 상태였다. 엄마는 집을 포함해 남은 자투리 전답을 정리하고 가까운 도시로 나왔다. 그곳에서 단칸방 딸린 작은 가게를 얻어 아기였던 영란 언니를 옆에 눕혀놓고 옷을 팔았다. 엄마의 가게는 요즘 말로 편집숍이라고 할 만하게 여성복과 남성복을 모두 취급하면서 엄마가 직접 수놓은 손수건이나 뜨개질로 만든 모자와 가방 등을 곁들여 팔아 단기간에 충성도 높은 단골들을 확보했다. 아빠는 그

중 가장 충실한 단골이었다. 엄마의 가게는 도청 뒤쪽의 오래된 상점가에 있었는데, 상고를 졸업하고 곧바로 공무원이 된 아빠는 엄마의 가게에서 계절마다 흰색 와이셔츠와 넥타이를 새로 샀고 환절기에는 쓰지도 않을 손수건을 샀다. 엄마가 수놓은 꽃무늬 손수건이 수십 장 쌓여 더는 서랍에 넣어둘 수 없게 되었을 때 아빠는 엄마에게 청혼했다. 그때 영란 언니는 벌써 열 살이 되어 초등학교에 다니고 있었다. 아빠보다 세 살 많은 엄마는 두 번 다시 셔츠도 손수건도 팔지 않을 테니 앞으로 가게에 오지 말라는 말로 청혼을 거절했다. 하지만 아빠는 식음을 전폐하고 누워 식구들의 애간장을 태웠고 결국 아빠를 목숨보다 사랑했던 할머니가 직접 엄마를 찾아가 제발 당신의 아들을 거두어달라고 사정하기에 이르렀다. 엄마는 열 살 영란 언니를 앞세워 이 아이를 친손녀처럼 대할 수 있겠느냐고 할머니에게 물었다. 할머니는 뭐든 시키는 대로 하겠다며 고개를 끄덕였다. 참으로 이상한 거래이자 협상이었지만 어쨌든 아빠와 엄마는 결혼했다. 당시 결혼식 사진에는 엄마가 직접 만든 드레스를 입고 머리에 인조 함박꽃을 꽂은 단발머리 언니와 그 바로 옆에서 울상을 짓고 있는 할머니도 보인다. 아빠는 득의양양한 함박웃음을 짓고 있는데 엄마의 표정은 어떤 감정도 보여주지 않는다. 신부측 하객들은 아마도 상점가 사람들인 것 같고 신랑측 하객들은 거의 친척이다. 고모들은 하나같이 표정이 좋지 않다. 그 사진을 볼 때마다 내 마음이 이상해지는 건 평소 엄마를 좋아하지 않아 나의 미움을 샀던 고모들과 지금의 내 얼굴이 너무나 비슷한데 내가 깊이 사랑하고 욕망했던 언니와 엄마는 나를 따돌리고 두 사람만 똑 닮아 있기 때문이다. 오래된 그 사진을 보고 있으면 저주와도 같은 엄마의 말이 자연스럽게 떠올랐다. 하씨는 하씨끼리 양씨는 양씨끼리!

어른들은 간혹 조심성 없이 굴었지만 어쨌든 결혼 전 엄마와의 약속을 적절히 지켰고 덕분에 나는 영란 언니와 내가 성이 다름에도 둘이 친자매라는 얘기를 조금도 의심하지 않았다. 할머니와 고모들은 영란 언니를 살갑게 대하지는 않았지만, 눈에 띄게 차별하지도 않았다. 언니와 내가 나이 차가 많이 나는 까닭에 어른들이 나를 인형처럼 공주처럼 예뻐하고 언니는 데면데면 대하는 게 이상해 보이지 않았을 수도 있다. 어쩌면 다정하고 싹싹한 언니의 성격이 늦게 만난 친척들의 마음을 끌어당겼을 수도 있다. 언니는 그런 사람이었다. 주변 사람을 자연스럽게 제 쪽으로 끌어들이고 편안히 보살피는 사람. 언니와 함께 있으면 나는 늘 편하고 안전했다. 언니는 나의 지붕이었다. 그랬던 언니가 스무 살이 되자마자 일본으로 가겠다고 선언했을 때 엄마가 느꼈을 상처와 배신감을 나는 짐작조차 할 수 없다. 언니는 뒤도 돌아보지 않고 떠났다. 그 사이 어떻게 일본행을 준비했는지, 일본의 어디로 간다는 말인지 알 수도 없었다. 아빠와 친척들은 이제 와서 생모를 찾아간 게 아니겠냐고, 그래서 머리 검은 짐승은 거두는 게 아니라고 수군댔지만, 엄마는 가족들 앞에서 다시는 언니 이야기를 꺼내지 않았다. 그러나 무너지는 마음까지 완전히 숨길 수는 없었는지 언니가 떠나고 한동안 빈방에서 혼자 흐느껴 우는 모습을 자주 들켰다. 돌이켜보면 언니가 떠난 후 엄마는 딸 하나를 잃었지만 나는 두 엄마를 잃었다. 여덟 살부터 나는 심정적으로 엄마 없는 딸이 되어 혼자 자랐다.

*

언니는 여관 주인이 되었다. 또래의 일본인 여성과 공동으로 운영한다는 여관은 오래된 전통가옥을 개조한 것으로 예스러움과 현대성이 독특하게 섞인 곳이라고 했다. 전철역에서 좀 떨어져 있는 게 흠이었지만 깔끔한 실내장식을 비롯해 현대식 조식과 전통식 석식 또한 훌륭해 그 정도의 불편은 얼마든지 감수할 수 있다고도 했다. 특히 언니의 한국어가 유창해 한국인 관광객들에게 인기가 많았다. 전부 결혼식 초대장에 있는 여관 이름을 검색해 알아낸 정보들이었다. 언니의 여관은 일본어보다 한국어로 검색했을 때 검색 결과가 훨씬 더 많이 나올 만큼 한국인들에게 이미 유명한 곳이었다. 특히 젊은 여성들이 SNS에 올린 사진이 많았다. 관광객들이 올린 사진에 언니의 모습은 거의 보이지 않았고, 있다고 해도 얼굴을 드러내지 않은 채 손님의 식사 시중을 드는 손이나 손님 곁을 바쁘게 지나가는 발로만 존재했다. 사실 그 손이나 발이 언니의 것이라고 확신할 증거는 없었다. 한국어가 유창한 중년의 여관 주인이 반드시 언니라는 법도 없었다. 관광객들은 주인의 한국어가 유창하다고 했지 그 사람이 한국인이라고 하지는 않았으니까. 내가 직접 만나 확인하는 방법밖에 없겠지만 내 나이 여덟 살에 헤어진 형편에 중년이 된 언니를 정확히 알아볼 자신은 도무지 없었다.

엄마는 정말로 넉넉한 축의금과 여행 비용을 보내주었다. 내가 화를 냈던 게 마음에 걸렸는지 결혼식에는 얼굴만 비치면 되니 간 김에 맛있는 것도 먹고 좋은 데도 구경하고 오라고 했다. 엄마는 숙제하기 싫다고 떼쓰는 막내딸을 살살 구슬리듯 나를 대하고 있었다. 어쩐지 기시감이 느껴지는 수법이었는데, 나조차 기억하지 못하는 어린 시절 떼쓰는 나를 엄마나 언니가 이렇게 달랬을지도 모를 일이었다. 엄마도 언니도 나를 하나의 완성된 인격체로 대하기보다 어딘가 부족한 어린애로만 취급했다는 생각이 들자 일본행이 더 싫어졌지만, 앙갚음하는 심정으로 비싼 항공권을 끊고 호화로운 호텔을 예약했다. 일본에서도 몹시 귀해 일찍부터 줄을 서야 겨우 살 수 있다는 고급 화과자나 차를 사가야겠다는 다짐도 했다. 엄마가 좋아하는 것들을 잔뜩 사다 안겨 늦둥이 딸의 소중함을 느끼게 하리라고. 문화센터나 노인대학 친구들에게 자랑할 거리를 만들어주겠다고. 엄마에게 또다른 딸이 있었다는 사실을 그들이 영영 모르게 하리라고. 이번 일본행이 언니와 전혀 상관없는, 오로지 엄마와 나만의 일이 되게 하겠다고. 나는 언니에게 시위하듯 내 몫의 축의금 봉투도 따로 만들어 갔다. 언니가 사라졌어도 엄마에겐 이렇게 든든한 딸이 남았다는 걸, 그애가 어디 내놔도 부끄럽지 않은 버젓한 어른이 되었다는 것을 언니에게 똑똑히 보여줄 것이다.

　결혼식 당일은 조식을 포기하고 늦게까지 잤다. 물고기가 없는 양식 메뉴는 더이상 먹고 싶지 않았고 결혼식 피로연에서 언니가 내놓을 음식이 궁금해 미리 배를 비워놓고 싶기도 했다. 또 최대한 붓지 않고 갸름한 얼굴로 언니를 만나고 싶었다. 엄마를 쏙 빼닮았던 언니는 아름다운 중년이 되어 있을 게 뻔했다. 아빠의 판박이인 나는 내가 그토록 미워했던 예전의 쌀쌀맞은 고모들과 점점 비슷해지고 있었으므로 그 어느 때보다 신경을 쓴 모습으로 언니와 대면해야 했다. 냉동실에 넣어둔 생수병을 꺼내 수건으로 둘둘 말아 눈두덩 위에 올렸다. 그 상태로 침대에 누워 팔다리를 천장 쪽으로 바짝 치켜들고 덜

덜 털었다. 그렇게 하면 혈액순환이 빨라지면서 부기가 잘 빠진다고 했다. 초대장에 따르면 결혼식장은 내가 묵는 호텔에서 대중교통으로 한 시간 거리에 있었다. 그 말은 부기를 빼고 화장하고 옷을 갖춰 입을 시간이 한 시간 남았다는 뜻이었다. 팔다리를 흔드는 속도가 저절로 빨라졌다. 누가 보면 접신 직전의 영매라고 할 것이다. 숨이 가빴다. 종아리가 뻐근했다. 조금만 더 참아! 조금만 더! 절박하게 팔다리를 흔드는데 호텔방 초인종이 울렸다.

문간에는 감색 세일러복을 입은 여학생이 서 있었다. 고등학교 1학년이나 중학교 3학년쯤 되었을까? 일본 학원물에서 많이 본 인상의 소녀였다. 있지도 않은 첫사랑의 그림자를 떠올리는 청순한 소녀 말고 조용히 걸어가다가도 좋아하는 사람을 발견하면 큰 소리로 사랑을 고백하는 거침없고 씩씩한 소녀 말이다. 그런데 이런 소녀가 왜 나를 찾아온 거지? 누구냐고 조심스럽게 영어로 묻자 학생이 한국어로 대답했다.

손님입니다.

그렇다면 이 학생 역시 나도 모르게 신청해버린 어떤 서비스 때문에 온 걸까? 이렇게 어린 학생이?

안내를 맡았습니다.

내 마음을 읽은 듯 학생이 덧붙였다. 나는 혹시나 하는 마음에 학생의 얼굴에서 영란 언니와 닮은 구석을 찾아보았다. 하지만 내가 묵는 호텔을 언니가 알 리 없었다. 언니와 엄마가 나 몰래 연락을 주고받고 있었는지 몰라도 엄마 역시 내가 어느 호텔에 묵는지, 심지어 언제 일본으로 출발했는지도 몰랐다. 게다가 학생은 내가 기억하는 영란 언니와 전혀 닮지 않았다. 짧은 커트 머리와 주근깨가 촘촘히 박힌 그을린 얼굴, 뼈대가 굵은 몸집 등은 차라리 나와 더 비슷했다. 나는 화장대 위에 올려놓은 언니의 결혼식 초대장을 가져와 학생에게 보여주며 이곳까지 안내를 해줄 거냐고 물었다. 학생은 말없이 고개를 힘껏 끄덕였다. 어떻게 된 일인지 도무지 알 수 없었지만 언니보다 나를 더 닮은 씩씩한 학생을 믿고 따라가보기로 했다. 게다가 학생은 한국어도 유창하게 하고 있지 않은가.

학생은 내가 단장을 마칠 때까지 엘리베이터 앞에서 기다려주었다. 우리는 함께 호텔 로비 층으로 내려갔다. 출입문을 열고 호텔 밖으로 나가는데 학생이 소용돌이 모양으로 피어오르는 향 연기를 흐읍 하고 들이켰다가 기침을 했다. 그 모습이 귀여워 나도 모르게 '엄마 미소'를 지었다. 학생은 이쪽이다, 저쪽이다, 일일이 말하지 않고 그저 몇 걸음 앞장서 걷는 식으로 안내했다. 나는 학생을 놓칠까봐 학생의 어깨를 덮은 넓적한 세일러 칼라의 흰색 테두리에 시선을 고정하고 따라갔다. 학생은 키가 나보다 훌쩍 크지도 않고 다리가 유난히 길지도 않았는데 보폭이 넓었다. 학생은 절과 호텔과 카페가 비슷한 비율로 섞인 골목을 빠져나와 대로변으로 들어섰다. 거리에는 자동차도 사람도 많았다. 대로를 따라 한참 걷던 학생이 어느 골목으로 꺾어들어갔다. 내가 묵는 호텔 골목과 비슷하게 카페와 절과 호텔이 섞여 있었다. 어느 절 앞을 지나가는데 둥둥 둥둥 북소리가 들렸다. 어느 카페 앞에는 한국인과 중국인으로 보이는 관광객들이 긴 줄을 서서 기다리고 있었다. 카페 안쪽에서 원두 볶는 냄새가 진하게 풍겼다. 오늘의 커피를 아직 마시지 않았다는 생각이 들자 입안에 침이 고였다. 그러는 사이 우리의 간격이 확 벌어졌다. 나는 뛰다시피 해 학생을 따라잡았다. 어느새 골목이 끝나고 또다른 대로가 나왔다. 오전 시간이었지만 벌써 날이 뜨겁게 더웠고 이마와 목덜미에서 땀이 줄줄 흘러내렸다. 이런 상태라면 공들여 화장한 보람도 없겠다 싶어 학생에게 택시를 타고 가면 어떨까요, 물었지만 학생은 내 말을 전혀 못 알아들은 사람처럼 앞만 보고 계속 걸었다. 첫날의 노부인도 이 학생도 참 일방적으로 친절하군, 이런 생각을 하며 가방에서 손수건을 꺼내 땀을 닦았다. 그러다 우연히 학생의 목덜미를 보았는데 땀 한 방울 없이 보송보송한 것 같았다. 역시 어리다는 건 불가사의한 일이었다.

학생은 택시뿐만 아니라 버스나 지하철도 탈 생각이 없어 보였다. 계속 골목과 대로변을 번갈아 누비고 다녔다. 이러다가 결혼식에 지각하는 건 아닐까, 혹시 처음부터 나를 잘못 찾아온 게 아닐까, 의심이 고개를 쳐들기 시작했을 때 다소 한적한 거리에 들어섰다. 길은 넓어지고 양쪽 건물도 큼직한데다 지나다니는 사람도 거의 없었다. 시내에서 교외로 순간 이동한 것만 같았다. 새로 산 구두가 뻣뻣해 발뒤꿈치가 쓰라렸다. 학생이 걸음을 멈추고 말했다.

마침내 돌아왔습니다.

학생이 가리킨 곳은 언뜻 봐도 규모가 크고 유서 깊은 사찰이었다. 여기가 결혼식장이라고? 이런 문화재급 사찰에서? 학생이 먼저 사찰 입구를 통과했다. 뒤따라 들어가보니 목조기와 건물이나 불당 등은 우리나라 절과 비슷했지만, 건물의 배치와 곳곳에 들어선 독특한 정원이 달랐다. 그리고 절 구석에는 묘비가 빼곡하게 세워진 묘지가 자리잡고 있었다. 경내에 사람은 우리밖에 없었다. 불당 앞을 지날 때마다 안을 살폈지만 승려들도 보이지 않았다. 원래 사람이 없는 시간인가? 아니면 전부 예식장에 들어갔나? 그런데 정말로 여기가 결혼식장이 맞는단 말인가? 의문들이 삐죽 고개를 쳐들었지만, 학생 뒤를 따라가는 것 말곤 할 수 있는 일이 없었다. 나는 가방 안에 손을 넣어 엄마가 보낸 축의금과 내가 따로 준비한 축의금 봉투가 제자리에 있는지 더듬어보았다. 봉투 옆에 축축한 손수건이 만져져 화들짝 놀라 손을 뺐다.

본당으로 보이는 커다란 목조건물의 모퉁이를 돌자 뜻밖에 큰 연못이 나왔다. 연못은 헉 소리가 나올 정도로 아름다웠다. 첫눈에 아름답다고 느낀 것은 아마 수면의 4분의 3 가까이 차지하고 피어 있는 분홍색 연꽃 때문이었을 것이다. 연꽃은 부처님오신날에 절마다 내거는 연등처럼 인공적인 느낌을 주었다. 그만큼 크기와 빛깔과 비율이 완벽했다. 꽃잎이 활짝 벌어지며 효녀 심청이든 엄지공주든 하다못해 영란 언니가 나타나도 놀라지 않을 것 같았다. 연꽃 밑으로 검붉은 그림자가 쓱 움직였다. 비단잉어일 것이다. 물과 연꽃과 잉어의 그림자는 한 폭의 수묵화였다. 그때 그 기억이 찾아왔다. 기억은 물리적인 폭력성을 갖추고 내 뒤통수를 후려쳤다. 언니! 나도 모르게 외마디 비명을 지르며 뒤를 돌아보았다. 거기 영란 언니가 있다는 듯이. 언니가 겁에 질린 어린 나를 힘껏 안아 달래줄 거라고 확신하면서. 그러나 아무도 없었다. 그 아름다운 풍경에 사람은 나 하나뿐이었다.

*

수영장 옆은 연못이었다. 공원 입구 안내판에는 후백제 시절 만들어진 동양 최대의 인공 연못이라고 씌어 있었다. 언니는 입구를 통과할 때마다 아직 한글을 모르는 내게 안내판을 읽어주었다.

연못은 크기보다 연꽃으로 유명했다. 학교 운동장보다 넓은 수면 곳곳에 분홍색 연꽃이 피어났다. 진흙 속에 깊이 뿌리를 내리고 있었을 텐데 나는 연꽃이 자유롭게 수면 위를 떠다닌다고 생각했다. 물속에서 언뜻언뜻 모습을 드러내는 비단잉어들처럼 사람들 눈을 피해 가고 싶은 자리를 찾아 떠다닌다고. 그러다가 마음에 맞는 사람을 만나면 그에게만 몰래 꽃잎을 활짝 열어 속을 보여줄 거라고. 언니와 함께 수영장에 다녀온 날 밤에는 연꽃이 열리며 그 안에서 작은 사람이 나오는 꿈을 꿨다. 그 작은 이는 인형극에서 본 효녀 심청일 때도 있었고 그림책에서 본 엄지공주일 때도 있었으며 엄마가 만들어준 하얀 드레스 차림의 영란 언니일 때도 있었다.

여름방학이 시작되면 언니는 나를 데리고 수영장에 갔다. 고무 튜브에 공기를 넣어주고 물이 자기 무릎까지밖에 안 오는 유아용 풀장의 지루함을 견뎌주었다. 내가 배고프다고 하면 엄마가 싸준 도시락을 열어 나를 먹였고 졸려 하면 파라솔 아래서 나를 안고 재워주었다. 기억 속의 그날은 우리에게 동행이 있었다. 내 시야로는 목 아래쪽만 주로 보일 만큼 키가 훌쩍 큰 언니 또래의 여학생이었다. 머리가 짧았고 동작이 큼직큼직했다. 언젠가 엄마가 '영 선머슴 같다'라고 말한 언니의 동급생이었을지도 모르겠다. 그날 언니는 종종 부주의했다. 그 사람과 대화하느라 자꾸 나를 시야에서 놓쳤다. 오줌이 마렵다는 내 호소를 한 번에 알아듣지 못했다. 언니는 평소와 달리 높은 소리로 웃었다. 언니와 그 사람의 웃음은 시끌벅적한 실외 수영장에서도 도드라지게 울렸다. 나는 어쩐지 심술이 났다. 내 것인 언니가 자꾸 다른 사람에게 관심을 보이는 게 싫었다. 튜브 안에 있기 싫다고 칭얼거렸고 얕은 유아용 풀은 시시하다고 했다. 언니는 잠시 난감한 표정을 짓더니 나를 끌어안고 성인용 풀로 옮겨갔다. 수위는 언니와 언니의 동행에겐 가슴에 닿는 정도였지만 내 키보다는 훨씬 높았다. 언니는 나를 품에 안은 채 물속을 걸으며 그 사람과 대화했다. 두 사람의 음성이 높고 낮게 화음을 이루었다. 언니는 점점 더 부주의해졌다. 나는 심술이 나서 언니를 시험에 들게 했다. 나를 안은 언니의 손길이 점점 느슨해지는 참이라 거머리처럼 언니에게 매달린 상태였는데 일부러 팔 힘을 풀어버렸다. 내겐 언니가 곧바로 나를 붙들 거라는 믿음이 있었다. 나는 힘을 풀었고 곧장 물속으로 가라앉기 시작했다. 곧 두 사람의 배와 다리가 눈에 들어오더니 주변에 온통 공기 방울만 보였다. 너무나 사랑해서 스스로 공기 방울이 되어버린 인어공주가 떠올랐다. 그러나 실외 수영장 물속은 언니가 읽어준 인어공주 그림책 삽화만큼 아름답지 않았다. 뿌옇고 더러웠다. 압도적이고 무서웠다. 언니와 동행의 다리는 움직이지 않았다. 언니는 내가 제 품에서 떨어져나온 것도 몰랐다. 나는 공포로 입을 크게 벌렸다. 내 입에서 큼직한 공기 덩어리가 나왔고 나는 곧 정신을 잃었다.

눈을 떴을 때 눈물과 콧물로 엉망이 된 언니의 얼굴이 가장 먼저 보였다. 언니는 울음을 터뜨리며 수영장 옆 바닥에 누워 있는 나를 끌어안았다. 나는 반사적으로 언니를 밀쳐냈다.

그날 집에 돌아갔을 때 언니도 나도 무슨 일이 있었는지 엄마에게 말하지 않았다. 지금 생각해보면 언니는 그때부터 집을 떠날 준비를 시작했던 게 아니었을까? 어린 내가 수영장에서 있었던 일을 언니와 나만의 비밀로 만들어버렸을 때부터? 아니면 내가 정신을 차리자마자 언니를 밀쳐버렸을 때부터? 그것도 아니면 내 손으로 언니 품에서 떨어져나와 언니를 무서운 시험에 들게 했을 때부터? 설마 선머슴 같았던 언니의 동행에게 정신이 팔려 내게 부주의해지기 시작했던 그 순간부터?

사찰 어디에선가 종이 울렸다. 종소리는 세 번 연달아 들려왔다. 무엇인가 시작되고 있는 모양이었다. 아니, 무언가 끝을 향해 가고 있을지도 몰랐다. 확실한 것은 종소리가 들려오는 한 이곳에 사람이 나 혼자는 아니라는 사실이었다.

*

사찰 입구에서 택시를 불렀다. 결혼식 초대장을 보여주니 택시 기사가 흔쾌히 고개를 끄덕이고 차를 출발시켰다. 택시는 십 분도 안 되어 목적지 근처에 도착했다. 결혼식까지 아직 십 분 정도 남아 있었다. 기사는 어느 골목 앞에 차를 세우고 내비게이션 화면에 붉은 세모로 표시된 최종 목적지를 가리켰다. 골목이 좁아 차가 들어갈 수 없으니 여기서부턴 걸어가라는 뜻인 것 같았다. 나는 고개를 끄덕이고 택시 요금을 지불했다.

결혼식까지 칠 분이 남았다. 나는 걸음을 서둘렀다. 이 골목 역시 내가 묵는 호텔 골목과 비슷했다. 묘지 딸린 절이 있고 관광객들이 줄을 선 카페가 있고 산 사람들이 묵고 가는 호텔이 있었다. 언니의 결혼식장은 어디일까? 저 앞에 정장 차림의 사람들이 줄을 서서 어디론가 들어가는 모습이 보였다. 가까이 가보니 절과 호텔이 마주보고 있고 정장 차림의 사람들이 양쪽으로 나뉘어 입장하고 있었다. 장례식과 결혼식이 한날한시에 진행되고 있는 걸까? 나는 언니의 초대장에 적힌 번지수를 다시 한번 확인한 뒤 절과 호텔을 번갈아 쳐다보았다. 입장중인 사람들의 복장만으로는 그 안에서 벌어지는 행사의 정체를 짐작할 수 없었다. 골목 한가운데 서서 양쪽을 두리번거렸다. 결혼식까지 삼 분이 남았다. 마음이 조급해졌다. 목덜미에 땀이 줄줄 흐르고 등이 흠뻑 젖은 게 느껴졌다. 그때 검은 정장을 차려입은 남자가 다가와 뭐라고 말을 건넸다. 말끝을 올리는 것으로 보아 질문을 하는 것 같았다. 행사 안내인일까? 나는 얼른 휴대폰을 꺼내 번역기 앱을 켰다. 남자가 휴대폰을 향해 뭐라뭐라 말했다. 잠시 후 인공지능이 젊은 남성의 목소리로 물었다.

유령을 찾아왔는가? 아니면 당신은 손님입니까?

호랑이보다 무서운 여름 손님이 되느니 차라리 유령을 만나고 싶었다. 그날 나는 물에 빠져 죽었어야 했다. 나 때문에 나를 죽일 뻔했던 언니는 자신을 죽였다. 언니는 엄마의 착하고 귀한 첫딸을 제 손으로 죽였다. 아니, 언니를 죽인 건 나였을까? 검은 정장의 남자가 다시 물었다.

손님입니까?

나는 얼른 뒤돌아 골목을 빠져나왔다. 결혼식 시간이 다 되었다. 등뒤에서 종소리가 이중으로 들렸다. 높은음과 낮은음의 종소리가 좁은 골목을 가득 채웠다. 나는 골목 입구에 대기 중인 택시에 올라탔다. 기사가 어디로 가십니까, 라고 묻는 것 같았다. 나는 그저 한국어로 중얼거렸다. 어디든, 여기가 아닌 곳으로 갑니다. 기사는 아무 말 없이 택시를 출발시켰다. 손님이었던 것들이 저만치 멀어지고 있었다.

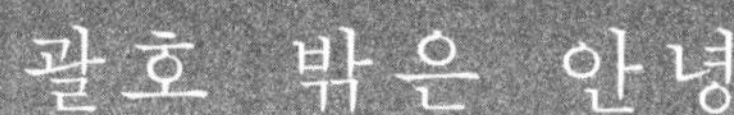

괄호 밖은 안녕

한 계절에 책 두 권을 번역하고 나는 급격히 소진되었다. 한 권은 미국 여성 작가의 소설집이었고 또 한 권은 스코틀랜드 출생 영국 여성 작가의 산문집이었다. 두 사람은 출신지만큼 이나 문장 스타일과 추구하는 시학이 동떨어져 있었지만, 언 어에 대한 예민함과 집중력은 우위를 가릴 수 없을 만큼 뛰어 나 역자로서 느끼는 고통 지수 역시 한도를 넘어버렸다. 두 사 람 모두 언어유희를 무척 즐겼고 단어의 어원에 집착했는데, 평단의 찬사를 받아온 그 유희와 집착이 역자에겐 그저 고약 하고 가학적인 악취미로만 보였다. 양쪽 원고에 주석을 백 개 씩 달아놓은 나는 편집자의 썩은 얼굴을 예상하며(가여운 편 집자에겐 백 개 넘는 주석이 역자의 고약하고 가학적인 악취

미로만 보일 것이다) 원고를 보낸 뒤 곧바로 인천공항으로 향했다. 두 원고가 편집자의 책상 위에서 욕인지 칭찬인지 나로선 알 수 없는 무엇을 받으며 변모하는 동안 나는 내 번역의 출발어도 도착어도 없는 낯선 곳에서 휴식할 계획이었다. 당분간 두 개의 언어는 쳐다보고 싶지도 않았다. 해석이란 개념은 생각만 해도 지긋지긋했다. 공항에 도착해 짐을 부치고 출국 절차를 밟는 동안 나는 가능한 한 말을 한마디도 하지 않는 방식으로 자아의 소진에 대처했고, 그 결과 어쩔 수 없이 무례하거나 인사성 없는 사람이 되었다.

새벽부터 집 앞 정류장에서 공항버스를 타고 출발해 점심시간쯤 홋카이도의 한 공항에 도착할 때까지 음성언어 없이 손짓, 몸짓만으로 어찌어찌 버텼지만, 입국 심사를 통과해 공항 대합실로 나가자마자 모든 표지판에 병기된 영어와 한국어가 나를 비웃었다. 화장실 하나를 찾아가려고 해도 일본어는 눈에 들어오지 않고 오직 '화장실'과 'Restroom'이라는 단어만 돋보기로 확대된 듯 성큼 내 해석의 영역으로 뛰어들어왔다. 인식 자체를 거부해본들 나는 'トイレ'가 아닌 '화장실'에서 볼일을 해결하고 'レンタカー'가 아닌 'Car Rental'이라는 안내판을 보고 자동차를 빌리러 가야 했다. 그래도 사전 예약을 해둔 덕분에 일본어도 영어도 쓰지 않고 아담한 하이브리드 자동차를 빌릴 수 있었다. 비용을 감수하면서 대중교통이 아

니라 자동차 대여를 선택한 것도 되도록 사람과 마주칠 일을 줄이기 위해서였다. 누구라도 마주치면 당연히 언어가 필요해질 테니까. 언어와 해석에서 도망친 채 오롯이 텅 빈 상태로 혼자 있고 싶은 내 마음은 깊고 깊은 진심이었다.

신치토세공항에서 하코다테까지 서둘러 가도 자동차로 네 시간이었다. 렌터카 영업소 직원이 세팅해준 내비게이션에서 간간이 한국어 음성 안내가 들려왔지만, 그보다는 고속도로 표지판에 큼지막하게 쓰인 '函館'이라는 문자에 집중하며 차를 몰았다.

하코다테는 우리 식으로 읽으면 '함관'인데 하코다테산 기슭에 쌓은 성관城館이 상자를 닮아서 그렇게 부르기 시작했대. 십이 년 전 처음 하코다테에 왔을 때 여준 옆에 앉은 석우가 말했었다. 나와 석우와 여준으로 이루어진 '우리'는 하코다테공항에서 버스를 타고 하코다테역에 내렸다. 그때 여준이 열셋 아니 열넷이었던가? 각자 트렁크를 끌고 호텔까지 걸어가면서, 길 양옆에 눈이 제 키만큼 쌓여 있는데 사람들이 지나다니는 통행로는 말끔하게 닦여 있는 걸 열셋 어쩌면 열넷의 여준은 신기해했다. 홋카이도는 겨울에 눈이 워낙 많이 와서 도로와 통행로 곳곳에 열선이 깔려 있다는 석우의 설명에 여준뿐만 아니라 나까지 눈을 크게 떴다. 석우가 똑같이 생긴 여자 둘이 똑같은 표정으로 놀라는 걸 보니 미리 공부해온 보람이 있다며 웃었다. 인천에서 하코다테까지 직항 노선이 있던 시절, 내게도 남편과 딸이라는 가족이 있던 시절의 이야기다. 정신 똑바로 차려야 한다. 자칫하면 기억의 허방에 빠지고 만다. 추억으로 치장한 허상과 추돌하게 된다. 그때 내비게이션 음성 안내가 야생동물이 자주 출몰하는 지역이니 정신 똑바로 차리라고 말했다. 화들짝 놀라 전방을 보자 사슴과 여우가 그려진 안내판이 서 있었다.

십이 년 전 겨울, 석우와 여준과 함께 왔을 때 눈밭에서 붉은여우를 보았다. 여우는 그림책에서 막 튀어나온 것처럼 온몸의 털이 태양을 닮은 주황색이었고 풍성한 꼬리 끝만 하얬다. 여우가 멀리서 우리를 응시했다. 여준이 발을 동동 구르며 아빠 사진! 아빠 사진! 하고 외쳤다. 하지만 석우가 망원렌즈를 꺼내 카메라에 끼웠을 때 붉은여우는 이미 몸을 돌리고 하얀 꼬리를 흔들며 숲속으로 총총 사라진 뒤였다. 여준이 제 아빠를 흘겨보며 울음을 터뜨렸다. 그 시절의 여준은 잘 울고 잘 웃었다. 석우는 여준을 안아주며 몇 번이고 사과했다. 별일도 아닌데 부녀가 호들갑을 떤다고 타박한 사람은 나였다. 언제나 분위기를 깨고 찬물을 끼얹는 사람은 나…… 정신 똑바로 차려야 한다. 머리를 비우고 쉬겠다며 외국에 와서는 자꾸 기억을 불러들이고 있다. 기억과 해석은 다른가? 당연히 같지 않겠지만, 피하려고 해도 물리적인 충격을 동반해 제멋대로 찾아온다는 면에서는 크게 다르지 않다. 도로 표지판에 점처럼 박힌 이국의 문자 중에서도 한자 시간에 배운 글자가 유독 크게 눈에 들어오며 저절로 해석의 프로세스를 발동하는 것과, 별것 아닌 일들이 미끼가 되어 깊이 묻어놓았던 기억을 끌어내는 과정은 매우 흡사했다. 번역을 업으로 삼은 이후 해석은 곧 나의 밥줄과 다름이 없어졌는데도 해석 1과 기억 1이 찾아오고 그에 따른 새로운 해석 1-1과 또다른 기억 2가 찾아오는 식으로 머릿속 팝업 창이 걷잡을 수 없이 열리면 컴퓨터를 강제 종료하듯 그 자리에서 벗어나야 했다. 물론 그렇게 떠나온 새 자리에서도 해석 3과 기억 6과 해석 5-1과 기억 12의 난동은 계속되고…… 살고 싶으면 정신 똑바로 차려야 한다.

해석에 관한 나의 첫 기억은 구슬 옥玉 자였다. 늦봄 아니면 초여름이었을 것이다. 모내기를 마친 논에 벼가 푸릇푸릇하게 자라 있었고 큼직한 한자 하나씩을 담은 흰색 표지판이 논 한가운데 점점이 박혀 있었다. 지금 생각하면 표지판에 적힌 글자는 지역명이나 구호였을 것이다. 예를 들면 '○옥면 풍년 기원'이랄지 '○옥면 농지조성 사업' 같은 문구들. 흰 바탕에 검게 그려진 것들이 글자인지 그림인지도 몰랐을 어린 내 눈에 유독 구슬 옥 자 하나가 성큼 들어왔다. 어디서 어떻게 배운 글자인지 알 수 없었지만, 나는 한 글자를 알아보았다는 기쁨에 겨워 은쟁반에 옥구슬 굴러가는 소리 못지않게 쨍쨍한 목소리로 구슬 옥이다! 하고 외쳤다. 내 곁에는 아빠가 있었다. 우리는 아침 일찍 시외버스를 타고 당도한 낯선 고장의 시골 길을 걷고 있었는데, 내가 버스 안에서 멀미를 일으켜 수선을 피운 다음이라 아빠도 나도 나쁜 냄새를 풍기며 좀 지친 상태 였다. 그런데 내가 초록색 논 한가운데 저절로 솟아오른 것만 같은 글자를 알아보고 당당히 손가락질까지 하며 알은척하자 아빠는 지친 표정을 버리고 환하게 웃었다. 우리 딸 천재네! 했던가. 날 안아 빙글빙글 돌렸던가. 집에 돌아가면 당장 천자 문부터 가르쳐야겠다며 호들갑을 떨었고 목적지에 도착할 때 까지 계속 싱글벙글 웃었다.

그날의 기억은 거기서 끝나지 않았다. 가는 길 오른편에 작 은 산비탈이 나왔는데, 아빠 키보다 높은 비탈에 주황색 나리 꽃이 큼지막이 피어 있었다. 내가 그 꽃을 가리키자 아빠는 반 짝이게 닦아놓은 구두와 깨끗한 양복 바짓단에 흙을 묻혀가며 비탈을 올랐고, 몇 번 미끄러진 끝에 마침내 그 꽃을 꺾어왔 다. 아빠는 어린 내 앞에 한쪽 무릎을 꿇고 과장된 동작으로 태양을 닮은 그 꽃을 바쳤는데, 나는 그 순간을 최초의 인정과 숭배의 시간으로 기억한다. 그때도 이 헌화는 내가 들판 한가 운데 솟아난 구슬 옥 자를 알아본 덕분이라고 생각했다. 나는 아빠의 인정을 받았다는 사실이 기꺼웠고 난생처음 해석의 기 쁨을 경험했다. 이후 해석은 나의 주요한 욕망이 되었다. 내가 느낀 기쁨이 해석 자체보다는 '아버지의 언어'를 알아본 보상과 더 관련이 깊고, 해석이란 기쁨보다 고통에 더 가까운 일이라는 사실을 다섯 살의 나는 전혀 알지 못했다.

그날의 기억은 엉뚱한 결말과 함께 끝이 났다. 아빠가 나를 데리고 찾아간 곳은 시골에 사는 먼 친척의 장례식이었는데 해찰을 하느라 제시간에 도착하지 못한 우리는 가는 도중에 벌써 집을 나선 상여 행렬을 목격했다. 논 하나를 사이에 두고 저만치서 상여가 천천히 지나가는 것을 보았다. 상여를 실물로 본 건 처음이었지만, 그게 상여라는 것과 그 안에 망자의 몸이 담겨 있다는 것쯤은 짐작할 수 있었다. 아빠가 걸음을 멈추고 지나가는 상여를 향해 고개를 숙여 인사했다. 누군가 구슬프게 노래하고 있었다. 종소리인지 방울소리인지도 짤랑짤랑 들렸다. 죽음이 가까이 있다는 걸 깨달은 순간 내 손에 꼭 쥐어진 주황색 꽃이 부끄러웠다. 죽음 앞에서 화려하게 피어 있다는 건 부끄러운 일이었다. 나는 아빠 몰래 그 꽃을 논바닥에 던져버렸다.

*

호텔에 도착해 체크인을 마치자마자 짐도 풀지 않고 잤다. 암막 커튼은 늦은 오후의 빛을 매우 효과적으로 차단해 방안을 칠흑의 밤으로 만들어주었다. 잠들었다기보다는 기절했다는 게 좀더 정확한 표현일 만큼 꿈도 없이 잤다. 어떤 기척을 느끼고 깨어났을 때 시간은 자정에 가까웠다. 나는 어둠 속에서 예민하게 귀를 기울였다. 어이없게도 기척은 몸 바깥이 아닌 안에서 나왔다. 나는 동면에서 막 깨어난 짐승처럼 허기를 느꼈다. 침대에서 일어나 암막 커튼을 걷자 크고 작은 불빛이 달려들듯 다가왔다. 저멀리 하코다테산 정상의 전망대가 가장 크고 환한 불빛을 보냈고 산을 향해 기운 여러 언덕길의 가로등이 점점이 가물거렸으며 가까운 항구에는 어선을 밝힌 등이 수면에 노란빛으로 어른거렸다. 비로소 낯선 곳에 왔다는 실감이 들었다. 출발에서 도착까지 하루가 꼬박 걸린 여정은 어느새 까마득한 자리로 밀려났다. 나는 이곳에서 홀로 국외자였다.

배가 몹시 고팠지만 이 시간에 문을 연 식당은 없어 보였다. 지갑과 열쇠를 챙겨들고 호텔 로비로 내려갔다. 체크인할 때 얼핏 편의점 간판을 본 기억이 났다. 편의점은 호텔 건물 오른쪽에 작은 혹처럼 붙어 있었다. 젊은 남자 직원이 친절과 무심함 사이 어딘가의 말투로 어서 오라고 인사했다. 나는 컵라면 하나와 삶은 달걀 두 개, 떠먹는 요구르트 하나를 샀다. 컵라면에 뜨거운 물을 부어 테이블 자리로 가보니 다른 사람이 한 명 더 있었다. 중국인으로도 태국인으로도 어쩌면 일본인으로도 보일 수 있는 남자가 나를 흘낏 보고는 먹고 있던 볶음국수 쪽으로 시선을 돌렸다. 컵라면이 익어가는 동안 삶은 달걀 껍데기를 깠다. 껍데기는 매끈하게 잘 까졌다. 달걀 하나를 컵라면 안에 집어넣고 뚜껑을 다시 닫았다. 옆자리 남자가 그런 내 모습을 보고 엄지를 치켜들었다. 나는 반사적으로 웃다가 얼른 정색하며 컵라면 쪽으로 시선을 돌렸다. 정신 똑바로 차려. 남자 쪽에서 국수를 빨아들이는 소리가 들렸다.

편의점에서 나와 곧바로 호텔 맨 위층으로 올라갔다. 꼭대기층의 목욕탕을 밤새 운영한다는 말을 체크인할 때 들었다. 호텔 홈페이지에서 야경이 내려다보이는 근사한 노천탕 사진을 본 기억도 났다. 자정이 넘은 시간, 탈의실에는 아무도 없었다. 옷을 벗고 욕장에 들어갔을 때도 사람은 보이지 않았다. 샤워기로 몸을 씻고 난 후 넓은 탕에 홀로 들어가 있었다. 물은 진흙탕처럼 뿌예서 물속이 전혀 보이지 않았다. 무슨 온천물이 이런가 싶었지만, 벽에 붙은 안내판에 바다 해海 자와 물 수水 자가 도드라져 보였다. 해수탕이란 게 원래 이렇게 뿌연 모양이군, 저절로 해석을 시작했다. 물은 생각보다 뜨거웠다. 거기서 딱 오 분을 버티고 노천탕으로 나갔다. 노천탕은 넓은 베란다 같은 구조로, 지붕만 있고 한쪽 벽면은 윗부분이 휑하니 뚫려 바람이 통했다. 여름이었지만 뜨거운 물 속에 있다가 바깥 공기를 만나니 오스스 한기가 느껴졌다. 노천탕은 길고 좁은 직사각형으로 실내 수영장의 한쪽 레인만 잘라 옮겨놓은 모양새였다. 거기에 누군가 있었다. 어두운 조명 아래 희끄무레한 몸의 형체가 물 밖으로 나왔다가 물속에 들어가길 반복하며 헤엄을 치고 있었다. 그렇다. 그 몸은 목욕이 아니라 헤엄을 치고 있었다. 직사각형의 좁은 면 끝에 도착한 몸은 공중제비를 넘듯이 몸을 휙 돌려 다시 반대 방향으로 헤엄쳤다. 나는 노천탕 바로 앞에 놓인 흰색 비치체어에 앉아 그 몸의 반복적인 동작을 지켜보았다. 뚫린 벽면에서 바람이 불어왔다. 저 멀리 하코다테산 정상의 전망대가 환하게 조명을 뿜으며 서 있었다. 몸이 물을 가르는 소리가 일정했다.

십이 년 전 '우리'는 로프웨이를 타고 하코다테산 전망대에 올랐다. 일본의 3대 야경으로 꼽히는 그곳의 야경을 보겠다고 한 시간 넘게 줄을 서서 로프웨이를 기다렸다. 날이 저문 후였고 밤하늘에 간간이 눈발이 날렸으며 여준은 춥고 발이 시리다며 징징거렸다. 하코다테산 따위 무너져버리라고, 로프웨이 따위 끊어져버리라고 저주를 퍼붓다가 나한테 혼났다. 여준은 눈물을 매단 채 로프웨이에 올라 전망대에서 야경을 보고 사진을 찍고 기념품가게에서 하얀 오목눈이 인형을 사는 동안 내 쪽은 쳐다보지도 않으면서 제 아빠 옆에만 찰싹 들러붙어 있었다. 기억이 또 허방을 열었다. 정신 똑바로 차려야 한다. 철퍼덕철퍼덕. 노천탕의 뿌연 물은 일정한 박자로 갈라졌다.

희끄무레한 몸이 눈앞을 오갔다. 자꾸만 공중제비를 넘었다. 아무도 변신하지 않았다. 나는 가만히 앉아 그 반복을 지켜보다가 탈의실로 나갔다.

하루치 잠을 다 자버린 탓에 목욕탕에 다녀와서도 쉬 잠이 오지 않았다. 여행 때마다 서너 권씩 챙겼던 책을 한 권도 가져오지 않았다. 이번에는 큰맘먹고 노트북도 놔두고 왔다. 그랬더니 막상 할일이 없었다. 침대에 누운 채 텔레비전을 켰다. 낯선 언어가 쏟아져나왔다. 깜짝 놀라 볼륨을 줄이고 채널을 이리저리 바꿔보았다. 바다를 가르며 달려가는 오징어잡이 배 아래에 자막으로 '하코다테에 오세요' 비슷한 문장이 까불거렸다. 사극인지 옛날 옷을 입은 두 남녀가 다다미 위에서 끌어안고 흐느꼈다. 예능인지 과장된 웃음소리가 배경음으로 깔리며 여러 사람이 둘러앉아 설전을 벌였다. 모래밭에서 스모 선수 둘이 맞붙었다. 손가락질 한 번으로 화면은 쉽게쉽게 바뀌다가 이윽고 하코다테산 전망대가 나타났다. 자막도 없고 대사도 거의 없어 무슨 일이 벌어지고 있는지 알 수 없었지만 드라마나 영화의 한 장면 같았다. 인물들이 로프웨이를 타고 전망대를 향해 올라갔다. 리모컨을 내려놓고 삼 분쯤 보았을 때 나는 화면 속 장면이 오래전에 본 영화의 한 장면임을 알아차렸다. 하코다테를 배경으로 찍은 영화였는데 한동안 내가 좋아하는 3대 영화 중 하나로 꼽기도 했다. 나는 결말을 알면서도 채널을 돌리지 않았다. 볼륨을 키우지도 않았다. 안 그래도 조용한 영화를 무음으로 보았다. 동생과 오빠가 함께 로프웨이를 타고 하코다테산 전망대에 오른다. 동생은 오랜만의 나들이에 들뜬 표정이다. 시간이 흐르고 동생 혼자 대기실에 앉아 있다. 로프웨이의 막차 시간이 지나도록 오빠는 돌아오지 않는다. 하코다테산 반대편은 사람이 다닐 수 없는 깎아지른 절벽이다. 전망대 직원이 동생에게 다가온다. 나는 엔딩 크레디트가 다 올라가도록 채널을 돌리지 않고 생각했다. 오빠는 어디로 갔을까? 답을 알면서도 계속 생각했다. 오빠는 왜 오지 않을까? 동생은 끝내 홀로 남겨질까? 홀로는 반복될 것이다. 오빠는 단 한 번의 동작으로 동생의 곁을 떠났을까? 철퍼덕. 물 가르는 소리가 들렸다. 오빠는 어쩌면 그렇게. 모질게. 어? 어쩜 그래? 나는 텔레비전을 켜둔 채 잠들었다. 어떤 몸이 반복해서 물을 가르는 소리가 귓가에 몰려왔다 몰려갔다. 정신 똑바로. 철퍼덕. 사람이 어떻게. 철퍼덕. 차려. 철퍼덕. 그래?

*

순전히 맨발 때문이었다. 맨발을 보지 않았다면 굽이굽이 이어진 고갯길 한가운데서 차를 세우는 무모한 짓은 하지 않았을 것이다. 그러나 나는 맨발을 보고야 말았고 차를 세우지 않을 수가 없었다. 나는 이곳이 한국어도 영어도 통하지 않는 홋카이도의 산속임을 잊고 어리석게 한국어로 말을 걸었다.

괜찮아요?

인적이 거의 없는 깊숙한 산길에 작은 몸집의 젊은 여자가 맨발로 주저앉아 있는데 괜찮을 리가 없었다. 게다가 부슬비가 내렸고, 몇 미터 앞도 잘 보이지 않을 정도로 안개가 자욱했다. 여자가 고개를 들어 운전석의 나를 보았다. 나는 반쯤 내렸던 차창을 끝까지 다 내린 뒤 여자 쪽으로 고개를 내밀고 다시 일본어와 영어로 번갈아 물었다.

〔괜찮은가요?〕

〔당신은 괜찮습니까?〕

놀랍게도 여자는 나를 보고 싱긋 웃었다. 그러곤 가뿐하게 몸을 일으켜 자동차 앞까지 맨발로 총총 걸어오더니 조수석 문을 열고 차에 올라탔다. 여자의 맨발이 가장 먼저 차 안으로 들어왔다. 그 발은 생각보다 깨끗했고 상처도 보이지 않았다. 여자에겐 신발만 없는 게 아니라 가방도 다른 소지품도 없어 보였다. 여자가 입은 풍성하고 긴 치마와 몸에 딱 붙는 반소매 셔츠에는 주머니가 없었다. 깊은 산속에서 맨발로 쓰러져 있던 여자는 당연히 조난의 이미지를 풍겼지만, 가까이에서 마주하니 붉은 기가 도는 긴 머리카락이 조금 푸석푸석해 보일 뿐 하얀 얼굴에 윤기가 돌았고 표정도 편안해 보였다. 내가 다시 자동차를 출발시키자마자 여자는 빠른 속도로 말을 내뱉기 시작했는데, 일본어라는 것만 알 수 있었을 뿐 무슨 뜻인지 하나도 알아들을 수가 없었다. 심지어 일본어가 맞는가 싶을 만큼 여자의 억양은 독특했다. 여자가 한바탕 말을 쏟아내길 기다렸다가 겨우 틈을 비집고 미리 외워둔 일본어로 말했다.

〔나는 외국인입니다. 나는 일본어를 모릅니다.〕

그러자 여자가 알겠다는 듯 고개를 한 번 크게 끄덕이더니 그후론 한마디도 하지 않았다. 그렇다고 여자가 언어 자체를 포기한 것은 아니었다. 여자는 음성언어 외의 언어 소통에 능숙했다. 오직 손짓과 몸짓, 표정만 동원할 뿐인데 이상하게도 여자가 무슨 말을 하려는지 저절로 이해되었다. 여자는 마임 배우라고 해도 좋을 만큼 동작이 섬세하고 표현력이 뛰어났다. 몸에서 출발한 언어는 의식적으로 해석할 필요 없게 단단한 괄호에 담겨 곧바로 내 몸에 도착했다.

(저 산꼭대기까지 가고 싶어요.)

나는 하코다테산 정상의 전망대를 향해 자동차 속도를 높였다. 원래 전망대까지 가는 길은 도시 쪽에서 로프웨이를 타고 직선으로 올라가는 방법과 자동차를 타고 산 뒤쪽으로 난 고갯길을 굽이굽이 돌아가는 방법이 있었다. 그러나 돌아가는 고갯길은 험해 눈이 많이 오는 겨울철에는 전면 통제되었고 여름에도 해가 지는 시간을 고려해 오후 네시 이후에는 입산 금지였다. 십이 년 전 겨울에는 로프웨이를 타고 곧장 전망대에 올랐으니 이번에는 가보지 않은 길을 선택했다. 로프웨이 안에서 다른 사람들과 마주치고 싶지 않은 마음도 있었다. 예상은 했지만 고갯길은 생각보다 한산했다. 전망대에 오르는 사람들이 가장 원하는 풍경은 하코다테시의 야경이었기 때문에 환한 오후 시간대에 산을 오르는 사람은 많지 않았다. 게다가 비와 안개에 젖어 길이 좋지 않았다. 오래된 나무가 무성히 잎을 틔워 천연 그늘막을 이루었고 그 사이로 안개가 살아 있는 존재처럼 스르르 움직였다. 흰 뱀 같은 안개가 움직일 때마다 시야가 뿌옇게 가려졌다 조금씩 드러나길 반복했다. 안개비가 흩뿌리는 산속 길은 괴괴했다. 이렇게 가다가 반대편에서 내려오는 자동차라도 만나 부딪치면 그대로 끝장이겠다 생각하며 바짝 긴장하고 있었는데, 안개 한 조각이 걷히면서 길가에 맨발로 주저앉은 여자가 보였다. 머리끝이 쭈뼛할 만큼 놀랐지만 여자의 맨발을 본 터라 본능적으로 차를 세울 수밖에 없었던 것이다.

내게 맨발은 일종의 취약 지대였다. 맨발로 뛰어드는 사람은 막을 도리가 없었다. 오래전 604호 여자도 맨발이었다. 여준이 돌이 되기 직전이었으니 이십오 년 정도 된 이야기다. 여준이 태어나고 두 달이 조금 안 되었을 때 석우가 내륙의 한 천문대로 발령을 받았다. 나는 고민 끝에 산후휴가를 무기한 휴직 상태로 바꾸고 석우를 따라 내륙으로 들어갔다. 남편과 떨어진 채 혼자 아이를 키우며 직장에 다니기보다 직장을 버리고 온전한 가족 안에서 살고 싶었다. 우리는 내륙의 산자락에서 고립을 자처하며 안온하게 지냈다. 석우는 정시에 출근해 정시에 퇴근했고 집에 돌아오면 아기 여준을 살뜰히 돌보았다. 나는 여준과 둘이 남은 시간을 살림과 산책으로 채웠다. 신축 아파트에 살았지만 단지를 조금만 벗어나면 논밭과 야산이 나왔고, 마음먹고 걸으면 소백산맥 한가운데에도 닿았다. 이사온 지 일 년이 다 되어도 아직 걷지 못한 길이 많았다. 그날도 석우를 출근시키고 집안일을 서둘러 마무리한 다음 여준을 유아차에 태워 산책을 나섰다. 구층에서 엘리베이터를 타고 내려가는데 육층에서 문이 열리더니 웬 여자가 뛰어들었다. 여자는 다급하게 엘리베이터 닫힘 버튼을 눌렀고, 문이 닫힌 뒤 엘리베이터가 움직이자 긴장이 풀린 듯 바닥에 주저앉았다. 여자는 맨발이었다. 집에서나 입을 것 같은 반소매 티셔츠에 반바지 차림도 허술했다. 엘리베이터가 일층에 멈춰 섰지만, 나도 여자도 내리지 않았다. 나는 여자 때문에 내릴 수가 없었다. 엘리베이터는 문이 닫힌 채 움직이지 않았다. 그 안은 생각보다 더 적막했다. 그때도 나는 여자에게 물었다.

괜찮아요?

괜찮을 리 없다는 걸 알았으니 하나 마나 한 질문이었다. 여자는 쫓기는 짐승처럼 다친 눈빛으로 나를 올려다보고는 불쑥 말했다.

돈 좀 빌려줘요. 신발도요.

여자를 우리집에 들인 후 뜬금없게도 유아차에서 잠든 여준을 지켜야 한다는 생각이 먼저 들었다. 맨발의 여자를 주방 식탁 앞에 앉히고 따뜻한 차부터 한잔 대접하면서 나는 계속 여준과 나와의 거리 그리고 여자와 여준과의 거리를 계산했다. 어쩐지 앞뒤가 맞지 않게 들리겠지만 그때 나는 어떤 폭력을 피해 도망친 게 분명해 보이는 여자가 앙갚음처럼 나의 여준을 안고 달아날 수도 있다고 믿었다. 맨발의 타인을 도와주고 싶은 마음이 먼저 들었던 건 분명하지만, 내 집에 들어온 여자가 얼마든지 돌변할 수 있다고 생각할 만큼 나는 여자를 불신했다. 한시라도 빨리 여자를 내 집 밖으로 몰아내야 했다. 여자를 나의 소중한 여준 곁에서 멀리 떨어뜨려야 했다. 나는 여준이 곤히 잠든 유아차를 현관에서 거실까지 끌고 들어왔다. 나가기 직전 걸레질을 마친 거실 바닥이 더럽혀지는 것도 아랑곳하지 않았다. 여자가 차를 홀짝이며 집안을 둘러보았다. 돈이 얼마나 필요한지 묻자 여자가 이만원이라고 대답했다.

시내까지 갈 택시비만 있으면 돼요. 친구가 거기서 카페를 하거든요. 친구 카페에 있다가 돌아오면 우리 아저씨도 화가 풀려 있을 거예요. 신발은 슬리퍼도 괜찮아요.

다친 짐승의 표정 같은 건 이미 걷혀 있었다. 여자는 친구 집에 놀러온 사람처럼 그날 처음 만난 내게 주저리주저리 자기 이야기를 늘어놓았다. 나는 계속 여준 쪽을 의식하면서 지갑에서 만원권 지폐 두 장을 꺼내 여자에게 건넸다. 여자가 반바지 주머니에 지폐를 찔러넣더니 다시 차를 한 모금 홀짝였다.

아이, 씨발.

여자의 돌연한 욕설에 깜짝 놀라 반사적으로 여준 앞을 막아섰다. 그러나 여자는 나의 방어심은 알아채지 못하고 제 가슴만 내려다보았다. 여자의 가슴 양쪽이 둥글게 젖어 있었다. 그게 무엇을 뜻하는지 나는 알았다. 여자가 어쩌면 좋겠냐는 표정으로 나를 올려다보다가 처음으로 여준에게 관심을 보이며 물었다.

아기가 몇 개월이에요?

나는 여자의 질문이 무슨 뜻인지 단박에 이해했다. 여자의 물음에 이제는 쓰지 않아 주방 발코니 창고에 넣어둔 유축기를 꺼내왔다. 유축기를 가지러 갈 때는 이미 방어심도 허물어져 여자 곁에 여준을 그대로 두었다. 여자에겐 한창 젖을 먹여야 하는 아기가 있다. 여자는 자꾸 새는 젖을 짜내야 한다. 아기에게 제때 먹이지 못한 젖은 여자의 가슴을 돌덩어리로 만들어 여자를 고통스럽게 할 것이다. 그런 여자에게 여준은 처음부터 탐나는 대상이 아니었을 것이다. 나는 항복하는 심정으로 여자에게 유축기를 건넸다. 여자는 고맙다는 말도 없이 내게서 등을 살짝 돌리고 익숙하게 젖을 짜기 시작했다.

여자가 제 발에 너무 큰 내 샌들을 빌려 신고 집밖으로 나갔을 때 나는 여자에게 따지듯 물었다.

아기를 두고 가도 괜찮겠어요?

여자는 그게 무슨 소리냐는 듯 어깨를 한 번 으쓱하고 대답했다.

우리 아저씨가요, 제 새끼는 아주 끔찍하게 아끼는 남자거든요. 저녁에 돌아오면 아기 목욕까지 다 끝나 있을걸요.

여자의 말투는 자랑에 가까웠다. 그 말투에 눌려 나는 남의 집에 아까운 젖 짜놓고 네 새끼는 종일 굶길 거냐고, 너만 홀가분하게 도망치면 다냐고, 내처 따지지 못했다. 그날 여자를 보내고 나는 다시 산책하러 나가지 않았다. 잠에서 깨 칭얼거리는 여준에게 미리 만들어둔 이유식을 데워먹인 뒤 오래오래 내 품에 끌어안고 시간을 보냈다. 벌써 걸음마를 준비하던 여준이 답답해하며 자꾸만 품에서 벗어나려고 했지만, 나는 여준을 붙들고 놓아주지 않았다. 석우가 퇴근해 돌아왔을 때 여준은 울음을 터뜨리며 제 아빠 품에 안겼고 한동안 나를 피했다. 석우가 식탁 위에 그대로 방치한 유축기와 604호 여자의 젖을 보고 이게 다 뭐냐고 물었지만, 나는 아무 말도 하지 않았다. 저녁 내내 침대에 누워 멍하니 천장만 보는 내 모습에 석우는 두려움을 느꼈을 것이다. 여준을 낳고 키우며 내가 본능적으로 지키려 했던 가족이라는 허상이 귀퉁이부터 푸슬푸슬 허물어지기 시작한 것은 아마 그날부터였을 것이다. 그 유축기와 젖을 누가 어떻게 처리했는지, 604호 여자가 내 샌들과 돈을 언제 돌려주었는지는 하나도 기억나지 않는다. 다만 며칠 후 아파트 단지 안에서 여자와 마주쳤던 일은 또렷하게 기억난다. 여자는 몰라볼 만큼 화려하게 화장하고 차려입은 모습이었고, 여자보다 몇 곱절 우람한 체격의 남편이 유아차를 밀고 있었다. 여자의 아기는 튼튼하고 검은 유아차 덮개에 가려 보이지 않았다. 여자는 나와 눈이 마주치자 곧바로 시선을 돌리더니 남편에게 매달리다시피 팔짱을 끼곤 총총걸음으로 멀어졌다. 여자에게도 본능적으로 지키고 싶은 무언가가 있었을 것이다.

하코다테산 정상은 온통 안개였다. 우리는 구름 한가운데로 들어갔다. 그 와중에도 로프웨이는 꾸준히 사람들을 실어날랐고 전망대 옥상에는 구름이 걷히길 기다리는 사람들이 제법 있었다. 맨발의 여자는 전망에 별 관심이 없는지 네모난 옥상 가장자리를 따라 천천히 걸었다. 구름이 조각조각 움직일 때마다 그 틈새로 잠시 시야가 열렸다. 까마귀들이 사람들 바로 옆까지 날아왔다. 맨발의 여자가 까마귀를 향해 작은 발을 구르며 깔깔 웃었다. 그러나 까마귀는 여자의 도발을 무시하고 제 갈 길을 갔다. 이윽고 구름이 옆으로 물러가며 풍경이 온전히 펼쳐졌다. 저멀리 도시가 보였다. 사람들이 일제히 탄성을 지르며 카메라를 들고 도시 쪽을 바라보았다. 십이 년 전 겨울에 본 야경은 화려했지만 지금 보이는 낮의 풍경은 흐릿하되 본래의 색을 간직하고 있었다. 손바닥만한 황토색 네모는 로프웨이 출발 지점 바로 옆의 고등학교 운동장이었고 민트색 동그라미는 러시아정교회의 둥근 지붕이었다. 갈색 십자 모양은 영국성공회성당의 지붕일 것이고 제법 큰 초록색 네모는 항구 옆 인공섬에 조성된 공원일 것이다. 나는 저 아래 펼쳐진 실물 풍경을 하나하나 뜯어보며 머릿속의 지도와 비교했고, 십이 년 전 '우리'가 함께 걸었던 언덕길과 비교했다. 저 아래 실물과 기억 속의 길과 휴대폰 안의 지도는 같은가, 다른가. 십이 년 전 겨울에 묵었던 호텔과 지금 내가 묵는 호텔은 여기서 보니 딱 손가락 한 마디 거리만큼 떨어져 있었다. 하코다테산이 무너져버리면 좋겠다고 저주를 퍼부었던 여준이 유일하게 좋아했던 노란색 공회당 건물은 산등성이에 가려 보이지 않았다. 지금 내 눈에는 보이지 않지만 존재한다는 사실만은 분명히 아는 노란색 건물을 향해 서서 나는 여준의 이름을 가만히 세 번 불렀다.

여준아.

여준아.

여준아.

괜찮니?

괜찮아?

괜찮은 거야?

석우와 헤어지고 삼 년 후인 사 년 전, 불쑥 독일로 떠나버
린 여준과 마지막으로 영상통화를 한 지도 두 계절이 훌쩍 지
나 있었다.

(목이 말라요.)

맨발 여자가 다가와 몸으로 말했다. 우리는 전망대 매점으
로 들어가 음료수를 하나씩 골랐다. 기념품가게에 슬리퍼가
있기에 하나 사줄까 (몸짓으로) 물었지만 여자는 웃으며 고개
를 저었다. 우리는 다시 옥상으로 돌아가 안개가 몰려오기 시
작하는 도시를 한번 더 내려다보고 함께 사진을 몇 장 찍은 뒤
전망대를 떠났다.

(가야 할 곳이 있어요.)

나는 여자에게 길안내를 맡겼다. 내려가는 길에도 다른 차
는 보이지 않았다. 여자는 조수석 창문에 붙다시피 해서 창밖
을 구경했다. 까마귀 몇 마리가 여자에게 달려들듯 가깝게 날
아왔는데 그때마다 새된 소리로 웃음을 터뜨렸다. 고갯길 초

입의 입산 통제선에 경광봉을 든 제복 차림의 남자가 보였다. 남자 옆에 오후 네시 이후 입산 금지를 알리는 붉은 표지판이 서 있었다. 남자가 우리 차를 향해 경광봉을 흔들었다. 나는 차를 세우고 차창을 반만 내렸다. 남자가 열린 틈새로 차 안을 흘끗 보더니 일본어로 뭐라뭐라 말했다. 나는 일본어로 천천히 대꾸했다.

나는 외국인입니다. 나는 일본어를 모릅니다.

남자가 다시 영어로 뭐라뭐라 말했다. 나는 남자의 말을 알아들은 척 고개를 끄덕이고 다시 차를 출발시켰다. 맨발의 여자가 차창 너머로 제복 남자에게 손을 흔들었다. 그새 부슬비가 그치고 서쪽 하늘에서 해가 고개를 내밀기 시작했다. 자동차는 산길을 내려와 새로운 언덕길로 올라갔다. 낮은 건물들 사이로 모토마치성당의 첨탑이 보였다. 내 해석이 틀리지 않는다면 제복 남자는 분명 이렇게 말했다.

이곳은 여자 혼자 돌아다니기에 너무 위험합니다. 무엇과 마주칠지 알 수 없으니까요.

여자가 안내한 곳은 서쪽 바다가 내려다보이는 야트막한 언덕 동네였다. 어느 카페 앞 주차장에 차를 세우고 휴대폰으로 지도 앱을 열어 위치를 확인해보니 하코다테 외국인 묘지 바로 옆이었다. 이용자 댓글에 일몰이 장관이라는 말이 가장 많이 보였다. 해가 질 때까지 한 시간 정도 남아 있었다. 근처를 산책하다가 카페에서 차를 마시며 일몰을 구경하면 딱 좋을 것 같았다. 여자가 앞장서 걸었다.

카페 주차장을 벗어나자마자 길 양옆이 온통 묘지였다. 농담이 다른 수많은 회색 묘비가 저마다의 높이로 박혀 바다를 바라보고 있었다. 여자는 거침없이 묘지 경내로 들어갔다. 우리는 나란히 죽은 자들의 공간을 걸었다. 지도 앱에는 분명 '외국인 묘지'라고 되어 있었지만 대부분의 묘비에는 한자로 된 일본인의 이름이 새겨져 있었다. 밭 전田, 나무 목木, 마을 촌村, 뫼 산山, 수풀 삼森. 나도 모르게 아는 한자를 찾아 읽었다. 여자가 한 묘지를 벗어나 옆으로 이어지는 다른 묘지로 들어갔다. 그 묘지는 첫번째 묘지보다 더 작았고 한가운데 민트색 둥근 지붕을 인 러시아정교회 미니어처 구조물이 서 있었다. 아마도 러시아인이 묻힌 곳 같았다. 러시아인 묘지 앞쪽에도 작은 묘지가 있었는데, 그 묘비에는 대부분 십자가가 새겨져 있었다. 묘지 입구에 커다란 안내판이 서 있었다. 일본어와 영어가 나란히 적힌 설명에 따르면 개신교 묘지, 가톨릭교 묘지, 러시아인 묘지, 중국인 묘지 등으로 구획이 나뉘어 있는 이곳을 한꺼번에 외국인 묘지라고 부르는 모양이었다. 여자와 나는 안내판 앞에 나란히 서서 각자 해석할 수 있는 글을 읽었다. 안내문 맨 아래에 처음 이곳에 묻힌 외국인의 이름과 나이가 적혀 있었다. 누구는 병으로 죽었고 누구는 살해당했으며 누구는 사십대 중반이었고 누구는 고작 열아홉 살이었다. 이름 옆에 적힌 (19)라는 표지에 오래 눈길이 머물렀다. 외국인 묘지 위쪽으로는 훨씬 더 넓은 묘지가 펼쳐져 있었다. 근처 절에서 관리하는 현지인들의 묘지였다. 묘비마다 가족의 성이 한자로 새겨져 있었다. 이곳 사람들은 죽어서도 가족끼리 함께였다. 십이 년 전의 '우리'는 죽어서도 뿔뿔이 흩어져 묻힐 것이다. 생각해보면 지금 현지인으로 불리는 이들도 한때는 이곳의 외인이 아니었나? 나는 어느 곳에서 죽어도 끝까지 외인으로 살다 갈 것이다. 정신 똑바로 차려. 기억의 허방보다 무서운 것은 오래된 미래였다. 나는 동의를 구하려는 듯 여자 쪽을 돌아보았다. 여자가 보이지 않았다. 가슴이 철렁 내려앉았다. 나는 왔던 길을 되짚어가며 여자를 찾았다. 여자는 일본인 묘지에도 가톨릭교 묘지에도 러시아인 묘지에도 없었다. 자동차를 세워놓은 카페 주차장까지 가보았지만 보이지 않았다.

나는 다시 묘지 쪽으로 올라갔다. 일본인 묘지를 지나 가톨릭교 묘지를 통과할 때 저 위쪽에 붉은 기운이 어른거렸다. 붉은색은 바다 쪽에서 출발했다. 일몰이 시작되는 모양이었다. 서쪽 하늘에서 출발한 석양이 어디에 도착하는지 눈으로 따라가보았다. 민트색 지붕 아래 흰색 구조물이 유난히 붉게 물들고 있었다. 구조물 한가운데 여자가 누워 있었다. 여자는 햇볕에 젖은 몸을 말리는 짐승처럼 느긋하게 눈을 감고 있었다. 여자의 붉은 머리카락이 지는 해를 빨아들이며 활활 타올랐다. 어느새 큼직해진 태양의 끝이 수평선에 닿아 흔들렸다. 태양도 여자도 눈이 부셔 똑바로 쳐다볼 수가 없었다. 나는 석양을 등지고 쓸쓸하게 어두워지는 언덕의 묘지를 한참 바라보다가 주차장으로 돌아갔다. 여자는 따라오지 않았다.

(안녕, 친애하는 낯선 사람.)

나는 괄호에 담긴 여자의 인사말을 똑똑히 알아들었다.

*

자정이 넘은 시간, 호텔 목욕탕은 텅 비어 있었다. 노천탕에도 사람은 없었다. 나는 비치체어에 앉아 몇 시간 전 올라갔던 하코다테산 전망대를 한참 바라보았다. 뚫린 벽면에서 바람이 불어왔다. 한기를 느낀 나는 아무도 없는 노천탕에 몸을 담갔다. 노천탕 물도 욕장 안처럼 뿌옇게 흐렸다. 물에 잠긴 내 몸이 보이지 않았다. 나는 천천히 헤엄치기 시작했다. 지난밤 보았던 그 몸처럼 길쭉한 노천탕을 반복해서 오갔다. 한 바퀴, 두 바퀴, 세 바퀴. 손끝이 벽면에 닿으면 공중제비를 넘는 여우처럼 몸을 홱 뒤집으며 방향을 바꿨고 그때마다 변신을 소망했다. 내가 지금 여기의 내가 아니기를. 내가 이 몸이 아니기를. 안간힘을 써가며 지키고자 했던 것이 무엇이었는지 다 잊은 몸이 되기를. 뭔가를 잃었다는 사실마저 깨끗이 망각한 몸이기를. 네 바퀴, 다섯 바퀴, 여섯 바퀴. 철퍼덕철퍼덕. 물을 가르고 몸을 뒤집고 다시 물을 가르며 출발하다 영영 다른 존재에 도착하기를. 무엇보다 이처럼 지극한 소원마저 깡그리 떨쳐낸 채 물 밖으로 나오기를.

호텔방으로 돌아와 기절하듯 잠들었다. 암막 커튼을 걷지 않아 달빛이 그대로 얼굴을 덮쳐왔지만, 일어나 커튼을 칠 기력이 없었다. 현실과 꿈의 경계에 틈이 활짝 열리고 단박에 잠이 어지럽혀졌다. 아무것도 없이 소란스럽고 묵음으로 시끄러웠다. 구름이 달을 가려 잠시 어둠이 짙어졌을 때 창문이 열리면서 그것이 들어왔다. 그것의 동작은 섬세했다. 그것이 침대 위로 올라와 내 귀에 낯선 언어의 숨을 불어넣었다. 붉은 머리카락이 내 얼굴을 따스하게 덮었다. 그것이 치마 속에서 긴 꼬리를 꺼내더니 붓 삼아 내 등에 글을 쓰기 시작했다. 그것의 글씨는 틀림없이 태양을 닮은 붉은색일 것이다. 나는 간지러워 키득거리며 몸을 뒤틀었지만 잠에서 깨지는 않았다. 그것이 밤새도록 내 등 가득히 언어를 채워넣었다. 꼬리뼈 바로 위에 마침표가 찍히고 그것이 마지막으로 내 귀에 인사말을 속닥이더니 공중제비를 넘어 창밖으로 사라졌다. 구름이 달을 뱉어냈다. 나는 얼굴 가득 달빛을 받으며 빙긋 웃었다. 나는 영영 내 등의 언어를 해석할 수 없을 것이다. 나는 그것의 언어를 담은 괄호가 되었다. 눈을 번쩍 떴다. 등이 쓰라렸다. 다시 눈을 감았다. 나는 다른 몸이 되었는가. 다시 잠으로 돌아가며 나는 붉고 따스했던 그것을 향해 인사했다.

〔안녕, 친애하는 낯선.〕

이소중입니다

그 여름 그들은 육지 끝에 당도해 한낮에 배추씨를 심고 밤이 내리면 해변에 나가 큰 소리로 시집을 읽을 것이다. 그들이 고른 책은 앤 카슨의 『빨강의 자서전』이나 김영미의 『맑고 높은 나의 이마』일 것이다. 앤 섹스턴이나 실비아 플라스의 시집은 고르지 않을 것이다. 그들은 살아 있는 시인들의 시부터 읽을 것이다. 같은 이유로 그들은 미즈노 루리코와 마리나 츠베타예바의 시집을 육지 끝까지 가져가지는 않을 것이다. 그들이 이 여성 시인들의 시를 몹시 사랑하고, 특히 한 시인의 시집 제목은 무려 '끝의 시'이며 또다른 시인의 시집에는 "그렇게 짧은 여름의 끝에 그이는 죽었다"*와 같은 아름다운 문장이 실려 있는데도, 그들은 오직 산 사람의 목소리로 채워진 시집을 고집스럽게 골라 육지 끝에 다다를 것이다. 낮에는 겨울을 대비하는 배추씨를 들판 가득 뿌리고 밤이면 겨울처럼 아득한 밤바다를 마주한 채 용감한 목소리로 시를 낭독할 것이다. 한 사람의 목소리로 시작한 시는 어느새 다른 목소리들이 슬며시 끼어들면서 파도처럼 몰려왔다 몰려가는 즉흥곡을 닮아갈 것이다. 간혹 으르렁거리며 달려오는 물마루가 누군가의 떨리는 목소리를 집어삼키겠지만 그들은 낭독을 중단하지 않을 것이다. 낭독과 낭독 사이에 누구는 모래밭에 묻어두었던 캔맥주를 들이켜고 누구는 바람과 싸워가며 담배를 피울 것이다. 빈 캔이 날아가지 않도록 쓰레기봉투에 따로 담아 큰 돌덩이로 단단히 눌러놓을 것이다. 담배꽁초는 꼼꼼히 불씨를 단속하고 휴대용 재떨이에 담아 빈 캔들 옆에 잘 놔둘 것이다. 그들은 어느 순간이고 욕먹을 짓은 하지 않을 것이다. 그들에게 자기검열은 자기 연민보다 훨씬 쉬운 자동 반사 같은 일이니까. 낭독이 무르익고 밤이 이슥해지면 누군가 흥에 겨워 밤바다에 뛰어들 것이다. 누구는 개척자의 뒤를 따라 조금은 조심스럽게 물에 들어갈 것이고 수영을 못하는 누구는 뒤에 남아 요란하게 환호성을 지르며 손뼉을 칠 것이다. 응원자로 남은 이들은 목이 쉬도록 웃고 소리칠 것이다. 그러다 문득 깜짝

---

* 미즈노 루리코, 「헨젤과 그레텔의 섬」, 『헨젤과 그레텔의 섬』, 정수윤 옮김, 인다, 2022.

놀랄 고요가 찾아오면 누군가 절정의 끝을 마무리하는 사람처럼 속삭일 것이다. 아, 모처럼 실컷 웃었어. 내일이 없는 사람처럼. 그 여름 그들에게 과연 내일이 있을까? 그건 우리도 그들도 알 수 없다. 유일하게 알 수 있는 것은 그들이 '지금' 그 여름을 준비하며 각자의 시집을 고르고 있다는 것, 그 여름이 오늘의 그들에게 내일이라는 것, 그러므로 그 여름의 일은 모르겠고 적어도 오늘의 그들에겐 내일이 있다는 것 정도가 아닐까?

*

오늘 아침 번역가와 소설가와 시인이(가나다순) 낡은 SUV 차량에 짐을 실었다. 차는 번역가의 것이었고 소설가의 짐이 가장 많았다. 시인은 운전하는 번역가 옆에 앉아 손수 싸온 도시락을 열어 간간이 번역가의 입에 방울토마토나 김밥을 넣어주었다. 소설가는 뒷자리 오른쪽에 앉았고 왼쪽에는 세 사람의 여행용 가방과 배낭, 숄더백, 아이스박스가 자리했다. 자동차 트렁크에는 베이지색 담요로 둘둘 싸인 커다란 뭔가가 놓여 있어서 다른 짐을 실을 수 없었다. 물컹할 것 같기도 하고 단단할 것 같기도 하며, 따뜻해 보이면서도 어쩐지 싸늘한 기운을 풍기는 그 짐이 언제부터 거기 실려 있었는지는 아무도 몰랐다. 아니, 소설가와 시인과 번역가(나이순) 중 누군가는 알 것도 같았지만, 이제 막 장면을 목격하기 시작한 우리는 저 불온해 보이는 짐이 무엇인지, 하다못해 누구의 것인지 전혀 알 수가 없다. 세 사람은 모처럼 시간을 맞춰 육지 끝에 살고 있는 철학자를 만나러 가는 길이다. 누구는 철학자가 보고 싶고 누구는 철학자가 어렵게 지었다는 새집이 궁금하고 누구는 그저 이곳을 벗어나기 위해 어렵사리 시간을 냈다. 궁금한 대상이 다른 만큼 세 사람이 꾸려온 짐의 구성도 조금씩 달랐다. 누구는 캔맥주를 가득 채운 아이스박스를 가장 소중히 여겼고 누구는 밤에 낭독할 시집을 확정하지 못해 배낭에 무거운 책들만 잔뜩 넣어왔으며 누구는 매일 갈아입을 원피스와 수영복이 담긴 커다란 숄더백을 따로 챙겨왔다. 가장 남다른 짐은 역시 서울 톨게이트를 지나면서부터 비릿한 냄새를 풍기기 시작한 트렁크의 짐이겠으나 셋 중 누구도 그 짐에 대해 말하거나 묻지 않았다. 대신 그들은 서로에게 가장 짐이 된다고 짐작하는 존재에 대해 안부를 물었다.

상훈이는 좀 어때? 소설가가 묻자,

맨날 똑같지, 뭐. 번역가가 대답했다. 상훈은 번역가가 십년 넘게 키우고 있는 커다란 개의 이름이다. 상훈의 털은 연한 베이지색에 가깝고 동그란 눈동자는 의외로 날카로운 송곳니의 인상을 가릴 만큼 순박하기 그지없다. 보신탕집에 팔려 가기 직전 구조된 개는 번역가를 만나기 전까지의 생애가 지워져 정확한 나이를 알 수 없지만, 번역가는 수의사의 추정에 의지해 올해 열네 살이라고 말한다. 노견이라고 할 수 있는 상훈은 이 년 전부터 당뇨를 앓고 있어 번역가는 매일 상훈에게 인슐린을 주사하고 있다. 십 년째 제자리걸음인 번역료만으로는 상훈의 병원비와 약값을 감당할 수 없어서 번역가는 '놀이 삼아' 운영해왔던 변두리의 작은 동네 책방 수익을 올리는 일에 골몰하고 있다. 정오 이후에나 책방 문을 열면서도 사람을 상대하기가 버거워 '오늘은 손님이 한 명도 안 왔으면 좋겠다'라고 생각하기 일쑤인 번역가가 작가 북토크며 독서 모임, 글쓰기 강의 등의 행사를 기획하고 진행하는 이유는 순전히 상훈을 위해서라고 번역가 자신은 믿고 있다. 그러나 사람을 상대하는 일은 누구에게나 치사한 면이 있기 마련이고 특히 극내향형인 번역가는 영혼을 다치는 일이 잦아 요즘은 오직 상훈을 위해 버티자는 마음마저 구겨질 때가 많다. 가령 책방에 들어와 번역가 혼자 사흘간 페인트칠한 인디언핑크색 벽을 배경으로 무람없이 셀카를 찍고 반듯하게 정리해둔 책을 조심성 없이 훌훌 넘겨보다가 결국 아무것도 사지 않고 나가는 손님을 하루에 세 명 넘게 만나면 누구라도 영혼을 다치지 않을 도리가 없을 것이다. 물기가 뚝뚝 떨어지는 아이스아메리카노 플라스틱 컵을 종이책 바로 옆에 함부로 놔둔 채 다른 서가로 옮겨가 한참 책을 고르고 고르다 결국 한 권도 사지 않고 얼음이 다 녹아버린 플라스틱 컵까지 그대로 버려두고 나가는 손님을 보면 상훈의 병원비고 나발이고 다 그만두고 싶어지는 것이다. 그런 날이면 번역가는 서점 문을 일찍 닫고 상훈과 오래오래 천변을 산책하며 오직 번역료로만 자신과 상훈의 생활비를 감당하기 위해선 일 년에 몇 권의 책을 번역해야 할지 헤아려보았다. 눈치가 빠르고 예민한 상훈은 늘 번역가의 속도에 맞춰 걸어주었다. 발랄한 소형견이 깜찍한 동작으로 달려들어도 크게 반응하지 않고 처음의 속도를 지켰다. 가끔 술에 취한 중년 남자가 불쾌한 냄새를 풍기며 '아가씨는 좋겠어. 이렇게 늠름한 개 애인도 있고' 같은 역한 말을 건넬 때면 번역가는 서점에서 받은 상처까지 합해 그 취객을 최대한 잔혹하게 찔러 죽이고 싶었지만 그런 감정의 동요까지 눈치챈 상훈은 좀처럼 하지 않는 재촉을 하며 번역가를 앞으로 끌어당겼다. 자신의 성격을 꼭 닮아 웬만하면 동요하지 않고 조용히 상대의 눈치를 살피는 상훈을 보며 번역가는 상훈을 살리겠다고 데려왔으면서 오히려 몹쓸 짓을 하고 있지는 않은가, 자책하곤 했다. 상처가 곱절인 날에는 곱절의 시간을 들여 천변을 걸었고 집에 돌아오면 상훈을 꼭 끌어안고 불면의 시간을 건너갔다. 늙어가는 상훈이 다음날 아침 자신의 품안에서 죽어 딱딱하게 굳어 있을지도 모른다는 불안을 있는 힘껏 밀치면서.

노인은 언제? 번역가가 묻자,

그 말 알아? 아기는 자고 나면 예쁜 짓, 노인은 자고 나면 미운 짓이라는 말. 시인이 비스듬하게 대답했다. 사실 세 사람 중 아이를 낳고 키워본 사람은 소설가뿐이었으므로 번역가는 시인의 대답이 어딘가 미덥지 못하다고 생각했지만, 입 밖에 내지는 않았다. 아니나다를까, 소설가가 그 틈을 놓치지 않고 퉁을 주었다. 쟤는 아기도 안 키워봤으면서. 소설가의 입은 뇌와 곧바로 연결되어 있어서 어떤 말도 속에 담아두는 법이 없었고 그런 성정을 잘 알기에 시인도 번역가도 소설가의 직설에 상처 입지는 않았다. 아니, 상처를 입지 않기로 결정했다. 오늘 여행을 위해 가장 무리한 사람은 시인이었다. 시인은 전남편의 아버지를 '모시고' 살았다. 그러니까 전 시아버지와 단둘이 살고 있었는데, 그 이상한 동거 형태에 대해 소설가는 '변태적이고 기형적'이라고 표현했고 번역가는 '난 언니가 걱정돼'라고 에둘러 말했지만 정작 시인은 어디까지나 '직업적인' 생활이라고 주장했다. 이혼 전 시인에게 불임 문제가 있었다는 것은 나머지 두 사람도 알고 있었다. 시인이 자세한 이야기를 하지는 않았지만, 시인의 불임은 이혼 원인 중 하나였다. 직접적인 사유는 남편이 다른 여자를 사랑했다는 것이었지만, 남편의 외도를 모른 척했던 시인이 결국 이혼서류에 도장을 찍은 것은 자신보다 한참 어린 그 여자가 남편의 아이를 임신

했기 때문이었다. 이혼을 결정하고 마지막 인사차 시아버지를 찾아갔던 날(이때 소설가는 '너 참 비위도 좋다'라고 시인을 나무랐다) 노인은 시인의 손을 꼭 붙잡고 울음을 터뜨리며 시인의 남편도 구하지 않았던 용서를 빌었다. 전남편의 아이가 태어나고 부모의 사랑 아래 무럭무럭 크는 동안 전 시아버지의 암세포도 꾸준히 자랐다. 말기 암 진단을 받고 얼마 남지 않은 살날을 집에서 보내기로 결정했을 때 전 시아버지는 시인에게 연락했다. 시인은 전남편에게서 다달이 '시세'대로 노인의 간병비를 받고 노인이 죽으면 지금 사는 강북의 스물네 평 아파트를 상속받는다는 조건의 계약서에 서명한 뒤 전 시아버지의 집에 들어갔다. 소식을 들은 소설가는 노발대발하며 시인에게 '정신 나간 년'이라고 소리쳤지만, 번역가는 불특정 고객들에게 상처받는 자신보다 노인에게 예쁨을 받으며 돈까지 버는 시인의 근무 환경이 좀더 나은 게 아닐까 생각했다. 물론 이런 생각을 입 밖에 내지는 않았다. 그랬다간 소설가에게 '쌍으로 정신 나간 년들'이라는 소리나 들을 테니까. 시만 써서 먹고살 수는 없는 나라였으므로 시인은 그동안 학원 강사며 입시 과외로 생계를 꾸려왔는데, 전남편에게 간병비를 받으면서부터는 적성에 안 맞게 어린애들을 상대하지 않아도 되어서 좋았다. 아직 성장중인 아이들은 늘 시인의 마음에 미세한 실금을 그었다. 선생님이 뭘 알아요? 애도 안 낳아봤으면서. 누구도 이런 말을 입 밖에 내지는 않았지만, 시인은 아이들이 풍기는 비릿한 풋것의 냄새에서, 묘하게 소매길이나 목둘레가 맞지 않는 어설픈 옷차림에서, 심지어 좌우가 틀어진 머리카락의 비대칭에서 요란한 비난의 아우성을 들었다. 당신은 몰라! 당신은 우리에 관해 아무것도 몰라! 태어나고 자라는 것들에 대해 아는 게 없잖아! 시인은 노인과 함께 살기 시작하면서 자신이 의외로 죽어가는 자들을 상대하는 일에 소질이 있음을 깨달았고 사람들의 걱정어린 추측과 달리 노인이 최대한 오래 살아 곁에 머물러주길 바랐다. 바람이란 원래 불안과 쌍둥이라서 시인은 아침마다 뻣뻣하게 굳어 있는 노인을 발견하게 될까봐 가없는 두려움에 시달리며 노인의 방문을 노크했다.

소리는 어때? 시인이 묻자,

그년이야 맨날 지랄이지, 소설가가 기다렸다는 듯 대꾸했다. 소리는 소설가가 대학교 2학년 때 낳은 딸이었다. 항구 출신의 소설가는 선주船主의 아들인 동문 선배를 대학에서 만나 신입생 시절부터 연애를 시작했다. 동문회 신입생 환영회 자리에서 선배를 점찍은 것도 자신이고 선배의 하숙집에 놀러간 날 먼저 키스를 한 것도 자신이라고, 그게 당시 바닷가 출신 '까진 년'의 스웨그였다고 술에 취한 소설가는 자랑과 한탄을 반씩 섞어 말하곤 했다. 그랬던 소설가도 남자친구의 불성실

한 피임 때문에 '임신하고 말았음'을 깨달았던 날에는 적잖이 당황해 밤새도록 한숨도 못 자고 자신의 미래를 걱정했다. 임신 소식을 들은 남자친구는 '가오'를 잃지 않으려고 끝까지 '오빠가 책임질게'를 연발했지만, 결국 어린 연인과 그들의 아이를 책임진 것은 비바람도 불사하고 새벽마다 난바다로 출항을 감행했던 선주의 배들이었다. 선주의 배가 잡아들인 조기와 서대와 주꾸미가 대학생 부부의 학비와 젖먹이 아이의 분윳값, 기저귓값이 되어주었다. 고향에서 꼬박꼬박 돈이 도착했지만 사람은 오지 않아, 아기는 소설가가 휴학하고 혼자 키웠다. 소설가가 학교 앞 원룸에서 밤새 배앓이로 우는 아이를 달래며 함께 울고 있을 때 남자친구는 역병으로 취해 동아리 친구 등에 업혀와서는 아기 목욕통에 토했다. 소설가는 그때 남편을 죽이지 않은 것을 살면서 제일 잘한 일로 꼽는다. 삼십대 중반에 남편 쪽의 실책으로 두 사람은 이혼했고 소설가는 딸의 양육권과 큼직한 배 한 척을 위자료로 받았으니까. 소설가는 홀로 키운 딸이 알아주는 외국계 은행에 취직하자마자 모든 경제활동에서 손을 뗐다. 내 청춘을 갈아넣어 너를 키웠으니 이제 네가 나를 먹여 살리렴. 소설가는 딸에게 이렇게 말한 뒤 오직 읽고 쓰고 가끔 마시는 일에만 몰두했다. 소설가의 입담을 물려받은 딸은 자신의 엄마를 '착취자'라고 불렀으나 엄마에게 월급의 대부분을 빼앗기면서도 굳이 독립을 도모하지는 않았다. 누군가 딸이 요즘 애들 같지 않게 착하고 효녀라고 하면 소설가는 코가 터지도록 콧방귀를 뀌며 말했다. 그년이 아주 영악해. 독립해봐야 지가 손해라는 걸 알거든. 그 월급으로 언제 돈을 모아 이만한 아파트를 장만하겠냐고. 그냥 생활비 조금 내고 내 집에 얹혀살며 잔소리나 참아주면 나 죽고 마포 서른두 평 아파트가 제 것이 된다는 걸 아는 거지. 애저녁에 계산을 끝낸 거야. 그렇다고 그년이 한 번이라도 고분고분한 줄 알아? 제 아빠 쏙 뺀 얼굴로 모진 소리 하면서 꼬챙이로 내 속을 휘저어놓을 때면 자식이고 뭐고 진심으로(여기서 소주 한 잔을 급히 들이켠 뒤 한껏 드라마틱한 어조로) 죽여버리고 싶어. 말은 저렇게 하면서도 소설가가 백화점에서 딸의 신용카드로 비싼 옷을 망설임 없이 결제하는 것을 볼 때마다 시인은 힘들게 아이를 낳고 키운 자의 뒤늦은 수확인가 내심 부러워했고, 번역가는 소설가도 그 딸도 평생 자립이라는 걸 생각해본 적이 있을까, 두 여자는 너무도 공고한 결탁자가 아닌가 하고 의문했다.

*

예정대로라면 그들은 곧 육지 끝에 당도할 것이다. 다 같이 철학자가 새로 지은 단층집을 구경하고 무람없이 마당을 어슬

렁거리는 고양이들을 쓰다듬을 것이다. 편안한 옷으로 갈아입고 나와 철학자의 집 뒤쪽에 있는 생각보다 넓은 밭에 배추씨를 뿌릴 것이다. 철학자는 배추가 튼실하게 자라면 초겨울에 또 와서 함께 배추를 수확해야 한다고 말할 것이다. 내친김에 김장도 함께 해서 나눠 가지자고 할 것이다. 누구도 싫다는 소리를 하지 않을 것이다. 누구도 철학자의 겨울을 의심하지 않을 것이다. 그들은 마당 수돗가에서 흙 묻은 손을 씻고 에어컨이 있는 집안으로 들어갈 것이다. 통유리창 너머로 어느새 해가 지기 시작할 것이다. 한 사람이 고기를 굽기 시작하면 또 한 사람은 텃밭에서 뽑아온 상추를 건들건들 씻을 것이다. 누군가 성급하게 캔맥주를 딸 것이다. 철학자는 시인의 배낭에 실려온 수십 권의 시집을 꺼내 만져볼 것이다. 가끔 반가운 책을 만나면 품에 살짝 안아볼 것이다. 고기와 맥주와 상추와 철학자가 담갔다는 싱거운 열무김치가 금세 동이 날 것이다. 설거짓거리를 개수대에 쌓아놓고 그들은 바닷가를 향해 나란히 행진할 것이다. 한 손에 앤 카슨의 시집을 들고 다른 손에는 저마다 맥주와 담배와 모기약과 손전등을 들고 좁은 국도변을 따라 걸을 것이다. 이따금 자동차가 빠른 속도로 지나가며 이들의 머리카락을 흩날릴 것이다. 맥주를 많이 마신 사람의 발걸음도 함께 휘청일 것이다. 밤바다는 검게 일렁이며 그들을 맞아줄 것이다. 곧 간간이 폭죽이 터지는 여름 밤바다에 『빨강의 자서전』이 방점처럼 찍힐 것이다. 빨강 날개를 갖고 태어난 소년 게리온이 화산 같은 검은 바다를 향해 날아오를 것이다. 이것은 소설인가 시인가. 게리온과 헤라클레스 중 누가 더 괴물인가. 더 괴물이라는 표현은 성립하는가. 더 많이 사랑하는 사람은 늘 약자일 수밖에 없는가. 게리온이 처음으로 날개를 펴고 화산 입구로 날아간 것은 살고자 함인가 죽고자 함인가. 무수한 논쟁과 대화와 때론 독백이 이어질 것이다. 파도는 끊임없이 밀려왔다 밀려갈 것이다. 살고 싶은 사람도 죽고 싶은 사람도 하릴없이 그 소리와 박자에 몸을 맡길 것이다. 여름이니까. 밤이니까. 마법 같은 여름밤이니까. 그러기로 약속했으니까. 그러려면 일단 그들은 무사히 육지 끝에 당도해야 할 것이다. 우회하지 않고 후퇴하지도 않고 철학자가 일러준 길을 똑바로 따라가야 할 것이다.

*

시인과 번역가와 소설가는(데뷔 연도순) 점심을 먹으려고 톨게이트를 지나 낯선 도시로 진입했다. 소설가가 그 도시의 맛집을 검색했다. 사실 점심보다는 커피와 담배가 시급해서 간단히 샌드위치로 요기를 할 수 있는 카페를 찾아가기로 했다. 도시 중심까지 들어갈 필요가 없도록 톨게이트 근처 카페를 검색했다. 호수 뷰, 베이커리 카페, 로스터리 카페, 데이트 명소, 인스타 핫플 등의 해시태그가 잔뜩 붙은 카페가 현 위치에서 이백 미터도 안 되는 곳에 있었다. 번역가는 뒷자리 소설가의 안내에 따라 좁은 비포장 언덕길로 차를 몰았다. 카페는 언덕 한 귀퉁이를 허술하게 깎아 만든 빈터에 자리했다. 호수 뷰라더니 이층 통유리창으로 나무들 틈새에 겨우 손바닥만한 호수 언저리가 보였다. 카페 분위기는 검색 화면에서 본 것과 딴판이었다. 해가 잘 들지도 않았고 유리창 곳곳에 뿌연 얼룩이 묻어 있었으며 바깥쪽 나무에서 옮겨왔는지 창문 귀퉁이마다 넓게 쳐진 거미줄이 노린재나 나방 따위의 시체를 매단 채 바람에 흐느적거리고 있었다. 번역가와 시인과 소설가는(노출되지 않은 욕망의 크기순) 제대로 관리되지 않는 게 분명해 보이는 카페 내부를 보고 입맛이 달아나버렸다. 샌드위치는 셋이 나눠 먹기에 작았지만 그마저도 반 넘게 남길 정도로 맛이 형편없었다. 로스터리 카페라면서 원두 회전율이 낮은지 커피에서 묵은 냄새가 풍겼다. 세 사람은 결국 들어온 지 십 분도 안 되어 카페를 나왔다. 주차장에는 단 두 대의 자동차가 세워져 있었는데, 카페 안에 다른 손님이 없었던 것으로 보아 나머지 한 대는 카페 주인 혹은 직원의 것으로 짐작되었다. 소설가가 먼저 담배를 꺼내 물었다. 주차장 곳곳에 커다란 붉은 글씨로 쓴 '금연' 표지판이 으르렁거렸다. 시인이 소설가에게

금연 표지판을 가리켜 보였다. 씨발. 소설가가 입에 물었던 담배를 다시 뱉어내고 앞장서서 걸었다. 시인과 번역가는 어떤 말도 보태지 않고 그 뒤를 따라 걸었다. 소설가는 주차장 한 귀퉁이에 보이는 좁다란 오솔길로 들어섰다. 길 입구에 '호수 산책로'라고 쓴 작은 이정표가 보였다. 호수까지 걸어가 물을 보며 피우자. 소설가가 말했다. 호수라면 역시 물수제비지. 우리 납작한 돌멩이를 주워 물수제비 내기하자. 꼴등이 휴게소에서 커피 사기! 시인이 오랜만에 기운찬 목소리로 말했다. 번역가는 아무 말 없이 언니들 뒤를 따라갔지만 자기도 모르게 주먹을 살짝 쥐고 스냅을 연습했다.

생각보다 울창한 활엽수림을 통과하자 갑자기 공간이 탁 트이며 물이 나타났다. 그러나 눈앞의 물은 호수라기보다는 저수지나 방죽에 가까웠다. 물은 탁했고 가장자리에 물풀이 잔뜩 엉겨 있었다. 물을 향해 고개를 축 늘어뜨린 버드나무가 바람에 머리채를 흔드는 모습이 어딘가 괴이했다. 음기가 강한 곳이네. 소설가는 선무당처럼 말하고는 서둘러 담배를 피웠다. 번역가가 주머니에서 담배와 라이터를 꺼내자 시인이 말없이 손바닥을 내밀었다. 세 사람은 잠시 아무 말도 하지 않고 물을 향해 나란히 서서 담배를 피웠다. 물가의 바람이 의외로 셌다. 담배는 금세 필터 끝까지 타버렸다. 세 사람은 곧 두번째 담배에 불을 붙였다. 나는 탁 트인 곳에서 담배를 피우는 게 싫어. 번역가가 말했다. 맞아, 절반은 바람이 피우잖아. 소설가가 맞장구쳤다. 누군가의 주머니 속에서 휴대폰 벨소리가 흘러나왔다. 아무도 자기 휴대폰을 확인하지 않았다. 벨소리는 끈질기게 이어지다가 끊겼다. 번역가가 물가를 뒤져 납작한 돌멩이를 몇 개 주워왔다. 물수제비를 뜨자. 소설가가 먼저 돌멩이를 골랐다. 소설가의 손을 떠난 돌멩이는 한 번, 두 번, 세 번 물위를 스치고 가라앉았다. 어디선가 또 벨소리가 들렸다. 번역가가 돌멩이를 들고 물 앞에 섰다. 번역가가 언더핸드로 돌멩이를 던지다 휘청거렸다. 돌멩이는 딱 한 번 물위를 튕기더니 곧바로 가라앉았다. 소설가가 큰 소리로 웃었다. 소설가와 번역가가 시인 쪽을 보았다. 벨소리는 시인의 주머니에서 울렸다. 시인이 잠시 주춤하다가 주머니에서 휴대폰을 꺼내 화면을 보았다. 전화부터 받아. 소설가가 말했다. 시인은 휴대폰을 들고 곧장 물 앞으로 다가서더니 번역가의 언더핸드보다 더 낮은 자세로 아직도 울려대는 휴대폰을 던졌다. 시인의 휴대폰은 한 번도 튀어오르지 못하고 그대로 가라앉았다. 소설가와 번역가는 눈을 휘둥그레 뜨고 시인을 보았다. 시인은 숲을 향해 돌아서며 호기롭게 말했다. 내가 꼴등이니까 커피 살게. 됐지? 어느새 오솔길에 들어선 시인의 야윈 등을 보며 소설가가 번역가 귀에만 들리게 속삭였다. 미친년, 성질머리하고는. 쟤가 은근히 또라이라니까?

주차장에는 세 사람이 타고 온 번역가의 차만 남아 있었다. 세 사람은 카페 쪽을 올려다보았다. 통유리창은 바깥의 풍경만을 비출 뿐 안을 보여주지는 않았다. 번역가가 주차장 휴지통에 휴대용 재떨이를 비우러 갔다. 소설가는 자동차 문을 활짝 열고 그새 차 안을 가득 메운 열기와 한껏 비릿해진 냄새를 뺐다. 시인은 카페 이층을 물끄러미 올려다보았다. 악! 번역가 쪽에서 비명이 들렸다. 소설가와 시인은 얼른 그쪽으로 달려갔다. 번역가가 겁에 질린 얼굴로 바닥의 무언가를 가리켰다. 새 한 마리가 떨어져 있었다. 까치 같기도 하고 비둘기 같기도 하고 커다란 참새 같기도 했다. 완성되지 않은 어설픈 모양새가 아무래도 성장중인 어린 새 같았다. 죽었나? 소설가의 조심성 없는 말에 반응이라도 한 것처럼 새가 한쪽 날개를 꿈틀거렸다. 다쳤나봐. 시인이 속삭였다. 어떡하지? 번역가가 발을 동동 굴렀다. 카페 주인에게 알릴까? 그러나 카페에는 아무도 없어 보였다. 119에 신고해야 하나? 번역가의 말에, 고작 새 한 마리 때문에? 인력 낭비 아닌가? 하고 소설가가 대꾸했다. 번역가는 오랜만에 소설가의 매정함을 원망했다. 번역가가 무릎을 꿇고 조심스럽게 새를 들어올렸다. 번역가의 손안에서 새가 파르르 몸을 떨었다. 그 박동은 따뜻했다. 저길 봐. 시인이 열 발자국 정도 떨어진 곳에 있는 커다란 나무를 가리켰다. 거기 줄기 위에 손글씨로 쓴 안내문이 한 장 붙어 있었다. 종이 가장자리가 바람에 펄럭였다.

어린 새가 이소중입니다

종이에 그렇게 씌어 있었다. 이소가 뭐야? 소설가가 물었다. 시인은 검색을 위해 휴대폰을 꺼내려다가 주머니가 빈 걸 깨닫고 멋쩍게 웃었다. 번역가가 까끌까끌한 모랫바닥에서 숲 가장자리의 보드라운 풀밭 위로 어린 새를 옮겨주었다. 그리고 휴대폰을 꺼내 '이소'를 검색했다. 떠날 이離, 새집 소巢. 새의 새끼가 자라 둥지에서 떠나는 일. 어쩌라고? 소설가가 무정하게 말했다. 번역가는 소설가를 향해 번지는 미움을 지그시 누르고 내처 검색한 내용을 읽어주었다. 이소 단계의 어린 새들은 비행 능력이 서툴고 낯선 환경 때문에 잘 날지 못해 땅에 앉아 있는 경우가 많다. 이런 상황을 잘 모르고 섣불리 새를 구조하면 새들은 생존을 위해 배워야 할 것들을 놓치게 되고 나중에 자연으로 복귀해도 야생에서 살아남기 어려울 수 있다. 번역가는 검색한 문장을 읽으면서 동시에 아직 손에 남은 새의 박동을 감각했다. 그냥 가라는 말이네. 괜히 사람 손 타게 하지 말고. 소설가는 번역가가 들으라는 듯 얄밉게 말하고 먼저 자동차 쪽으로 걸음을 옮겼다. 번역가는 휴대폰을 손에 쥔 채 소설가의 뒤통수를 노려보았다. 시인이 자기보다 한참 높고 넓은 번역가의 어깨를 어루만졌다. 사람 손이 제일 무서워, 그치? 시인의 손길과 말투는 다정했지만 그 말뜻은 무심함을 넘어 무서울 지경이었다. 번역가는 부르르 어깨를 떨었다. 새를 풀밭에 놔두고 가려니 발길이 떨어지지 않았다. 시인은 벌써 소설가 다음으로 자동차에 올라탔고 주차장 모랫바닥에 서 있는 사람은 번역가뿐이었다. 상훈아, 널 버리고 가서 미안해. 번역가의 입에서 뜻밖의 말이 흘러나왔다.

다시 고속도로에 들어서자마자 조수석의 시인과 뒷자리의 소설가는 잠이 들었다. 번역가는 껌을 꺼내 씹기 시작했다. 환기를 시켰는데도 자동차 안에 물풀 썩는 냄새가 떠돌았다. 번역가는 핸들에서 손을 하나씩 떼어내 코에 대고 냄새를 맡았다. 어린 새의 깃털냄새가 날 줄 알았는데 의외로 고소한 상훈의 발바닥냄새가 풍겼다. 내비게이션이 육지 끝까지 두 시간이 남았다고 알려주었다. 갈 길이 멀었다. 번역가는 그 두 시간을 어떻게 버틸까 생각했다. 번역가의 상념은 상훈의 발바닥냄새에서 철학자의 가슴에 박힌 사과 한 알로 옮겨갔다.

어느 봄밤에 철학자가 불쑥 책방으로 찾아왔다. 철학자는 번역가와 같은 구에 살았다. 번역가의 작은 책방 근처에 대학교가 하나 있었는데 철학자는 그 학교에 출강했다. 철학자는 가끔 그 책방에 들러 책을 사거나 번역가와 함께 저녁을 먹고 맥주를 마셨다. 번역가는 도무지 적응되지 않는 진상 손님들을 욕했고 철학자는 비인기 과목 시간강사를 쥐어짜는 교육계의 부조리를 욕했다. 그러니까 그들은 욕의 공동체였다. 나아가 모욕의 공동체였을 수도 있고. 그날도 그런 밤 중 하나였을 텐데 유난히 기억에 남는 건 천변을 산책하다가 철학자가 불쑥 자신의 엑스레이 사진을 보여주었기 때문이다. 푹한 봄밤이었다. 두 사람은 책방 근처 소바집에서 늦은 저녁으로 청귤 소바를 먹고 상훈을 데리고 천변으로 산책을 나갔다. 늘 그렇듯이 상훈의 목줄을 번갈아 잡고 서로의 근황을 주고받으며 천천히 물가를 걸었다. 그러다 시민들을 위해 구에서 설치한 운동기구를 보곤 잠깐 걸음을 멈춰 기구들을 이것저것 건드려 보았다. 번역가가 커다란 쇠바퀴를 돌리며 양팔 운동을 하는데 철학자가 이제야 생각났다는 듯 휴대폰을 꺼내 어떤 사진을 보여주었다. 흉부 엑스레이 사진을 휴대폰으로 다시 찍은 것이었다. 까만 바탕 한 귀퉁이에 하얗고 둥근 모양이 보였다. 꼭 사과 같지? 철학자는 자신의 가슴에 박힌 매끈한 사과를 자랑하듯 조금 수줍게 말했다. 정말 그랬다. 그때 철학자는 그 하얗고 둥글고 예쁘기까지 한 그것이 무엇을 의미하는지 전혀 알지 못했다. 그것이 삶과 죽음 사이를 무자비하게 가르는 날카로운 칼날이 될 거라곤 번역가 역시 당연히 몰랐다. 의사가 이렇게 큰 동그라미는 처음 본대. 보통 이 정도 크기의 종양이면 당연히 증상이 있어야 하는데 아무 증상도 없는 걸 보면 촬영에 실수가 있었던 게 아닐까 싶을 정도래. 자세한 건 다음주에 CT를 찍고 생각해보자더라. 그때 번역가는 아무것도 모르면서 괜한 예감으로 이렇게 말해버렸다. 언니, 걱정하지 마. 아무 일도 아닐 거야. 지금 자동차 안을 떠도는 냄새를 견디며 그 봄밤을 돌이켜보니 아무 일도 아닐 거라는 자신의 말이 철학자에게 어떤 위로도 되지 않았을 거라는 확신이 들었다. 그건 마치 큰일났어! 큰일! 이라고 외치는 것보다 못한 헛말이었다. 그후 철학자는 폐암 4기 진단을 받고 입원과 퇴원을 반복하며 치료를 받았다. 수술을 하고 방사선치료와 항암 치료를 받는 동안 철학자의 외모는 몰라보게 변했지만, 자신의 불행과 고통을 남 말하듯 가볍게 전하는 특유의 유머 감각은 사라지지 않았다. 철학자는 살아남았고 면역력과 체력을 기르겠다는 이유로 연고도 없는 육지 끝으로 이사했다. 그리고 일 년 후 그곳에 집 한 채를 지었다며 번역가와 소설가와 시인을 초대했다. 저만치 보이는 '땅끝까지 100km' 녹색 표지판을 올려다보던 번역가는 자기도 모르게 혼잣말을 내뱉었다.

철학자는 왜 육지 끝에서 멈추었을까?

자는 줄 알았던 시인이 눈을 감은 채 중얼거렸다.

추락하지 않으려고.

뒷자리의 소설가가 말짱한 목소리로 말했다.

다시 말해 살려고.

순간 번역가의 차 앞으로 검은 세단 한 대가 깜빡이도 켜지 않고 훅 끼어들었다. 번역가는 놀라 핸들을 급히 꺾었다. 세 사람이 탄 자동차가 중앙분리대를 들이받았다. 번역가의 이마가 핸들 한가운데에 부딪히면서 경적이 짧게 울렸다. 빵! 그 소리가 흡사 추락하는 새의 비명 같았다.

*

빨강 날개는 폭죽보다 오래 밤바다를 떠돌 것이다. 밤 수영을 마치고 나온 누군가가 와들와들 몸을 떨면 물에 들어가지 않은 누군가가 용케 모닥불을 피울 것이다. 그들은 모닥불 주위에 둘러앉아 낭독을 이어갈 것이다. 간혹 누군가의 입에서 노래가 흘러나올지도 모른다. 노래는 여러 겹의 목소리로 여름 밤하늘을 누빌 것이다. 누군가 소설가에게 두번째 소설집이 언제 나오냐고, 나오기는 하는 거냐고 물으면 소설가는 호기롭게 닥쳐! 외친 뒤 옆자리의 시인을 일으켜세워 엉망진창으로 탱고를 출 것이다. 유난히 파도 소리가 높아지면서 주변 소리를 빨아들이려고 하면 번역가는 물을 향해 달려가 뜬금없이 상훈아! 미안해! 하고 외칠 것이다. 술이 약한 시인은 고작 캔맥주 하나에 취해 걸핏하면 모래밭에 드러누워 아이, 씨발

나도 좀 살자! 나도 좀 살자고! 소리를 지르다 배시시 웃다가 할 것이다. 이 모든 소란 중에 유일하게 말짱한 철학자는 끝까지 정신을 차리고 불이 꺼지지 않게 모닥불을 보살필 것이다. 술에 취한 세 사람은 그래도 마지막 한줄기 정신을 놓지 않고 철학자에게서 멀리 떨어진 곳까지 걸어가 담배를 피우다 돌아올 것이다. 그 담배의 절반은 바람이 피우겠지만 아무도 바람을 원망하지 않을 것이다. 누구라도 무엇이라도 원망하기에 그들은 모처럼 즐겁기만 할 것이다. 내일이 없는 사람들처럼 웃고 떠들 것이다. 그사이 철학자의 새집 개수대에 쌓아놓은 그릇이 슬슬 고약한 냄새를 풍기기 시작할 것이고 번역가의 자동차 트렁크에서 달큰하게 무른 과일냄새가 새어나올 것이다. 빈집 마당은 고양이들이 차지할 것이고 간혹 수상쩍음을 감지한 동네 개들이 컹! 하고 짧게 짖을 것이다. 그리고 그 모든 것과 상관없이 시간은 내일을 향해 무심히 걸어갈 것이다.

초록 비가 내리는 집

또한 그대도 영원할 수 없으며 그들이 영원할 수 있겠는가?

　살날이 삼 개월 남았다는 말을 들었을 때 양순덕은 생애 마
지막 숙제로 백 개가 넘는 화분을 갈무리하기로 했다. 햇빛을
좋아하는 식물과 꺼리는 식물, 물을 좋아하는 식물과 좋아하
지 않는 식물을 구분해 크게 네 개의 그룹으로 나눈 다음 양순
덕 자신보다 오래 살아남을 그들을 위해 넉넉한 크기의 화분
에 옮겨 심었다. 평소 쓰는 흙보다 비싼 양질의 분갈이용 흙과
퇴비, 영양제도 꼼꼼히 챙겼다. 들인 지 얼마 되지 않아 아직
줄기가 여릿한 몬스테라 화분에 마른 이끼를 덮고 손바닥으로
꾹꾹 눌러주며 양순덕은 이 아이가 자신의 살뜰한 돌봄 없이

앞으로 몇 년이나 더 살아갈 수 있을까 생각했다. 해마다 자홍색 꽃을 성실히 피워주었던 서양 난은(남편의 교장 취임식 때받은 여러 화분 중 하나였다) 해거리 없이 몇 년이나 꽃을 피울 것인가? 유난히 손이 많이 가지만 새하얀 꽃을 피우면 잠시 마당에 달보드레한 향기를 진하게 풍겨 노고에 보답하던치자는 양순덕보다 몇 년을 더 살아줄까? 자신이 세상을 떠나자마자 기다렸다는 듯 차례차례 시들어갈 식물들을 생각하니양순덕은 가슴 깊은 곳부터 뜨거운 숨이 치받는 것을 느꼈다.대학병원 소화기내과에서 시한부 선고를 받았을 때도 느껴보지 못한 애끓는 감정이었다. 양순덕은 평소 자식을 위해서라면 제 목숨도 내놓을 수 있다고 자신하는 사람들을 볼 때마다그들의 비극적 태도가 과장이고 허세라고 생각했다. 막상 선택의 순간이 찾아오면 자식이고 뭐고 당연히 제 목숨부터 챙길 거라고 속으로 코웃음을 치기도 했다. 그러나 자신에게 주어진 한줌의 시간 중 한 달이 넘는 귀하고 귀한 시간을 화분에쏟아붓는 동안 양순덕은 이 식물들의 수명을 연장할 수만 있다면 남은 시간을 전부 바쳐도 좋다고 생각했고, 이 낡은 단층집에 들어와 살았던 이십 년 동안 시멘트 마당 한쪽에 야금야금 화분의 영토를 늘려가며 그간 자신이 식물을 자식처럼 여겼다는 사실을 깨달았다. 실제로 양순덕은 화분에 물을 주고햇볕을 찾아 자리를 옮기고 마른잎을 떼어내고 넓은 잎의 면지를 닦아내면서 식물에도 귀가 있고 눈이 있는 것처럼 말을 걸었다.

우리 선생님이 퇴직한 후로 잔소리가 퍽 늘었다는 거 니들도 알지? 세상에 그 나이에 눈까지 밝아서 내 눈엔 뵈지도 않는 머리카락을 일일이 손가락질하며 다닌단다. 아니, 머리카락이 눈에 띄면 곧바로 주워 휴지통에 버리면 좀 좋니? 그놈의 영감탱이, 기어이 내 손으로 줍게 한다지. 그러면 가느다란 라벤더 꽃줄기가 길쭉한 꽃대를 내밀고 양순덕의 말에 호응하는 양 좌우로 한들거렸다. 정말 얄미운 게 뭔지 아니? 머리카락 한 올 발견할 때마다 누가 선생 아니랄까봐 목소리를 척 깔고 그런다? 이보오, 순덕양. 거금 백이십만원이나 주고 바꿔준 외제 청소기는 누구한테 꿔주었소? 아니면 국을 끓여먹었소? 그냥 청소 좀 똑바로 해라, 하면 될 것을 꼭 말로 돌려차기를 한다지. 선생님은 아직도 날 사십 년 전 풀꽃 야학에서 만난 어린 공순이로 본다니까? 자기 마누라한테 이보오, 순덕양이 뭐니? 그래놓고 밖에 나가면 결혼생활 사십 년이 다 되도록 부부 사이에 존댓말을 쓰는 품격 있는 교육자 집안인 양 자랑을 한다지. 뭐, 내가 직접 본 건 아니고 박교장댁 사모가 전해준 말이야. 동창회든 교장 모임이든 선생님이 날 데리고 나가질 않으니 나야 그 눈꼴사나운 모습을 구경하고 싶어도 할 수가 없단다. 가끔 속이 상할 때면 그런 상상을 해봐. 선생님을 따라 교장 모임에 나갔다가 선생님의 실체를 죄 폭로하는 상상. 우리 선생님은 배운 분답게 여편네에게 꼬박꼬박 존댓말을 하시지만, 내가 어쩌다 밥이라도 태우면 어린 계집애 다루듯 회초리로 제 종아리를 찰싹찰싹 때린답니다! 양순덕의 목소리가 한 단계 높아지자 관엽식물들이 일제히 널찍한 잎을 부르르 떨었다.

에이, 아니야. 너희도 봤잖아. 우리 선생님, 말로 사람 쥐어박는 게 특기이긴 하지만 손찌검을 하지는 않아. 내 말은 선생님의 얄미운 말본새가 손찌검만큼이나 아프고 야속하다는 뜻이지. 너희도 내 친구 현자 알지? 왜 남편이 종로5가에서 종묘상을 크게 하는 이. 너희 비료랑 농약도 현자네 가서 싸게 사오잖아. 그이가 나랑 같은 공장에서 시다로 일했는데, 자기는 공장에 원단 나르던 자전거 짐꾼하고 눈 맞아 결혼하고 나는 야학에서 대학생 선생님을 꿰찼다고 맨날 우스개처럼 한탄했더란 말이지. 현자랑은 결혼 후 한동안 소식이 끊겼다가 쉰 넘어서야 다시 연락하고 지냈어. 아들 하나 딸 둘, 다 공부시키고 결혼시킨 다음 친구들 만나 맛난 거 먹고 경치 좋은 곳 구경 다니며 늙고 싶다면서 먼저 연락을 해왔더라고. 말은 그렇게 해도 현자나 나나 통이 작고 겁이 많아서 맛난 거 먹으러 가봐야 기껏 종로 골목길에 숨은 오래된 냉면집에 가거나 좋은 구경이라야 아직 한적한 한강 둔치 따라 걷는 게 전부였지.

그러다가 날 저물기 전에 서둘러 집으로 돌아오곤 했잖아. 선생님이 꼭 집에서 저녁을 자시니까, 내가 밥때가 되면 아주 마음이 급해 발을 동동 굴렸거든. 그렇게 일 년에 한두 번 얼굴 보는 게 고작이었는데 어느 날 현자가 연락도 없이 불쑥 집으로 찾아왔지 뭐니? 너희도 기억나지? 현자가 재래시장에서 가마솥 영양통닭 한 마리를 사 들고 와서 온 집안에 고소한 기름냄새가 둥둥 떠다녔던 날. 양순덕의 발치에 나란히 늘어선 다육식물들이 대답 잘하는 막둥이들처럼 통통한 잎을 가만히 끄덕였다.

그날 선생님이 아침부터 콩국수 타령을 해가지고 내가 서둘러 검정콩을 불리고 삶고 갈고 체에 거르고 하느라 땀을 한 바가지는 흘린 상태였거든. 그런데 현자 그애가 그 무렵 우리 선생님이 퇴직하고 집에 계시는 걸 몰랐던 거라. 갑자기 현자가 뜨거운 통닭을 갖고 들이닥치니 솔직히 하나도 안 반갑더라고. 게다가 영양통닭 봉투 밖으로 소주병 하나가 빼꼼히 고개를 내밀고 있는 걸 나도 보고 선생님도 봤더란 말이지. 선생님이 뭐라고 생각했겠어? 오호라, 우리 양순덕양, 그동안 내가 출근해 뼛골이 빠지게 돈 버는 동안 순덕양은 친구랑 기름진 것 먹고 낮술까지 잡수셨던 모양이군요? 잔소리 회초리 한 시간짜리였지. 그래도 손님은 손님인지라 넉넉한 이인분으로 만든 콩국수를 살짝 모자란 삼인분으로 나눠 담고 현자가 사온

통닭을 한가운데 올려 부엌 식탁에 셋이 둘러앉았단다. 그런데 눈치 없는 현자 년이 기어이 소주병을 꺼내곤 소주잔 세 개를 가져오라며 큰소리치는 게 아니겠니? 안 그래도 안 좋은 선생님 표정이 딱 굳어버렸는데 현자는 아랑곳없이 소주잔 세 개를 채워 한 잔씩 나눠주고 제 몫의 술을 원샷으로 들이켜는 거야. 선생님은 술잔을 무시한 채 후루룩 소리까지 내며 콩국수를 먹기 시작했고 나는 이러지도 저러지도 못하고 괜히 콩국수만 휘저었어. 그때 갑자기 현자 이년이 죽으려고 환장을 했는지 쥐어박듯 한마디하지 뭐니. 어머, 순덕이 너 평소엔 소주 반병은 너끈히 비우더니 오늘은 신랑 옆이라고 부끄럼 타는 거니? 나는 아직 한 젓가락도 뜨지 않은 콩국수가 명치에 콱 얹힌 기분이었어. 현자는 어디 교장 선생님 술 한잔 받아보자며 방금 비운 술잔을 우리 선생님 앞에 척 내밀었지. 선생님은 아무 말 없이 현자의 술잔을 채우고는 날 보며 옛날 영화 속 신성일 말투로 말하는 거야. 우리 순덕양도 한잔하지 그러시오? 나는 소리 내어 대답도 못하고 그저 고개만 절레절레 흔들고 콩국수를 먹기 시작했어. 반나절 비지땀 흘린 게 무색할 만큼 무슨 맛인지 느껴지지도 않았지만, 그냥 콩국수 그릇에 빠져 몸을 숨기고 싶은 마음으로 젓가락질만 계속했지. 그때부터 선생님의 회초리 같은 잔소리가 시작되었어. 바야흐로 어쩌고, 소위 어쩌고, 여자가 어쩌고, 정숙한 부인이 어쩌고,

품격 있는 문명인이 어쩌고 하는 레퍼토리 있잖아. 그늘에 서 있던 길쭉한 야자수가 사시나무처럼 몸을 떨었다.

그날 밤 화장대 앞에 앉아 마사지 크림을 바르고 있는데 도무지 울릴 줄 모르던 내 휴대폰이 부르르 떨면서 현자 이름이 뜨더라고. 나는 텔레비전 앞에서 뉴스를 보고 있는 선생님 눈치를 살피며 조심스럽게 휴대폰을 집어들고 부엌으로 나갔어. 어두운 부엌 식탁 의자에 앉아 전화를 받았는데, 통화가 연결되자마자 현자 애가 통곡을 하는 거야. 나는 깜짝 놀라 현자네 초상이라도 났나, 남편한테 무슨 일이라도 생겼나, 가슴이 덜컥 내려앉았건만, 좀더 귀를 기울여보니 이년 혀가 꼬부라진 게 영락없는 술주정인 거라. 아이고, 우리 양순덕이, 얌전하고 음전한 우리 양순덕이. 시침질을 해도 감침질을 해도 똑바르고 단정했던 우리 2조 에이스 양순덕이. 열무김치를 담가도 파김치를 담가도 그 가녀린 줄기가 한 올도 흐트러지지 않게 가지런히 담글 줄 아는 깔끔한 우리 양순덕이. 대학 나온 선생님한테 시집간다고 해서 이제 고생 끝에 팔자가 펴는구나 싶어 내가 다 반갑고 기뻤는데 세상 꼬장꼬장한 꼰대 옆에서 저리 기죽어 사십 년을 살았을 줄이야. 아이고, 그게 신랑이냐, 상전이지. 그게 부부생활이냐, 종살이지. 세상 얌전하고 착한 우리 순덕이가 왜 애 하나 낳지 않았는데 꼬치처럼 말라비틀어지고 허리가 휘었는지, 하나밖에 없는 이 친구가 이제야 알아버렸네. 내가 가진 것도 없고 배운 것도 없는 남자 만나 애를 셋이나 까고 허덕허덕 키우는 동안 우리 양순덕이는 교장 선생님 사모 소리 들어가며 정경부인처럼 살고 있을 줄 알았는데, 우리 양순덕이가 이 손현자의 유일한 자랑이었는데, 아이고, 그리 종년처럼 살고 있을 줄이야! 가만히 듣다보니 이건 현자 년의 새로운 돌려차기 수법인가 싶어 부아가 나지 않겠니? 현자의 주정이 밤새도록 이어질 것 같아 도중에 전화를 끊고 아예 휴대폰 전원까지 꺼버렸단다. 그러곤 냉장고 전원 표시등에서 흘러나오는 작은 빛뿐인 어둑한 부엌에 한참을 앉아 있었어. 낮에는 선생님한테, 밤에는 현자한테 말로 된통 얻어맞아 만신창이가 된 기분이었지. 하루가 참 고되구나 싶어 불쑥 설움이 솟구치더라. 그날 밤 나는 선생님도 꼴 보기 싫고 만사가 귀찮고 싫어져서는 거실 소파에 쪼그리고 잤어. 한참을 뒤척이다 새벽녘에 겨우 잠들었을 거야. 그런데 우리 선생님, 참 무디고 곰탱이 같은 이 양반은 내가 버릇처럼 먼저 일어나 부엌에서 밥을 해버린 바람에 자기 마누라가 밤새도록 거실에서 잔 것도 모르더라고.

백 개의 화분을 모두 갈무리한 양순덕은 공책 하나를 꺼내 화분의 목록을 작성하고 화분별 물 주는 주기, 햇빛과 바람을 좋아하는 정도, 영양제를 주는 주기, 식물이 아플 때 대처하는 방법, 분갈이할 때 특별히 신경쓸 점 등을 꼼꼼하게 기록했다.

여차하면 도움을 구할 동네 화원 전화번호와 약도, 현자네 종묘상 전화번호와 주소도 첨부했다. 화분 백 개의 목록을 작성하는 데 또 꼬박 한 달이 걸렸고, 이제 의사가 기약한 죽을 날이 코앞으로 다가왔다. 양순덕은 마지막으로 남편에게 편지를 쓰기로 했다. 처음 풀꽃 야학에서 만났을 때 단단한 눈빛과 달리 치수가 맞지 않는 헐렁한 와이셔츠를 아무렇게나 입은 허술함에 반했다는 이야기로 시작해, 자식 없는 부부로 쓸쓸하게 살게 한 탓을 부인에게 돌리지 않은 점과 배운 것 없는 자신을 평생 가르치려고 애써준 점을 고마워했다. 마지막으로 어쩌면 가장 중요한 한마디를 적고 그 밑에 자신의 이름 석 자를 한글과 한자, 그리고 영어로 적었다. 세 가지 언어로 적은 서명은 어쩐지 좀 과도한 감이 없지 않았지만, 양순덕은 평생 자신을 교육의 대상으로 여긴 남편에게 당신의 노력이 헛되지는 않았음을 보여주고 싶었다. 그렇게 유서 같은 편지를 쓰고 마지막으로 한번 훑어보는 사이 날이 저물었다. 방안이 어둑해지고 야박한 조명 아래 방금 자신이 완성한 편지를 다시 살피다 문득 어느 문장 어느 단어도 진실하지 않다는 자각이 뒤통수를 때렸다. 창문 너머로 자식 같은 화분들이 보였다. 자식들이 일제히 양순덕을 보고 있었다. 그 시선을 마주하니 부끄러운 아내로 죽을지언정 부끄러운 어머니로 죽고 싶지는 않다는 생각이 퍼뜩 들었다. 양순덕은 자기도 모르게 정성껏 쓴 편지를 북북 찢어버리곤 새 종이를 꺼내 남편에게 전하고 싶은 단 한 문장을 적었다.

부디 화분들만은 죽이지 말아주세요.

그러고 나서 어딜 가나 가방에 넣고 다녀 귀퉁이가 나달나달해진 낡은 수첩을 가져와 거기 적힌 한 문장을 편지에 옮겨 적었다. 몇 년 전 혼자 박물관에 갔다가 홀린 듯 베껴쓴 그 문장은 고대 아라비아의 어느 묘비명이라고 했다. 그날 양순덕은 어두운 전시실 한구석에서 마주친 먼 옛날의 묘비 앞에서 소리 없이 눈물을 쏟았다. 밑도 끝도 없이 울음이 터진 것은 몇 년 후 그 문장이 자신의 묘비명이 될 거라는 날카로운 예감 때문이었을까? 양순덕은 당부의 말과 스스로 정한 묘비명, 이렇게 딱 두 문장으로 빈 종이를 채우고 맨 아래에 자신의 이름을 한글로 적었다. 우리 순덕양도 양순덕양도 아니고 그저 양순덕 세 글자면 충분했다. 양순덕은 그 듬성듬성한 편지를 유서로 남기고 싸늘한 원한은 자신이 다 가져갈 테니 식물 자식들에게는 따숩고 보드라운 것들만 돌아가길 빌며 눈을 감았다.

*

자격 없는 자, 자신의 죄를 인정하고
신을 믿는 그가 알라에게 돌아갑니다.

박천일은 아내가 남긴 유서를 골똘히 들여다보며 사십구 일을 보냈다. 이름처럼 양순하고 덕망 있던 여자가 아픈 사실을 감쪽같이 숨기다가 덜컥 죽어버린 것도 큰 충격이었는데 유서로 남긴 편지마저 고작 두 문장이 적혀 있을 뿐이었다. 세상에, 사십 년을 함께한 부부 사이에 남길 말이 그리 없었던가? 심지어 한 문장은 쓸데없이 자리만 차지하는 화분들을 죽이지 말라는 당부였고 또 한 문장은 출처도 맥락도 불분명한 이상한 말이었다. '또한 그대도 영원할 수 없으며 그들이 영원할 수 있겠는가?' 호응이 맞지 않는 이 아리송한 문장은 대체 무슨 뜻이란 말인가? 아무리 들여다봐도 여기서 '그대'는 박천일 자신을, '그들'은 아내가 남긴 백 개의 화분을 말하는 것 같았다. 그렇다면 이것은 저주의 문장이 아니던가? 너도 영원히 살지 못하고 언젠가는 죽을 테니 똑같이 영원할 수 없을 식물들이나 잘 보살피라는 협박? 박천일은 생각할수록 아내 양순덕이 원망스러웠다. 공책 한 권을 빼곡하게 채울 만큼 화분을 향한 마음이 애틋했다면, 평생 함께한 지아비를 향한 마음은 공책 한 권이 아니라 열 권 백 권은 채울 정도여야 마땅하지 않은가. 고난뿐인 이승에 늙은 남편만 남기고 떠나 미안하다거나, 평생 사랑했다 혹은 존경했다거나, 먼저 가서 저승에 자리를 닦아놓을 테니 당신은 천천히 따라오라는 기약의 말 정도는 적을 수 있지 않았을까? 장례를 치르고 돌아온 박천일은 안방에 혼자 누웠다가도 화분만 생각하면 벌컥 몸을 일으키게 되었다. 순하디순한 줄만 알았던 아내가 한 지붕 아래 한 이불을 덮고 산 사십 년 세월을 송두리째 부정하고 매몰차게 떠나버렸다. 가만히 생각해보면 양순덕은 처음부터 은근히 차가운 구석이 있었다. 처음 살을 섞은 날에도 양순덕은 다른 여자들처럼 울며 매달리거나 책임지라 종용하지 않았다. 그저 속눈썹이 긴 두 눈을 내리깐 채 가만히 박천일의 말을 기다렸다. 무슨 말이든 먼저 꺼내는 법이 없는 여자였다. 박천일은 그걸 순종이라 해석했고 그래서 학력이든 배경이든 모든 면에서 크게 기우는 차이를 감내하고 결혼을 결심했다. 박천일이 보기에 열여덟 살 양순덕은 깨끗한 백지 같았다. 그 백지를 자신의 손으로 채워 어엿한 양서 한 권으로 만들리라 다짐했다. 박천일은 학교에서는 천둥벌거숭이 중학생들을 가르치는 국어 교사로, 집에서는 문명을 모르는 한 마리 암컷을 개화하는 선교사로 살았다. 물론 지아비이자 교육자로서 양순덕의 가정생활이 늘 박천일의 성에 차지는 않았다. 양순덕은 순했지만 느렸다. 조용해서 마음에 들었지만 답답했다. 반항할 줄 몰랐지만 무지했다. 결혼 첫해 모처럼 4성급 호텔에서 열린 부부 동반 동창회에 데려갔다가 스테이크는 겁이 나서 손도 못 대고 곁들이로 나온 크림수프만 홀짝거리는 양순덕을 본 후로 어떤 부부 동반 모임에도 데려가지 않았다. 제주도나 홍콩으로 떠났던 부부 동반 여행 역시 박천일 혼자 다녀왔다. 나중에 여행지에서 찍은 단체사진을 보여줘도, 박천일을 제외한 사람들이 전부 부부끼리 팔짱을 끼거나 어깨를 끌어안고 있어도 양순덕은 딱히 서운한 기색을 보이지 않았다. 오히려 그런 복잡하고 어색한 장면에 자신이 속해 있지 않아 다행이라는 표정을 지으며 단체사진을 물끄러미 바라보다 박천일에게 돌려주곤 했다. 박천일은 양순덕의 그런 태도를 미련함으로 해석해야 할지 무심함으로 해석해야 할지 잠시 헷갈렸지만, 남들에게 양순덕을 보여주지 않아도 된다는 안도감이 가장 커서 다른 모든 감정과 생각을 밀쳐낼 수 있었다. 그렇다고 박천일이 다른 여자에게 눈길을 준 적은 없었다. 딱 한 번 재혼한 친구가 사당동에서 꽃집을 한다는 새 부인을 동창회에 처음 데려온 날, 박천일은 그 여자의 길쭉하고 가느다란 목에 걸린 젖빛 진주 목걸이를 자꾸 흘끔대다 포도주잔을 넘어뜨려 하얀 와이셔츠 앞섶을 온통 붉게 적신 적이 있었다. 그날 밤 집에 돌아와 붉게 물든 셔츠를 양순덕에게 던져주고 밤새도록 그 여자랑 알

몸으로 뒹구는 꿈을 꾸긴 했지만, 딱 거기까지였다. 일탈을 경험한 다음 박천일은 더욱 아내의 교육에 몰두했다. 대학 시절 전공 시간에 배운 고전 중 허난설헌이나 황진이는 빼고 신사임당을 아내가 따라야 할 모범으로 제시했다. 자식이 없으니 현명한 어머니는 될 수 없었지만 어진 아내가 되기만 해도 현모양처 조건의 반은 충족하는 셈이었다. 박천일이 밥상머리에서 이런 말들을 늘어놓으면 양순덕은 결혼한 지 십 년 넘도록 자식이 생기지 않는 것에 대해 박천일의 눈치를 살피고 죄책감을 느끼는 기색이었다. 그럴 때마다 박천일은 몰래 병원을 찾아가 검사를 받은 결과, 불임의 원인이 자신에게 있다는 사실을 아내에게 밝히지 않은 게 사십 년 결혼생활 중 가장 잘한 일이었다며 혼자 두고두고 자찬했다. 팔자에 자식이 없다는 사실을 인정하자마자 박천일은 오직 양순덕을 자신의 아내이자 자식, 제자로 삼기로 마음먹고 원석을 깎는 마음으로 교육에 매진했다. 그러나 과업을 완수하기도 전에 아내는 덜컥 죽어버렸고 설상가상 영 성에 차지 않는 두 문장을 유서랍시고 남긴 것이다.

'부디 화분들만은 죽이지 말아주세요.' 국어 교사였던 박천일은 '화분들만은'의 조사에 주목했다. 화분을 죽이지 말라는 게 아니라 화분만은 죽이지 말라니, 이 무슨 저의인가? 박천일이 화분 말고 뭔가를 죽인 적이 있다는 말인가? 그날부터 박천일은 악몽에 시달렸다. 꿈속에서 자꾸 양순덕을 죽였다. 양순덕은 하루는 박천일의 억센 손아귀에 목이 졸려 죽었고, 다른 밤에는 박천일의 칼에 찔려 죽었다. 양순덕의 시체도 박천일의 손으로 처리했는데, 악몽마다 그 방식이 달라졌다. 박천일은 양순덕의 시체에 돌덩어리를 매달아 강물에 던지거나 집에 있지도 않은 우물에 빠뜨렸다. 우물 깊은 곳에서 첨벙 소리가 울린 날은 우물을 시멘트로 감쪽같이 메워버렸다. 창고 벽 뒤에 시체를 세우고 그 위에 시멘트를 바른 적도 있었다. 악몽의 끝은 언제나 적발과 탄로였다. 흔적도 없이 사라진 우물 위로 녹색 덩굴이 솟아나 박천일에게 기어오거나 창고 벽에서 대나무가 수평으로 돋아나 날카로운 끝으로 박천일의 가슴을 겨누었다. 아내의 부엌에서 핏빛 능소화가 피어올랐고 꽃술이 있어야 할 자리마다 요사스러운 뱀의 혓바닥이 돋아나 박천일을 고발하기도 했다. 네가 죽였다! 네가 범인이다! 박천일은 제 비명소리에 놀라 악몽에서 깨어났다. 그런 날이면 아직 동도 트지 않은 마당으로 달려나가 화분들을 살펴보았다. 행여 잎 하나 줄기 하나라도 죽었을까봐, 그랬다간 당장 아내가 처녀귀신보다 무서운 모습으로 눈앞에 나타나 자신의 목덜미를 낚아채 저승으로 끌고 갈까봐 너무나 무서웠다. 하지만 화분들은 잘 자라주지 않았다. 아내가 남긴 공책을 들여다보며 거기 적힌 대로 물을 주고 햇빛 아래 두거나 바람을 쐬어주고 영양제도 주었지만, 화분은 차례차례 시들어갔다. 그때마다 박천일의 살이 빠졌다. 뼈가 삭았다. 화분의 절반이 하얀 곰팡이로 덮인 걸 발견한 날에는 기어이 이 집에 처음 이사왔을 때의 한 장면을 떠올리고야 말았다. 이십 년 동안 기억의 깊숙한 구덩이에 처박아둔 장면이었다. 집을 계약하고 전 주인이 비운 집을 살펴보러 왔을 때 양순덕은 한껏 기대에 부푼 발그레한 얼굴로 모처럼 말이 많았다. 담장을 따라 저기에 감나무랑 청매화랑 자두나무를 심어요. 담이 꺾이는 모퉁이에는 지주를 세우고 포도 넝쿨을 가꿔야겠어요. 여름이면 넝쿨 아래 테이블을 내놓고 주렁주렁 익어가는 포도를 구경해요. 저쪽에는 작은 꽃밭을 만들어 철마다 차례차례 피어나는 꽃들을 심어요. 빨강 꽃, 주황 꽃, 노랑 꽃, 분홍 꽃이 사이좋게 필 거예요. 자식 같은 꽃과 나무를 돌보다보면 한세월 지루하지 않게 지낼 수 있을 거예요. 박천일은 이사 전 도배와 부엌, 화장실 수리를 부탁하는 김에 별로 넓지 않은 흙 마당에 꼼꼼하게 시멘트를 발라달라고 했다. 왜 정원을 가꾸시지 않고요? 건축업자가 의아한 표정으로 물었을 때 박천일은 끝없이 번지는 잡초를 감당할 자신도 시간도 없다고 일축했다. 그러나 이사당일 양순덕이 회색 시멘트 바닥이 되어버린 마당을 보며 세상을 다 잃은 듯한 표정을 지었을 때, 박천일은 '자식 같은 꽃과 나무'라고 했던 양순덕의 말과 무정자증을 선고한 의사의 말을 동시에 떠올렸다. 아내가 자식처럼 남긴 화분들이 곰팡이를 뒤집어쓴 채 집단으로 허옇게 죽어가는 모습을 목도하며 박천일은 이십 년 전 자신이 시멘트로 간단히 가둬버린 아내의 꿈이 이제야 복수를 시작했나 하는 이상한 생각에 사로잡혔다. 박천일은 아내의 공책을 뒤져 종로5가에서 종묘상을 한다는 아내의 친구에게 전화를 걸었다. 장례식에서 가장 서럽게 울었던 여자였다. 박천일이 찍은 화분 사진들을 전송받은 손현자가 잠시 후 다시 전화를 걸어 말했다. 선생님, 이건 곰팡이가 아니라 냉해예요. 식물들이 죄 냉해를 입었네요. 냉해라니, 지금은 초여름이 아니오? 박천일의 말에 손현자가 기다렸다는 듯 냉큼 반박했다. 내 친구 양순덕이 저승에서 노한 모양이지요. 여자가 한을 품으면 오뉴월에도 서리가 내린다지 않아요? 지금이 오뉴월 한복판이라는 거, 선생님도 아시지요?

*

죽음은 세상에 아름다움과 완벽함을 주었소.

이상한 집이었다. 집주인 남자는 시세보다 훨씬 싼 전세 보증금을 받는 대신 단 하나의 조건을 달았다. 마당의 절반 이상을 차지하는 백 개의 화분은 건드리지 말 것. 위치를 옮기거나 버리지도 말 것. 굳이 조건을 걸지 않아도 화분은 죄 시들고 죽은 흉물이어서 건드리고 싶지 않았다. 방 세 개에 부엌과 거실, 화장실이 있는 벽돌 단층집은 시멘트 마당만 빼면 아담하고 깔끔했다. 집은 낡았지만, 곳곳에 알뜰살뜰 돌본 흔적이 배어 있었다. 화장실 타일은 오래전 유행이 지난 모양과 크기, 색깔이었지만, 줄눈이나 실리콘 이음매가 곰팡이 하나 없이 깨끗했다. 부엌 싱크대 역시 낡았으나 손잡이며 서랍이며 곳곳에 쓸고 닦은 흔적이 역력했다. 누군지 몰라도 이 집에서 살림을 꾸린 사람은 바지런함이 몸에 밴 사람이었을 것이다. 뭐든 새로 척척 사들이기보다는 오래되고 낡은 것을 손수 고치고 다듬어 쓰는 사람이었을 것이다. 손우정은 이사 후 천천히 짐 정리를 하면서 자신보다 먼저 이 집을 돌봤던 사람의 모습을 상상했다. 나이는 어느 정도일까? 체형은 어떨까? 말씨는 나긋나긋할까, 호쾌할까? 가장 편안하게 짓는 표정은 무엇일까? 작은 실마리를 붙들고 인물의 특징을 상상해 재구성하는 일은 손우정이 가장 좋아하는 일이자 잘하는 일이기도 했다. 손우정의 직업은 대학에서 영문학을 전공하고 대학원에서 비교문학 석사와 박사 학위를 받은 대학 강사였지만, 손우정 자신은 문헌과 문장 사이를 파고들어 인물을 발굴하는 고고학자라고 여겼다. 그리스 로마 신화와 19세기 프랑스 시를 접목했고 아랍의 중세 문학과 미국의 현대 시를 한데 꿰었다. 손우정이 발표한 논문은 참신성과 재기발랄함으로 학회의 이슈가 되곤 했다. 만찬 자리마다 여러 선배 교수가 손우정의 옆자리로 찾아와 칭찬과 응원의 말을 건넸다. 따로 먹고살 길만 있으면 평생 연구하고 논문만 쓰면서 살고 싶다고 생각했지만, 손우정에게 그런 길은 없었고 선배들 역시 어서 대학에 자리를 얻어 생계와 안정적인 연구 기반을 동시에 잡으라며 독려했다. 손우정이 자신 없어할 때마다 선배들은 진심인지 떠보는 말인지 모르게 목소리를 높였다. 손박사 아니면 누가 돼? 세계적으로 인정받은 분이 겸손한 거야, 앙큼한 거야? 특히 모교의 허교수는 손우정이 해외 학회지에 논문을 발표한 일을 두고 몇 년 동안 손우정을 치켜세웠다. 모교에 임용 공고가 나기도 전에 미리 귀띔해준 사람도 허교수였다. 결과 발표 직전 허교수는 청담동의 한 일식집으로 손우정을 불렀다. 손우정은 혹시 몰라 소위 명품이라는 브랜드의 남성용 지갑을 선물로 들고 갔다. 눈치를 봐서 여차하면 건네고 아닌 것 같으면 다시 들고 올 요량으로 가방 안에 쏙 들어갈 만한 작은 부피로 신경 써서 골랐다. 일식집에서 만난 허교수는 심사위원과 지원자 사이가 아닌 같은 학교 선후배 사이 만남임을 강조하며 직접 분위기를 주도했다. 분위기가 너무 무겁지 않게 오래전 학창 시절 교수들과 동기들 이야기를 제법 유머러스하게 들려줘 손우정을 웃게 했고, 분위기가 너무 가볍지 않게 가끔씩 영문학계 동향을 화제로 끌어들였다. 그는 평판대로 '젠틀함'과 '프레시함'이 적절히 섞인 사람이었다. 서로의 얼굴이 적당히 붉어졌을 때 손우정은 준비해간 선물은 고스란히 들고 가 환불을 받아야겠다고 생각했다. 이런 분위기에서 선물을 건넨다면 허교수는 자신의 의도를 오해했다며 불쾌해할 것 같았다. 대신 꽤 비싸 보이는 밥값을 자연스럽게 지불한다면 어떨까? 허교수 앞에서 선뜻 카드를 내밀 수는 없을 테니 화장실에 가는 척하면서 미리 결제할까? 이런저런 생각으로 머리를 굴리고 있을 때 허교수가 화장실에 다녀오겠다며 먼저 자리에서 일어났다. 방을 나가고 삼십 초쯤 후에 손우정은 카드지갑을 챙겨 얼른 계산대 쪽으로 갔다. 진한 향수 냄새를 풍기는 사장이 입만 움직여 미소를 짓더니 손우정의 카드를 받지도 않고 말했다. 어머, 선생님은 허교수님하고 우리 가게 처음 오셨나보다. 우린 달에 한 번씩 한꺼번에 결제해요. 여긴 영문과 교수님들 아지트니까요. 방으로 돌아온 손우정은 선물을 건네야 하나 다시 고민에 빠졌다. 그때 화장실에서 돌아온 허교수가 손우정의 옆자리에 털썩 주저앉으며 말했다. 어, 오늘 이상하게 취하네.

그후 일어난 일을 손우정은 다 잊었다. 너무나 매끄럽고 자연스럽게 자신의 허벅지에 올라온 허교수의 손도, 깜짝 놀라 몸을 빼는 손우정의 어깨를 꽉 움켜잡은 허교수의 악력도 다

144

잊었다. 허교수는 보기보다 힘이 셌다. 참치 뱃살 회가 반 넘게 남은 일제 도기 접시는 허교수의 뒤통수에 살짝 빗맞았고 허교수는 손우정의 반격을 전혀 예상하지 못했는지 한참 동안 멍청한 표정으로 손우정을 쳐다보았다. 도망치듯 일식집에서 뛰쳐나와 서둘러 택시를 잡아탔을 때 백미러로 자꾸 흘끔거리는 택시 기사의 눈길을 느끼고서야 손우정은 자신이 한여름에 얼음 위를 걷는 사람처럼 부들부들 떨고 있음을 깨달았다. 모교의 교수 자리는 손우정보다 세 살 어린 남자 후배에게 돌아갔고 백화점에서 산 지갑의 환불 기한도 지나버렸다. 손우정은 포장조차 뜯지 않은 지갑을 서랍장 깊숙한 곳에 처박고 다 잊으리라 다짐했다. 지금껏 살아온 대로 연구하고 논문 쓰고 강사 생활 하면서 적게 벌고 적게 먹겠다고. 모교 쪽은 쳐다도 보지 않겠다고. 그렇게 다 잊고 정리했다고 생각했다. 그러던 어느 날 갑자기 숨이 쉬어지지 않았다. 누군가 억센 손으로 손우정의 목을 비트는 것만 같았다. 허교수에게 목이 졸리는 악몽을 꾸었다. 비명을 지르며 꿈에서 깨어나도 호흡은 여전히 불가능했다. 공황장애 진단을 받고 지방대학 강의를 포기했다. 고속도로처럼 터널을 자주 만나는 곳에서는 운전을 할 수가 없었다. 자동차가 터널에 들어서면 곧바로 발작의 조짐이 시작되었다. 수입이 줄어 번역 일을 시작했다. 전세 보증금을 줄여 이사하고 남는 돈으로 생활비를 충당했다. 점점 집이 작아지고 도심에서 멀어져갔다. 그런 패턴을 반복하다 이 집을 만났다. 낡고 변두리에 있었지만 독채에 마당까지 있었다. 무엇보다 보증금이 놀랄 만큼 적었다. 이런 집이라면 굳이 외출하지 않고도 살 수 있을 것 같았다. 방 하나는 침실로, 또하나는 잡동사니를 쌓아두는 공간으로 쓰고 가장 작은 북향 방에는 책상을 들였다. 다른 방보다 한 단계 어둡고 서늘한 그 방을 작업실로 삼았다. 새집과 가까운 곳으로 정신과 의원을 옮긴 뒤 몸에 맞는 약으로 미세 조정을 시작했다. 여전히 지하철을 타거나 어두운 극장에 들어갈 수는 없었지만 자다가 발작을 일으키는 일은 없었다.

공책을 발견한 것은 우연히 들어가본 창고에서였다. 마당 한쪽에 허술하게 지은 단칸의 창고는 수십 년 전 연탄 창고로 쓰였을 법한 좁은 공간이었는데 거기에는 분갈이용 흙과 비료 포대가 한 십 년은 너끈히 쓸 정도로 차곡차곡 쌓여 있었다. 한쪽 선반에는 온갖 식물 영양제와 장갑, 모종삽, 씨앗 등이 깔끔하게 정리되어 있었다. 공책은 선반 맨 아래 칸에 있었다. 손우정은 북향의 작업실 책상 앞에서 단정한 손글씨로 적힌 화분 목록과 식물 돌보는 법을 읽었다. 한 번도 만난 적 없는 경이로운 세계였다. 1970년대 약진했던 미국 여성 시인들의 시집을 처음 접했을 때처럼 가슴이 뛰었다. 제2차세계대전 직후 세계의 폭력을 고발하는 유대인 작가들의 거침없는 목소리를 들었을 때처럼 울고 싶어졌다. 군데군데 맞춤법도 틀리고 긴 문장을 구사하는 데 익숙하지 않은 사람이 쓴 글이 분명했지만, 식물 하나하나의 이름을 부르고 보살피는 방법을 기술한 내용은 동서고금의 어느 문헌보다 생동력 있었다. 두꺼운 공책을 찬찬히 다 읽고 나니 작은 창으로 설핏 여명이 비쳐들었다. 뭔가를 읽으며 밤을 새운 것도 참 오랜만이었다. 손우정은 책상에서 일어나던 중 창밖으로 녹색의 뭔가가 빠르게 스쳐가는 것을 보았다. 빛의 장난인가? 밤샘이 불러온 환시인가? 창문 가까이 다가가 방충망에 코를 대다시피 하고 밖을 보았다. 거의 시들거나 죽은 흉측한 화분들이 희붐한 새벽빛 아래 웅크리고 있었다. 어디에도 밝은 초록색은 보이지 않았다. 손우정은 공책에 적힌 대로 저 죽어버린 식물들을 살려보기로 마음먹었다.

손우정은 동네 문구점에서 창고에서 발견한 것과 똑같은 공책을 샀다. 그리고 화분에 손을 댄 날부터 일지를 기록했다. 누렇게 말라버린 잎부터 모두 떼어내고, 냉해를 입었는지 줄기 한가운데부터 녹아내린 것들은 밑동을 바짝 잘라주었다. 그다음 아직 뿌리가 살았는지 완전히 죽어버렸는지 모르는 화분들 모두에 물을 주었다. 화분이 많아 한 번씩 물을 주는 데만도 한참이 걸렸다. 이제 무엇이라도 살아나는지, 어떤 변화라도 일어나는지 지켜보기로 했다. 북향 방 책상에 앉아 논문을 읽거나 좋아하는 작가의 신작 소설을 읽다가도, 화분의 전 주인이 남긴 공책을 외울 듯 반복해서 들여다보는 동안에도 손우정의 시선은 자주 창밖으로 향했다. 아침에 일어나면 물만 한잔 마시고 곧바로 마당에 나가 화분 앞으로 갔다. 손우정은 그렇게 기다렸다. 끈기 있게 기다리는 건 손우정이 가장 잘하는 일이었다. 여름이 무르익으면서 날이 점점 더워지고 장마 소식이 들렸다. 뉴스에서 천둥 번개를 동반한 폭우를 예고하며 침수 대비를 권고했다. 손우정은 집 안팎의 배수구를 점검하고 지붕과 창틀을 살폈다. 그러나 손우정이 가장 걱정하는 대상은 화분들이었다. 화분들이 뇌우까지 견딜 수 있을지 알 수 없었다. 그렇다고 저 많은 화분을 전부 실내로 옮길 엄두는 나지 않았다. 식물 애호가 카페에 가입해 이런저런 정보를 구해보니 많은 이가 번개 치는 날 내리는 비가 식물에겐 보약이라고 했다. 아파트에서 식물을 기르는 사람들은 번개 치는 날 일부러 빗물을 받아 베란다 식물에 준다고도 했다. 손우정은 비를 피하는 게 화분에 이로울지 맞는 게 이로울지 한참을 고민했다. 그러다 문득 헛웃음이 터졌다. 저 많은 화분 중 초록으로 살아난 식물이 하나도 없었던 것이다. 손우정은 아직 살았는지 죽었는지 모를 식물들이 번개와 폭우를 견뎌내리라 믿어보기로 했다. 그리고 자신이 할 수 있는 최소한의 조치로 화분들 간 틈이 거의 없게 바짝 붙여주고 가장자리의 아주 작은 화분들은 창고 처마 밑에 옹기종기 모아놓았다. 손우정은 화분 백 개와 하나하나 눈을 맞추며 속삭였다. 우리 꼭 살아남자.

자정부터 폭우가 시작되었다. 번개가 번쩍이더니 곧이어 집이 흔들린다 싶을 정도로 가까운 곳에서 하늘이 쪼개지는 소리가 들렸다. 빗줄기가 빽빽이 공간을 그어대는 바람에 창 너머로는 마당이 보이지 않았다. 손우정은 애써 마음을 가라앉히고 책상에 앉아 해외 학회지의 논문을 읽었다. 그리스신화에서 새로 변해버린 두 자매의 이야기를 성폭력 피해자의 언어 박탈 관점에서 분석한 논문이었다. 여성과 새, 혹은 새로 변신하는 여성의 이야기는 요즘 손우정이 새롭게 몰두하는 연구 주제였다. 아테네의 공주 필로멜라는 언니 프로크네의 남편인 테레우스에게 강간당하고 피해 사실을 고발하지 못하도록 혀까지 잘린 후 숲속 성채에 감금당한다. 그러나 필로멜라는 옷감에 자신의 피해 사실을 수놓아 언니에게 전한다. 동생의 고통과 남편의 만행을 알게 된 프로크네는 필로멜라를 탈출시키고 둘은 함께 남편을 꼭 닮은 아들 이티스를 죽여 남편에게 복수한다. 사태를 파악한 테레우스가 도끼를 들고 두 자매를 추격하자 자매는 신들에게 살려달라 도움을 청한다. 신들은 자매를 딱히 여겨 필로멜라는 제비로, 프로크네는 나이팅게일로 변신시킨다. 손우정은 노트북을 열어 제비와 나이팅

게일의 울음소리를 검색해 들어보았다. 창문을 흔드는 천둥소리 사이로 음역대가 다른 작은 새들의 울음이 섞였다. 동영상에서 본 제비 입속이 피를 머금은 듯 붉었다. 손우정은 혀가 잘린 필로멜라의 고통과 언어를 잃었음에도 옷감에 수를 놓는 방식으로 기어이 또다른 언어를 찾아낸 끈기를 떠올리며 조금 울었다. 천둥소리가 멀어지고 빗소리도 점차 고르게 낮아지며 밤이 기울었다. 손우정은 그 모든 소리에 폭 파묻혀 책상에 엎드린 채 잠이 들었다. 얼마나 잤을까? 똑똑. 누군가 창을 두드렸다. 손우정은 일어나 창문을 열었다. 창이 다 열리기도 전에 가느다란 초록의 손들이 스르르 미끄러져들어왔다. 덩굴손은 금세 방을 가득 채우며 뻗어나갔다. 역시 번개 맞은 비는 보약인가, 손우정은 생각했다. 마지막으로 들어온 줄기 끝의 꽃망울에서 이내 빨간 꽃이 돋아났다. 꽃은 나팔 모양으로 탐스럽게 벌어졌고 꽃술이 있을 법한 자리에 혀처럼 매끈하고 길쭉한 것이 쑥 비어져나왔다. 손우정은 꽃의 말을 듣기 위해 귀를 쫑긋 세웠다. 나팔꽃의 혀는 초록색이었다. 초록색 혀가 꽃을 떠나 천장 가까이 날아올랐다. 포르르. 그것은 분명 초록색 제비였다. 제비가 손우정의 머리 위를 계속 맴돌며 지찌찟 지찌찟 노래했다. 손우정은 너무 기뻐서 어린애처럼 폴짝폴짝 뛰며 울었다.

어깨가 너무 아파 잠에서 깼을 땐 엎드린 자세 그대로였다.

그새 비는 그치었고 창밖도 환히 밝았다. 밤새 폭우가 쏟아진 게 맞나 싶을 정도로 사위가 평온했다. 천둥 번개를 동반한 폭우와 초록 제비의 노래 중 어느 쪽이 꿈이고 어느 쪽이 현실이었을까, 손우정은 확신할 수 없었다. 문득 화분들이 무사한지 궁금해졌다. 손우정은 아직 잠이 덜 깬 몸으로 비틀거리며 일어나 문 쪽으로 향했다. 문 바로 앞에 신록 빛깔의 깃털 하나가 떨어져 있었다. 손우정은 웃으면서 동시에 울고 싶은 기묘한 마음을 느끼며 서둘러 방문을 열었다.

* 각 단락의 소제목은 국립중앙박물관 특별전 〈아라비아의 길—사우디아라비아의 역사와 문화〉(2017)에 전시된 묘비명에서 빌려왔다.

할리와 로사

한옥 마을은 태조로 입구에서 시작되었다. 풍남문을 등지고 서 오른쪽에 전동성당이, 왼쪽에 경기전이 보이는 길이었다. 태조로를 끝까지 걸어가면 오목대가 나왔다. 경기전이 태조 이성계의 어진을 둔 곳이고, 오목대는 이성계가 고려 말 황산 대첩에서 왜구를 크게 이기고 돌아오는 길 승전 기념 연회를 베푼 곳임을 생각하면 현재 한옥 마을을 동서로 가로지르는 이 큰길 이름이 왜 태조로인지 알 수 있었다.

할리와 로사는 개업 후 처음으로 이틀 연속 가게문을 닫아 둔 채 일박 이일 여행을 왔다. 로사가 먼저 운을 떼고 일정까지 도맡아 짠 여행이었다. 미안해진 할리는 여행 비용을 조금이라도 더 내겠다고 했지만, 자진해서 총무 역할까지 맡은 로사가 이번 여행은 무조건 반씩 부담하는 게 원칙이라고 고집하면서, 그래야 앞으로 오래오래 함께 여행을 다닐 수 있다고 덧붙였다. 전주로 가는 기차 안에서 KTX 홍보 잡지를 훌훌 넘겨보는 로사의 옆얼굴과 가지런한 가르마를 바라보며 할리는 과연 두 사람이 앞으로도 오래오래 함께 여행을 다닐 수 있을까 생각했다.

할리는 서울 서남부 지역에서 오 년째 일인 미용실인 '할리 헤어숍'을 운영해서 할리였고, 로사는 할리 헤어숍 맞은편에 '로사 네일살롱'을 개업한 지 삼 년째라서 로사였다. 두 사람은 서로의 본명을 몰랐다. 들은 적이 있는지는 몰라도 기억하지 못했다. 두 사람보다 나이가 훌쩍 많은 동네 상점가의 다른 사장들도 그냥 할리! 아니면 로사야! 하고 불렀기에 할리도 로사도 서로를 로사와 할리라고 부르기 시작했던 게 입에 붙어버렸다. 할리는 언젠가 로사에게 본명을 물어봐야 하지 않을까 가끔 생각했지만, 늘 적절한 때를 놓쳤다. 그래도 할리와 로사는 서로 동갑이라는 사실은 알고 있었다. 할리의 미용실에서 함께 늦은 점심을 먹다가 배경음으로 틀어놓은 텔레비전에서 IMF 시절 이야기가 나왔는데, 자연스럽게 1997년에 각자 뭘 했는지 말하다가 둘은 똑같이 초등학교 5학년이라는 사춘기 초입의 어설프고 구질구질한 상태를 통과하고 있었음을 알게 되었다.

한옥 마을에 들어서자마자 점심 먹을 식당부터 찾았다. 로사는 미리 봐둔 식당이 있다면서 전동성당과 성심여중고 블록을 지나자마자 오른쪽으로 꺾어들어갔다. 그 유명한 베테랑칼국수에 가려는 건가, 싶었는데 로사는 사람들이 벌써 길게 줄을 서 있는 베테랑칼국수를 그대로 지나쳐 다음 블록에서 좁은 골목길로 들어갔다. 로사는 마치 이 동네 지리에 익숙한 사람처럼 구불구불한 골목길을 활달한 걸음걸이로 지나갔다.

여기야.

로사가 걸음을 멈추고 턱끝으로 가리킨 곳에 '영영분식'이라고 쓴 작은 나무 간판이 할리의 키 높이보다 낮은 곳에 비뚜름히 붙어 있었다. 방심하면 못 보고 지나칠 만큼, 영업장이라기보다 까마득한 옛날부터 그 자리를 지키고 있었을 법한 가정집의 모습에 가까웠다. 초등학교에 다닐 때 동네에서 흔히 볼 수 있던 주택들처럼 초록색 철대문에는 입 벌린 사자 머리 모양 문고리가 달려 있었고, 대문 앞부터 좁고 길쭉한 마당 가장자리까지 온갖 크기의 화분이 늘어선 집이었다. 화분은 둥근 것, 네모난 것, 가로로 길쭉한 것 등 모양이 다양했는데 자라는 식물도 각양각색이었다. 봉숭아, 맨드라미처럼 익숙한 꽃부터 어떤 꽃을 피웠는지 모르게 잎만 남은 관목도 있었고 고추와 방울토마토, 가지 같은 채소 화분도 있었다. 집 안쪽에서 오래 끓인 국물 냄새가 풍겼다. 음식냄새를 맡자 할리는 급격하게 허기를 느꼈다. 내부에는 입식과 좌식까지 전부 합해 테이블이 다섯 개밖에 없었는데, 정오가 아직 안 된 시간에도 벌써 자리가 다 차 있었다. 안이 훤히 보이는 주방에서 정신없이 음식을 만들던 중년 여성이 두 사람과 테이블 쪽을 번갈아 보더니 말했다.

어쩐대? 좀 기다려야 쓰겠는데?

로사가 기다릴게요! 씩씩하게 대답하고 먼저 대기자용 벤치에 앉았다. 할리는 얼떨떨한 기분으로 로사 옆에 앉아 가게 안을 천천히 둘러보았다. 사장님 혼자 조리부터 서빙까지 하는 모양이었다. 흰 종이에 검은 글씨로 인쇄한 단출한 메뉴판이 벽에 붙어 있었는데, 종류는 딱 네 개뿐이었다. 김밥, 수제비, 비빔밥, 라면. 무슨 김밥이라거나 무슨 라면 같은 수식어도 없었다.

메뉴에 박력이 넘치지 않냐?

옆에서 로사가 수군거렸다. 사적인 질문에 영 소질이 없는 할리였지만, 이번에는 물어볼 수밖에 없었다.

여기 와본 적 있어?

응.

언제?

옛날에.

더는 묻지 말라는 신호일 것이다. 민망해진 할리는 아무 말

158

이나 떠오르는 대로 내뱉었다.

여기 뭐가 맛있어?

다 맛있어!

이십 분쯤 기다렸을 때 주방 바로 앞에 자리가 났다. 로사는 신난 아이처럼 자리를 찾아 앉으며 주방에 대고 외쳤다.

사장님! 메뉴판 처음부터 끝까지 다 주세요!

그러곤 할리를 향해 속삭였다.

꼭 해보고 싶었어.

메뉴가 네 개뿐이라서 다행이다.

잠시 후 사장님이 커다란 쟁반 가득 음식을 담아 가져왔다. 수제비에서 좀전까지 맡았던 오래 끓인 국물 냄새가 풍겼다. 나물이 가득 담긴 비빔밥에서는 고소한 참기름냄새가 진동했다. 로사는 수저와 앞접시를 할리 앞에 놓아주고 수제비 그릇에 담긴 작은 국자의 손잡이를 할리 쪽으로 틀어준 다음, 수저통에서 숟가락 하나를 새로 꺼내 비빔밥을 비비기 시작했다. 평소 일할 때는 가위를 든 할리의 손이 남의 손톱을 다듬는 로사의 손보다 훨씬 빨랐지만, 어쩌다 같이 밥을 먹을 때면 로사의 손이 재빠르게 할리를 챙겼다. 할리는 챙김을 받는다는 아늑한 마음과 신세를 진다는 미안한 마음을 동시에 느끼며 국자를 들어 수제비를 떴다.

김밥부터 먹어봐. 깜짝 놀랄 거다.

로사가 비빔밥을 비비며 동시에 턱끝으로 김밥을 가리켰다. 할리는 로사가 시키는 대로 김밥 하나를 집어 입에 넣었다. 익숙한 묵은지맛이 진하게 느껴졌다. 할리가 다소 과장되게 눈을 치켜뜨자, 로사가 의기양양하게 말했다.

죽이지?

죽이네.

묵은지 한 장이 통째로 들어갔어. 서울 인심으론 이런 김밥 꿈도 못 꾼다.

못 꾸지.

로사는 다 비빈 비빔밥을 할리 쪽으로 살짝 밀어주고 그제야 젓가락을 들어 김밥부터 집어먹었다.

이거지! 이 김밥 먹을 때마다 전주 부심 솟는다? 나 전생에 고향이 전주였나봐.

할리는 어쩐지 뜨끔한 심정으로 로사를 똑바로 보지 못한 채 수제비 국물만 연달아 떠먹었다. 로사는 김밥 하나를 삼키자마자 주방 쪽에 대고 외쳤다.

사장님! 김밥 한 줄 더 싸주세요.

사장님이 이쪽을 보고 살포시 웃으며 고개를 끄덕였다. 할리는 영영분식의 사장님이 그렇게 많이 시켜서 다 먹을 수나 있겠느냐고 물어보지 않아서 좋았다. 로사와 둘이 식당에 가서 양껏 시켰다가 다 먹을 수 있겠느냐는 쓸데없는 질문이나 무슨 아가씨들이 이렇게 많이 먹느냐, 그래서 남자친구가 생기겠느냐는 무례한 말까지 들으면 당장 입맛이 달아났고, 보란듯이 꾸역꾸역 먹다가 체한 적도 많았다. 남이 함부로 던진 말에 면역력이 떨어지는 할리는 언제부턴가 식당에 직접 가기보다 미용실 문을 닫아놓고 배달을 시키는 편을 선호했다. 로사의 네일살롱은 로사와 손님 한 명이 앉으면 꽉 차는 크기라서 주로 식사는 할리의 가게에서 했다. 할리의 미용실은 예약제로 운영하는 일인숍이었지만, 미용 의자만 둘이고 기다리면서 텔레비전을 볼 수 있는 소파 세트가 따로 있을 만큼 공간에 여유가 있었다.

　예약 손님이 없는 시간이면 할리는 미용실 문을 걸어잠그고 밖에서 안이 보이지 않게 블라인드도 내린 채 소파에 누워 텔레비전을 보았다. 상대가 누구든지 간에 아무 생각 없이 가게 문을 벌컥 열고 들어오는 일을 할리는 더이상 견딜 수가 없었다. 로사도 할리의 가게에 들어오려면 미리 문자메시지로 알려야 했다. 미용업계에서 일한 지 이십 년 가까이 되어가고 개업한 지도 오 년이나 지났지만, 할리는 아직도 낯선 사람이 무서웠다. 예고 없이 들이닥치는 사람이 선한 고객일지 흉악한 범죄자일지 구별할 방법이 없는 한 모든 이가 잠재적으로 공포의 대상이었다. 그런 할리에 비해 로사는 겁이 없는 사람처럼 보였다. 선의가 언제나 선의로 보답받는다고 굳게 믿는 사람처럼 아무한테나 방글방글 웃으며 말을 걸었고 늘 싹싹한 태도로 주변 사람들을 대했다. 로사의 성격이 그렇지 않았다면 할리는 지금처럼 로사와 친구가 되어 함께 여행을 떠나기는커녕 바로 맞은편에 개업한 네일살롱 주인이 어떤 사람인지 관심조차 두지 않았을 것이다.

이거 뭐야?

로사가 물어보면서 동시에 할리의 앞접시에 수제비를 한 국자 퍼주었다. 이거 도대체 뭔데 이렇게 맛있어? 너도 한번 먹어봐, 라는 말이었다. 할리는 로사가 퍼준 수제비에 들어 있는 초록색 채소 덩어리를 입에 넣고 씹었다. 색깔이나 모양은 누가 봐도 애호박이었는데 맛은 밤처럼 달고 식감은 감자처럼 포근했다.

맛있지?

로사가 재차 물었다. 할리는 고개를 끄덕이며 수제비를 한 입 더 떠먹었다.

맛있지?

이번에 물어본 사람은 영영분식 사장님이었다. 옆 테이블을 정리하러 온 사장님이 쟁반에 빈 그릇을 차곡차곡 담으면서 말을 걸었다.

이거 뭐예요?

로사가 묻자 사장님이 기다렸다는 듯 이야기를 시작했다.

조선호박이잖아. 애호박처럼 길쭉한 거 말고 둥글둥글한 거. 마당 한쪽에 호박을 심었는데, 올여름이 좀 더웠어? 호박이 잔뜩 열려서 여름 내내 실컷 먹었잖아. 근데 이놈 하나가 담벼락 밑에 숨어서 자란 걸 내가 몰랐던 거라. 여름 다 가고 호박잎을 정리하다 이놈을 딱 발견했는데, 세상에나 칼로 딱 잘라보니 속이 어찌나 꽉 찼는지, 씨 부분이 텅 비었지 뭐야?

호박 속에 씨가 하나도 없었다고요?

로사가 평소 성격대로 열심히 맞장구를 쳤다.

그랬다니까? 참말로 신통방통한 일이지 뭐야? 이놈이 사람 눈에 안 띄고 혼자 쑥쑥 자라느라 끝까지 속을 채웠나보다 생각하니 어쩐지 대견하더라고. 오늘 수제비에 넣어봤는데 손님마다 전부 뭐가 이렇게 맛나냐고 묻네?

맞은편 테이블에서 조용히 식사하던 중년 여자 둘이 고개를 들고 이쪽을 쳐다보더니 어쩐지 맛있더라니, 진짜 달더라, 하고 자기들끼리 수군거렸다. 사장님이 빈 그릇을 전부 담은 쟁반을 들고 끙 소리와 함께 의자에서 몸을 일으켰다. 로사가 국자로 수제비 그릇을 휘저으며 호박을 찾더니 전부 할리의 앞 접시에 놓아주었다.

신통방통한 호박 많이 먹어. 오늘 아니면 영영 못 먹잖아.

할리는 호박 몇 조각을 로사 그릇에 옮기려다가, 다시 제 그릇으로 올 게 빤해서 그냥 먹었다. 밤처럼 달고 감자처럼 포근한 게 정말 신통방통하긴 했다. 호박과 수제비를 한입에 넣고 오물오물 씹으며 할리는 가을까지 혼자 숨어 속을 채웠을 호박의 마음을 생각했다. 쓸쓸했을까? 호젓했을까? 그냥 바빴을까? 물론 호박에게 마음이라는 게 있다면 말이지만.

*

할리는 남의 집 텃밭에서 호박을 훔쳐본 적이 있다. 정확히는 아직 호박으로 여물기 전 달걀보다 훨씬 작은 열매가 맺힌 호박꽃을 따서 도망쳤다. 주머니 안에서 뭉개진 그 꽃과 열매를 보여주자 엄마는 다 자란 호박을 훔치든지, 하다못해 호박잎이라도 훔칠 것이지 먹지도 못할 걸 왜 훔쳤느냐고 타박했다. 훔친 행위 자체를 지적하지는 않아서 어린 할리는 좀 어리둥절했다.

*

태조로로 돌아와 오목대 방향으로 조금 걷다가 은행로와 교차하는 사거리에 닿았다. 남북 방향으로 뻗은 은행로는 동서 방향의 태조로와 교차하는 길로, 거기에 육백 년 된 은행나무가 있어서 은행로였다. 로사가 먼저 사거리에서 왼쪽으로 꺾어 은행나무 쪽으로 향했다. 로사는 한옥 마을 지리를 훤히 꿰고 있는 것 같았다. 은행로를 조금 걸어올라가니 곧바로 우람한 은행나무가 보였다. 보호수로 지정된 나무답게 목제 울타리가 둘러쳐져 있고 길 이름의 내력을 새긴 비석도 있었다. 로사와 할리는 비석 앞에 서서 글을 읽다가, 까마득히 높은 나무를 올려다보다가 했다. 10월 중반이었지만 여름이 늦도록 물러가지 않아서 은행잎이 아직 노랗게 물들지 않았다. 영영분식의 호박처럼 은행나무도 기묘한 계절을 지나느라 어리둥절한 상태가 아닐까, 할리는 생각했다. 은행나무 줄기는 둘레가 꽤 됐지만, 속이 충전재로 채워져 있고 수피도 절반 가까이 사라지고 없었다. 말 그대로 빈 껍질뿐이었는데, 여전히 가지가 위로 뻗어 있는데다 잎도 무성하다는 사실이 신기했다.

신기하지?

같은 생각을 하고 있었는지 로사가 불쑥 물었다.

신기해.

근데 나무는 물이랑 영양분을 끌어올리는 관이 저 나무껍질 바로 아래에 있어서 한가운데가 텅 비어도 살 수 있대.

할리는 화들짝 놀란 표정으로 로사를 보았다.

그래서 오래된 나무는 저렇게 빈 속을 인공 물질로 채워주고 무너지지만 않게 잘 관리하면 살아갈 수 있는 거래.

진짜 신기하다. 그런 걸 어떻게 알았어?

홋카이도 숲속에 트레킹을 간 적이 있는데, 그때 가이드가 알려줬어.

할리는 고개가 뒤로 꺾이도록 은행나무를 올려다보며 말하는 로사의 옆얼굴을 보았다. 홋카이도에는 누구랑 언제 갔느냐고 물어보면 로사는 아까처럼 그냥 옛날이라고 대충 얼버무릴 것이다. 할리가 로사와 알고 지낸 지가 삼 년, 함께 밥을 먹은 지는 이 년이 되었는데, 둘은 서로의 사생활에 대해 아는 게 거의 없었다.

죽은 것만 같은 저 딱딱한 나무껍질에 생명줄이 지나간다고 생각하면 놀랍다니까?

로사가 그렇게 말하고 손을 뻗어 수피를 만져보았다. 로사는 조금 더 앞으로 나가 나무줄기에 양손을 둘러 살짝 안는 자세를 취했다. 로사가 눈을 감는 걸 보고 할리는 주머니에서 휴대폰을 꺼내 로사의 사진을 몇 장 찍었다. 셔터음이 들렸을 테지만 로사는 자세를 바꾸지도 눈을 뜨지도 않았다.

은행로에서 태조로로 돌아가 사거리 카페에서 대형 사이즈 아이스커피를 한 잔씩 샀다. 아직 완연한 가을 날씨가 아니라서 조금 빨리 걸으면 이마에 땀이 솟았다. 두 사람은 시원한 커피를 마시면서 오목대로 향하는 경사로를 올라갔다. 오목대 자체는 볼 게 별로 없지만, 언덕에 올라가면 한옥 마을 기와지붕이 파도처럼 펼쳐진 풍경을 내려다볼 수 있다고 로사가 여행 가이드처럼 말했다. 할리가 경사로를 오르며 눈에 띄게 숨을 헐떡이는 걸 보고 변명처럼 덧붙인 말이었다. 할리는 로사가 신경쓸까봐 숨소리를 크게 내지 않으려고 조심하면서 거의 얼음만 남은 아이스커피를 자주 빨아들였다. 천천히 걸었다고 생각했는데 오목대에 도착했을 때 할리는 등까지 땀으로 흠뻑 젖어 있었다. 로사는 한옥 마을이 가장 잘 내려다보인다는 장소에 도착하자마자 휴대폰을 꺼내 기와지붕 사진을 찍기 시작했다. 할리는 일단 벤치에 앉아 숨을 돌렸다. 고작 여기까지 올라오는데 무슨 등산이라도 한 사람처럼 얼굴이 벌겋게 달아올라선 심장이 뛰고 호흡이 가빠지는 게 부끄러웠지만, 로사가 이게 다 평소 운동 부족 탓이라고 타박하지 않아서 좋았다. 사람들은 할리의 건강을 걱정하는 척하면서 할리의 몸 상태를 멋대로 판단하거나 무례하게 할리의 생활 자체를 지적하곤 했다. 한숨 돌린 할리는 휴대폰을 꺼내 사진을 찍는 로사의 뒷모습을 찍었다. 셔터음이 들리자 이번에는 로사가 뒤를 돌아보았다.

이리 와서 직접 봐.

로사가 손짓했다. 할리는 일어나 로사 곁으로 갔다. 눈 아래에 검은 기와지붕의 물결이 펼쳐졌다. 기와는 주로 검고 가끔 잿빛이었다. 아마 검은 기와는 올린 지 얼마 안 된 것일 테고 잿빛은 오래된 것이리라. 그 명도의 차이가 풍경을 수묵화로 만들어주었다.

기와의 파도 같아.

할리가 말하자 로사가 대꾸했다.

기와의 구름 같아.

기억 역시 파도 같고 구름 같은 거라고 할리는 혼자 생각했다. 할리 옆에 서 있던 로사가 고개를 돌리지 않고 말했다.

보고 싶은 풍경 보니까 좋아?

무슨 말인가 싶어 할리는 로사 쪽을 돌아보았다. 로사가 할리를 마주보며 평소의 해맑은 표정으로 말했다.

한옥 마을 기와지붕 보고 싶어했잖아.

내가?

응, 네가.

언제?

할리는 자기도 모르게 심장이 쿵 내려앉았다. 로사는 무엇을 어디까지 알고 있는 걸까?

지난번 할리 가게에서 둘이 김치찜 시켜 먹었던 날. 〈여섯시 내 고향〉에 한옥 마을 나오니까 할리가 밥 먹다 말고 한참을 쳐다봤잖아. 저기 가고 싶다, 하면서.

내가 그렇게 말했다고?

꼭 말해야 아나?

그러면서 로사는 팔꿈치로 할리의 옆구리를 살짝 찔렀다.

그새 땀이 식었는지 등줄기에 서늘하게 한기가 끼쳐왔다.

*

이름은 '오동나무 언덕'이었지만, 언덕에 오동나무는 없고 아까시나무만 잔뜩 자라고 있었다. 동네 사람들은 그 언덕에 올라 운동도 하고 놀이도 하고 나쁜 짓도 했다. 공터에서 숲으로 조금만 들어가도 지린내가 풍겼고 쓰레기가 나뒹굴었다. 그래도 할리는 그 언덕에 자주 올랐다. 놀이터가 따로 없는 동네라 언덕만큼 놀기 좋은 곳도 없었다. 할리는 옆집 수정 언니랑 언덕에 올라 아까시나무 잎줄기를 끊어서 가위바위보로 이파리 하나씩 떼기 놀이도 하고, 이파리를 다 떼어 버린 가느다란 줄기로 머리를 칭칭 묶었다 푸는 파마 놀이도 했다. 수정 언니의 머리카락은 가늘어서 아까시 파마가 잘 나왔다.

낮이 길어도 너무 긴 한여름에 할리는 혼자 언덕에 올랐다. 수정 언니가 피아노 학원에 다니기 시작하면서 함께 놀 시간이 줄었다. 피아노 학원에 보내달라고 조르는 할리에게 엄마는 먹고 죽을래도 돈이 없다고 대꾸했다. 할리는 사람이 돈을 먹으면 죽나, 이런 생각을 하면서 피아노 가방을 들고 집을 나서는 수정 언니의 뒷모습을 물끄러미 바라보곤 했다. 혼자 남은 할리는 더디게 가는 시간을 주체할 수 없어 천천히 경사로를 걸어 언덕 위로 올라갔다. 그날은 공터의 공기가 달랐다. 낯선 소리와 낯선 냄새가 팽팽했다. 남자 둘이 야구방망이를 휘두르고 있었다. 두 사람은 서로 방망이가 부딪치지 않게 박자를 맞춰 자루를 번갈아 두드리고 있었다. 자루 안에는 둥글고 물컹한 뭔가가 들어 있는 것 같았고 안에서 새된 비명이 새어나왔다. 남자들은 즐거워 보였다. 할리는 처음 보는 그 행위에 어떤 불길함이 배어 있음을 직감했다. 자루 안에 든 것이 뭘까? 저토록 끔찍하고 애처롭게 울부짖는 저것은? 미색 자루 곳곳에 빨간 얼룩이 묻어나왔다. 할리는 시끄럽게 꿈틀대는 자루와 웃음을 참지 못하는 남자들의 반복적인 움직임을 지켜보았다. 어쩐지 다리를 움직일 수가 없었다. 어느 순간 남자 하나가 할리를 보았다. 그는 방망이질을 멈추었다. 그러자 다른 남자도 방망이질을 멈추고 할리를 쳐다보았다. 할리는 몸을 돌려 언덕 아래로 내달렸다.

집에 돌아와보니 엄마가 마루에서 밥상을 든 채 수돗가로 내려서고 있었다. 할리의 집은 낡아빠진 한옥이라 입식 부엌이 없었고 여름이면 마루에서 곧바로 수돗가로 내려가 설거지를 했다. 할리가 집에 들어서자 엄마는 나쁜 짓을 하다 들킨 사람처럼 놀랐다. 안방에서 아빠가 선풍기 바람을 쐬며 이쑤시개로 이를 쑤시고 있었다. 점심시간은 한참 지났고 저녁 시간은 아직 먼 오후였는데, 엄마와 아빠는 함께 무엇을 먹은 걸까? 할리가 조금 전 언덕에서 본 기이한 풍경을 이야기하려고 엄마 옆에 쭈그리고 앉았다. 시멘트를 대충 발라 만든 하수구 구멍에 검은 깃털 몇 올이 들러붙어 있었다. 이틀 전 외갓집에서 산 채로 보내준 오골계가 보이지 않았다. 할리는 검푸르게 번들거리는 깃털을 노려보았다. 엄마가 설거지를 시작하며 콧소리로 나직하게 유행가를 흥얼거렸다. 하수구에서 낯선 비린내가 끼쳐왔다. 할리는 와락 토했다. 토사물에 점심으로 먹은 붉은 국물이 불길하게 도드라졌다.

아휴, 더러워!

엄마가 외마디소리를 지르며 옆으로 비켜났다. 할리는 어쩐지 언덕 위의 두 남자보다 엄마를 더 용서할 수 없는 기분이었다.

*

오목대를 내려와 한옥 마을과 그 반대편으로 갈라지는 길에서서 로사가 말했다.

할리야, 내 말 잘 들어봐? 우리에겐 두 개의 선택지가 있어. 하나는 다시 한옥 마을로 돌아가 한지길을 훑어보고, 경기전과 전동성당까지 보는 다소 빤한 관광 코스야. 또하나는 한옥 마을 반대쪽으로 가서 치명자산 천주교 성지를 보고 오는 아주 특별하고 거룩하며 기억에 남을 만한 코스고.

할리는 로사의 말솜씨에 웃음을 터뜨렸다.

웃을 일은 아니야. 아무래도 산이라 올라가기가 쉽지는 않거든. 괜찮겠어?

그 저질 체력으로 괜찮겠냐는 말일 것이다. 할리는 잠시 망설였다. 한옥 마을 방향을 굽어보고 이내 몸을 돌려 치명자산 쪽을 올려다보았다. 가능하면 낯선 방향으로. 할리는 저절로 떠오른 그 말을 구호 삼아 따르기로 했다. 로사가 세심하게 짠 여행 일정에 흔쾌히 따라주고 싶은 마음도 있었다. 할리는 아무 말 없이 고개를 힘주어 끄덕였다.

치명자산은 할리에게도 낯선 이름이었다. 저 산 이름이 저랬던가? 할리는 그 근처로 떠났던 어린 시절 소풍을 떠올렸다. 가출을 해보자고 마음을 단단히 먹고 수정 언니와 남원 방향 국도를 무작정 걸었던 어느 날도 생각났다. 그때 할리에게 치명자산이라는 단어는 없었다. 할리가 다녔던 초등학교 교가에는 승암산의 정기 어쩌고 하는 대목이 있었다. 승암산은 뭐고 치명자산은 뭔지 궁금해 휴대폰으로 검색하고 싶었지만, 막상 산을 오르기 시작하면서부터는 휴대폰을 꺼내 볼 여유가 없었다. 생각보다 길은 가팔랐고, 가벼운 산책이라기보다는 본격 등산에 가까웠다. 할리는 신발도 몸도 마음도 산을 오를 준비가 되어 있지 않았다. 하지만 오후가 깊어져 자칫하면 산속에서 해가 질지도 모르니 서둘러 가야 한다며 로사가 자꾸 미안한 표정을 지었다. 앞장서 걷는 로사의 걸음이 점점 빨라졌다. 할리는 로사가 너무 미안해하지 않게 자신도 힘든 내색을 보이지 말아야겠다고 생각했지만, 몸은 그런 마음과 다르게 움직였다. 금세 숨이 가빠지고 얼굴이 벌겋게 달아올랐다. 로사는 삼 분에 한 번씩 뒤를 돌아보며 할리를 걱정했다. 할리는 로사가 돌아볼 때마다 애써 미소를 지었지만, 시간이 지날수록 머릿속은 하얘지고 숨쉬기도 너무 힘들어서 미소를 챙길 여력조차 사라져갔다. 한 시간 넘게 올랐는데도 여전히 가파른 길이 계속되자 뱃속 깊은 곳에서 짜증이 솟구치는 게 느껴졌다. 익숙한 짜증이었다. 참을성이 바닥날 때마다 자신을 포함해 모든 걸 망쳐버리고 싶은, 자해와 가해가 뒤섞인 미숙한 마음.

산중턱쯤 올랐을까. '쉬어가는 곳'이라는 표지판과 벤치가 보였다. 로사는 벤치를 못 본 사람처럼 쉬어가는 곳을 그대로 지나쳐 올라갔지만, 할리는 자석에 이끌리듯 벤치에 앉았다. 로사가 도중에 뒤를 돌아보았을 때 할리는 곧 따라갈 테니 먼저 가라고 손짓했다. 그때만 해도 정말로 금방 일어나 로사 뒤를 따라갈 생각이었다. 의자에 앉으니 이마와 목덜미와 등에서 땀이 사정없이 흘러내렸다. 얼굴이 뜨겁게 달아오르다못해 터질 것만 같았다. 숨을 쉴 때마다 오르내리는 가슴이 바윗덩이 같았다. 할리는 자신의 몸이 엄살을 피우는 것 같아 짜증이 났고, 갈 길이 아직도 남았다는 사실에 울고 싶어졌다. 마실 물도 없었다. 한참을 그렇게 앉아 있었다. 주위가 서서히 어두워지는 게 느껴졌다. 날이 저물고 있었다. 땀이 식으며 또 한기가 끼쳐왔다. 평일이라 그런지 산속에는 아무도 없었다. 이곳이 순교지라는 사실이 새삼 무겁게 다가왔다. 왈칵 무섬증이 일었지만, 로사를 따라 산 정상까지 가는 일이 더 무섭게 느껴졌다. 할리는 비어져나오는 울음을 참으며 로사에게 전화를 걸었다. 로사가 전화를 받자마자 할리의 마음을 다 안다는 듯 한껏 어르는 말투로 말했다.

힘들지? 그래도 조금만 힘을 내보자. 다 왔어.

너는 다 갔어?

다 왔어. 금방이라니까?

금방은 무슨. 할리가 벤치에 앉아 있었던 시간은 삼십 분이 넘었다. 그 말은 적어도 삼십 분은 더 산길을 올라가야 한다는 뜻이었다. 산모기 몇 마리가 귓가에 앵앵거리며 할리의 팔과 종아리를 물어뜯었다. 따끔거리고 가려웠지만 모기를 쫓으려고 손을 내저을 기운도 없었다.

할리야.

전화기 저편에서 로사의 나직한 음성이 들렸다.

조금만 힘을 내봐. 내 가방에 초콜릿 있어.

모기를 쫓을 힘도 없었던 할리가 갑자기 온 힘을 쥐어짜 소리쳤다.

내가 애야? 초콜릿 준다고 하면 좋다고 뛰어갈 것 같아? 아까도 금방이라며? 조금만 가면 된다며? 너 왜 자꾸 사람을 유치하게 만들어? 왜 자꾸 거짓말을 해! 나 초콜릿 싫어한다고!

할리는 소리를 지르면서도 자신의 말이 앞뒤가 전혀 맞지 않는다고 느꼈다. 로사는 한참을 침묵하다가 말했다.

할리야.

뭐!

미안. 꼭 보여주고 싶은 사람이 있어서 그래.

할리는 전화를 끊고 어느새 줄줄 흘러내린 눈물과 콧물을 대충 소매로 훔치며 벤치에서 일어났다. 목적지에 가까워질수록 경사가 더 급해졌다. 말도 안 되는 짜증을 부린 게 점점 부끄러워졌다. 다시 숨이 턱턱 막혔지만 죽더라도 로사 옆에 가서 죽자는 마음으로 꾸역꾸역 산길을 올라갔다. '가능하면 낯선 방향으로'라는 구호는 이제 '반드시 로사 방향으로'로 바뀌었다.

마침내 머리 위를 드리웠던 나무 그늘이 사라지고 하늘이 열렸다. 산 위에 작은 성당이 있었다. 성당 건물 입구 언저리에 수돗가가 있었는데, 로사가 거기서 손수건을 빨고 있었다.

할리를 보자마자 로사는 할리의 손을 잡고 성당 바로 앞 벤치로 이끌었다.

누워, 일단 누워.

로사가 할리를 벤치에 눕히고 찬물 적신 수건을 할리의 얼굴에 덮어주었다.

일단 열부터 식히자.

할리는 로사가 시키는 대로 벤치에 누워 눈을 감았다. 얼굴이 시원하게 식는 동시에 등 밑으로 세계가 까무룩 가라앉는 기분이었다.

무릉도원이세요?

로사의 농담에 할리가 수건이 튀어오를 정도로 크게 웃었다.

예, 무릉도원이네요.

근데, 할리야. 나 미안한 일 하나 더 남았다?

할리가 화들짝 놀라 몸을 일으켰다.

여기 성당이 참 예쁘고 안에 마실 물도 있는데.

있는데?

다섯시에 문을 닫아.

할리는 휴대폰을 꺼내 시간을 확인해보았다. 다섯시 팔분이었다.

야박한 사람들.

미안.

왜 네가 미안해하느냐고 하려다가 하나 마나 한 소리인 것
같아 할리는 다시 벤치에 누워 눈을 감았다. 머리 위쪽에 앉은
로사가 부스럭거리는 소리를 내더니 잠시 후 할리의 입에 딱
딱한 뭔가를 쑥 넣어주었다. 초콜릿이었다. 할리는 몸을 일으
켜 앉아 초콜릿을 마저 씹었다. 가빴던 숨이 점점 가라앉았다.
로사는 초콜릿을 들고만 있을 뿐 먹지 않았다. 너는 왜 안 먹
느냐고 눈으로 묻자 로사가 딴청을 피우며 조용히 말했다.
　이제 딱 한 칸만 더 올라가면 돼.

　치명자는 순교자의 옛 이름이라고 했다. 하늘에 목숨을 바
친 사람. 원래 승암산이라 불렸지만 천주교 순교자들이 묻힌
후로 치명자산 혹은 루갈다산이라 부른다고 했다. 1801년 신
유박해 때 순교한 유항검과 그의 가족 여섯 명이 합장된 묘가
있었다. 순교 직후 아무렇게나 묻혀 있던 유해를 1914년 전동
성당의 보두네 신부가 수습해 지금의 자리로 옮겼다고 했다.
일곱 명의 합장묘는 산 위에 크고 둥글게 자리잡고 있었다. 그
위쪽으로 커다란 예수상과 성모상도 보였다. 해가 저물어가는
산 위 무덤가에서 할리는 로사가 자신에게 꼭 보여주고 싶었
던 게 무엇이었을까 생각했다. 로사가 천주교 신자였던가. 로
사도 할리도 주말에 가게문을 열고 월요일에 쉬었다. 동네 젊
은 여성들이 주 고객층인 만큼 고객들이 머리를 하고 손톱을

새로 가꿀 여유가 있는 주말에 문을 열어야 했다. 로사가 교회나 성당에 다니는 것 같지는 않았다. 모태 신앙일 수도 있겠지만 할리는 이번에도 로사에게 묻지 않았다. 로사는 둥근 무덤 둘레를 천천히 돌며 비석의 글을 읽고 뗏장의 상태를 살폈다. 손님의 손톱을 매만질 때 로사가 보여주는 한껏 집중하는 표정이 나왔다. 할리는 세 걸음쯤 떨어져 로사의 뒤를 따라갔다. 이번 여행은 유난히 로사의 뒷모습을 많이 보는구나, 생각하면서. 사진은 찍지 않았다. 남의 무덤 옆에서 사진을 찍으려니 어쩐지 불경한 것 같았다. 로사가 회양목으로 둘러친 무덤 앞 안내판을 읽었다. 할리도 뒤에 한 발짝 떨어져 서서 로사의 시선을 따라갔다. 유항검의 어린 자식들이 순교를 면한 대신 멀리 유배를 떠났다는 기록이 쓰여 있었다.

유섬이 9세 경상도 거제도 유배
유일석 6세 전라도 흑산도 유배
유일문 3세 전라도 신지도 유배

어린애한테 무슨 유배야? 잔인해.

로사가 볼멘소리로 말했다. 할리는 '유섬이'라는 이름과 '9세'라는 숫자를 오래 바라보았다. 유섬이는 거제도에 관비로 유배되었다가 거제 부사의 배려로 어느 할머니의 수양딸로 들어갔는데, 열네 살에 중매인이 찾아오자 '시집가라 하면 반드시 죽음으로 갚으리라' 하며 흙과 돌로 굳게 집을 짓고 들어가 바느질만 하며 살았다. 유섬이가 마을 사람들과 교류를 시작한 것은 마흔 살이 넘어서였다. 그때도 항상 몸에 칼을 지니고 살아 마을 사람들이 감히 더럽힐 마음을 갖지 못했고 '유처녀'라 불렸다. 유섬이는 일흔한 살에 세상을 떠났고, 당시 거제 부사가 장례를 치러주고 비도 세웠다. 유섬이는 현재 거제도에 묻혀 있지만, 2014년 그의 무덤이 발견되었을 때 한줌 흙의 모습으로 치명자산 합장묘에 더해졌다. 순교 후 이곳에 합장묘가 마련되기까지 백 년 가까이 걸렸고, 유섬이의 흙이 합장묘에 도달하기까지 또 백 년이 걸렸다. 로사가 산 아래 어두워지는 전주 시내 평지를 내려다보며 이런 이야기를 나직하게 들려주었다. 유섬이 무덤의 흙 한줌이 이곳에 돌아왔다는 이야기를 끝으로 로사는 한동안 말이 없었다. 저 아래 시내에 불빛이 하나둘 켜졌다. 건물들은 이제 별자리처럼 이어지는 조명의 윤곽으로만 남았다. 할리는 빛과 어둠의 교대식을 물끄러미 내려다보며 생각했다. 고작 흙 한줌이 돌아왔는데, 그것을 우리는 귀향이라 부를 수 있을까? 할리는 자기도 모르게 이를 악물었다. 무엇을 참는지도 모르고 한껏 참았다.

*

　태조로에서 오목대 방향으로 죽 걷다가 오목대로 올라가는 경사로 직전에서 왼쪽으로 꺾어들어가면 한지길이었다. 로사가 오목대를 내려와 한옥 마을로 돌아갈 것인가, 치명자산으로 갈 것인가 물었을 때 할리는 '가능하면 낯선 방향으로'라는 구호를 떠올렸고, 그 말은 낯익은 그곳에 가고 싶지 않다는 뜻이기도 했다. 지금은 한지길이라는 어여쁜 이름을 가진 그 길은 할리가 살 때는 풍남동3가였다. 태조로에서 한지길로 들어가는 그 길을 할리는 무수히 꺾고 또 꺾으며 자랐다. 학교에서 집으로 돌아올 때, 오목대에 올랐다가 집으로 돌아올 때, 고3 때 실습으로 시내 대형 미용실에서 밤을 새운 후 새벽에 집으로 돌아올 때. 인적이 거의 없는 새벽의 귀갓길이 무섭다는 할리의 말에 엄마는 십 년 넘게 이어온 당신의 새벽 기도를 입에 올리며 평소와 달리 진지하게 열변을 토했다. 이른 새벽 거리에 나온 사람들은 전부 숭고한 사람들이라고. 나쁜 짓 할 사람들은 악마 같은 밤에 돌아다니고 새벽에는 열심히 살려는 사람들만 나오는 법이라고. 가족을 위해 새벽 기도를 나가는 당신처럼, 무능한 아빠 대신 일찍이 밥벌이를 나가는 당신처럼. 할리는 엄마의 새벽 기도 제목에 아빠의 취업이나 남동생의 전교 1등은 있어도 할리의 자리는 없다는 사실을 잘 알았다. 아무도 마중나오지 않은 새벽 귀갓길, 할리는 태조로에서 한지길로 들어서자마자 마주 달려오던 운동복 차림의 남자에게 가슴을 쥐어뜯겼다. 너무 놀라 그 자리에 얼어붙은 할리에게 남자는 여유롭게 손까지 흔들어 보이곤 가던 길을 달려갔다. 남자는 오목대 방향으로 올라갔다. 아마 새벽 운동을 나온 길이었으리라. 엄마의 기준으로 열심히 살고자 새벽에 나온 사람이었을 것이다. 할리는 그날 처음으로 고향을 떠나야겠다고 마음먹었다. 할리가 어서 고등학교를 졸업하고 미용실에 취직해 안정적으로 월급을 받아올 날만을 기다리고 있는 엄마와 아빠와 남동생을 이쪽에서 먼저 버려야겠다고. 한지길이라는 어여쁜 이름의 이 길이, 열심히 사는 사람들의 숭고한 새벽길이 그때의 할리에겐 세상 무엇보다 지긋지긋하고 무서웠다. 그렇게 고향은 할리의 첫 손절 대상이 되었다.

*

전주 여행 이튿날 오전, 할리와 로사는 한옥 마을 초입의 어느 한의원 치료실 침대에 나란히 엎드려 각자 어깨와 허리에 침을 잔뜩 꽂고 있었다. 아무리 생각해도 이 상황이 어이없고 재미있어 헛웃음이 멈추지 않았다. 간호사는 두 사람이 일행인 걸 알고는 침대 사이를 가로막는 커튼도 치지 않았다. 고개를 돌리면 상대방의 벗은 어깨와 등허리가 보였다. 평소 가위질과 빗질로 오른쪽 어깨에 만성 통증이 있는 할리는 어깨 위주로, 앉은 자세로 종일 일해야 하는 로사는 허리 위주로 침을 맞았다.

지난밤, 치명자산에서 내려온 두 사람은 로사가 미리 찾아둔 갈치전골집에 가서 저녁을 먹었다. 갈치조림도 아니고 갈치찌개도 아니고 갈치전골이라고 로사는 강조했다. 아무래도 로사는 이 식당에도 다녀온 적이 있는 것 같았다. 뜻밖에 등산을 하고 내려와 종아리며 허리며 뻐근하게 아파진 김에 할리는 밥이 나오기도 전에 맥주부터 시켜 달게 들이켰다. 술기운이 빨리 돌았다. 마음이 들뜬 김에 평소 눌러왔던 사적인 질문을 로사에게 퍼부어볼까도 생각했다. 무엇보다 전주가 할리의 고향인 걸 알고 이번 여행을 계획한 것인지가 가장 궁금했다. 그런데 분위기가 알아서 낯선 방향으로 흘러가기 시작했다. 로사가 처음 할리와 친해진 계기가 된 날을 복기했던 것이다.

남자는 이십대 후반이나 삼십대 초반으로 보였다. 남자에게 뭔가 남다른 기색은 전혀 보이지 않았다. 적어도 머리를 다 깎고 둘이 함께 좁은 샴푸실에 들어가기 전까지는. 낯선 남자 손님이 올 때마다 할리는 알아서 긴장하고 경계했다. 이 업계에서 이십 년 가까이 일하면서 여자 미용사를 우습게 보거나 성

희롱에 가까운 언행을 하는 손님을 수없이 만나왔기에 그런 남자들을 어떻게 대처해야 하는지 할리에겐 나름의 매뉴얼도 마련되어 있었다. 하지만 남자는 그런 쪽이 아니었다. 샴푸실 의자에 누워 얼굴에 마른 수건을 덮은 남자가 불쑥 물었다.

짱깨에 대해 어떻게 생각해요?

할리는 남자가 무슨 말을 하는지 단번에 알아듣지 못했다. 그래서 얼떨떨한 말투로 예? 하고 되물었을 뿐이었다. 남자는 설교조라고 봐야 할지 탐문조라고 봐야 할지 모르겠는 기묘한 말투로 다시 물었다.

그러니까, 이 동네에 중국인이 많잖아요. 중국인이 손님으로 오면 막 기분이 나쁘고 싫고 그렇죠?

남자는 무슨 말을 듣고 싶었던 걸까? 중국인 혐오에 동참해달라는 걸까, 아니면 할리가 정말로 중국인을 혐오하는지 아닌지 떠보려는 걸까? 할리가 아무 말도 못하고 계속 머리만 감겨주자, 남자는 어쩐지 흡족하게 한숨을 내뱉고 말했다.

물 온도가 무릉도원이네요.

할리는 남자의 농담에 웃지 않았다.

남자를 다시 미용 의자에 앉히고 드라이어로 머리를 말리기 시작했는데, 쨍그랑 종소리가 들리며 미용실 문이 열렸다. 길 건너에 네일살롱을 연 지 일 년이 다 되어가는 여자였다. 로사는 그날 처음으로 할리의 가게에 걸어들어왔다. 할리가 드라이어를 끄고 로사를 쳐다보자 로사는 전부터 친한 사이였던 양 커피 한잔 얻어 마시러 왔다고 말하곤 미용 의자에 앉은 남자를 향해 중국어로 들리는 무슨 말을 건넸다. 남자의 표정이 단박에 굳었다. 로사가 할리의 소파에 앉았다. 남자는 할리가 머리를 다 말리고 마무리로 왁스를 발라줄 때까지 내내 눈을 감고 있다가 커트보가 걷히자마자 서둘러 계산하고 나갔다. 유리문 너머로 멀어지는 남자의 등을 바라보면서 로사가 알아들을 수 없는 말을 뇌까렸는데, 아무래도 중국어 욕설 같았다. 할리가 커피메이커로 내려둔 커피를 머그잔에 따라 건네자 로사가 싱긋 웃으며 뒤늦게 인사를 했다. 로사는 최근 저 남자가 이 동네 업소마다 돌아다니며 중국인을 혐오하는지 아닌지 떠보고 다닌다고, 같은 중국인도 부끄러워할 만큼 이상한 애라고 덧붙였다. 같은 중국인이라는 말에 할리의 마음이 오래 머물렀지만, 초면에 사적인 질문을 던질 정도로 조심성이 없지 않았다. 남자는 나름대로 검증을 마쳤는지 할리의 가게에도 로사의 가게에도 다시는 나타나지 않았다.

갈치전골이 보글보글 끓고 맥주병이 점점 늘어가는 동안 로사는 차이나타운에서 보낸 어린 시절 이야기를 들려주었다. 아버지는 뒤늦게 귀화한 중국인이고 어머니는 한국인이며 초등학교는 화교 학교를 나왔고 중학교부터 한국 학교에 다녀서

자기 인생은 말 그대로 짬뽕이라고. 난 짜장 짬뽕 탕수육이라면 아주 지긋지긋하다? 이 말끝엔 로사의 혀가 조금 꼬부라졌는데 이어서 전주 사람도 비빔밥 안 먹는다며? 했을 때는 할리가 하루종일 품었던 의문이 조금 해소되었다. 나는 짱깨도 한궈러도 아니고 로사다, 로사! 유일하게 내 맘대로 지은 내 이름 로사라고! 했을 무렵부턴 할리도 아득하게 취해갔지만 제 쪽에서 먼저 로사의 본명을 묻지 않아 참 다행이라고 생각했다.

술자리는 숙소로 이어졌다. 두 사람은 편의점에서 세계 맥주를 여덟 캔이나 사 들고 호텔로 들어갔다. 각자 침대에 걸터앉아 맥주를 한 캔씩 비우고 찌그러뜨리며 평소 할 수 없었던 부끄러운 이야기를 털어놓았다. 할리는 6학년 때 남자애 몇몇이 자기 뒤를 따라 집안까지 들어왔다가 속옷 바람으로 마루에 누워 낮잠을 자는 아빠를 보고 놀라 우르르 도망쳤다는 이야기를 들려주었다. 로사는 귀화 시험을 보려고 한국사 공부를 하던 아빠가 조선시대 왕 이름 순서를 자꾸 까먹는 모습에 짜증이 나서 멍청이라고 중국어로 욕했다가 옆에 있던 엄마에게 뺨을 맞았다고 말했다. 할리가 그때 쫓아온 남자애 중에 속으로 좋아하던 애가 있었는데, 하필 그날 아빠가 입고 있던 속옷이 너무 누렇게 바랜 상태라 그후로 그 남자애를 똑바로 쳐다볼 수도 없었다고 털어놓자, 로사는 자기 첫사랑은 고등학교 때 반장이었는데, 전교 1등 한 날 축하 파티를 하러 온 가족이 로사네 중국 식당에 왔고, 하필 그날 로사가 엄마 대신 서빙을 보고 있었다고 한숨을 쉬며 말했다. 할리가 그 남자애 지금 전주에서 제일 돈 많이 버는 한정식집 사장이 되었다고 말하자, 로사가 자기 첫사랑은 차이나타운 옆에서 한의원을 한다고 말했다. 둘은 누가 더 성공했는가를 두고 옥신각신 입씨름을 벌이다가, 유명 음식점과 한의원의 예상 매출을 비교해보기도 했다. 결국 아이고, 의미 없다 싶어져 등산 후 몸도 뻐근한데 말 나온 김에 다음날 전주에서 가장 용하다는 한의원을 찾아가 침도 맞고 보약도 지어 가자고 호기를 부리고는, 점심은 할리가 좋아했던 남자애의 식당에 가서 먹자고 약속했다.

그 남자애가 알아보면 어떡해?

할리가 묻자 로사는 마스크를 쓰라고 했고, 마스크를 쓰면 밥을 어떻게 먹느냐는 질문에 로사가 마스크를 가로로 쫙 찢어주겠다고 했을 때는 동시에 웃음이 터져 배가 아플 때까지 침대에 쓰러져 웃다가 씻지도 않고 잠들었다.

*

나이 지긋한 한의사가 할리의 어깨에 침을 놓으며 진맥을 하고는 장이 꽝꽝 얼었다고, 냉동고라고 혀를 찼다. 얼음을 녹여주는 약을 지어줄 테니 가서 잘 먹으라고도 했다.

많이 안 먹어도 자꾸 살이 찌지?

한의사가 오지랖 넓은 큰아버지처럼 대뜸 반말을 시작했다.

걱정하지 마. 선생님이 그 살 다 빼줄 거야.

한의사가 이번에는 로사의 침대로 가 허리에 침을 놓았다. 한의사는 바로 옆에서 할리가 듣고 있다는 걸 알면서도 똑같이 진맥을 해보니 장이 꽝꽝 얼었다고, 냉동고라고 혀를 찼다. 할리는 웃음을 참으려 이를 악물었다. 한의사는 로사에게도 얼음을 녹여주는 약을 지어줄 테니 잘 먹으라고 했다. 많이 안 먹어도 자꾸 살이 찌지? 하고 한의사가 말했을 때 로사가 대꾸했다.

저 많이 먹는데요?

할리는 더는 웃음을 참을 수가 없었다. 할리의 몸에서 풍선 바람 빠지는 소리가 났다. 한의사는 꿋꿋하게 로사에게도 선생님이 그 살 다 빼줄 거라고 말하고 치료실을 나갔다. 할리가 푸슬푸슬 웃자 로사가 끄윽끄윽 웃기 시작했다. 몸에 바늘을 꽂고 엎드린 채 웃으려니 배가 땅기게 아팠다.

로사야.

응?

다음 여행은 내가 계획하고 총무도 할게.

어디 가게?

비밀.

로사는 할리가 어디를 마음에 두고 있는지 알 것이다. 그곳이 어디든 여행일 뿐 아직 귀향은 아니라는 것도. 한번 흩어진 것들에게 돌아가는 길은 쉽게 열리지 않는다는 것도. 할리는 고등학생 로사가 등굣길에 타고 다녔던 버스가 항구에 정차할 때마다 당장 내려 먼바다로 달아나고 싶었다는 간밤의 고백을 떠올렸다. 다음 여행에는 로사와 함께 인천을 한 바퀴 순회한다는 버스를 타고 인천항에 내려 오래오래 바다를 바라보리라 다짐했다. 또 한때 바다였으나 유원지로 변모한 곳에서 늘 바라만 봤을 뿐 타보지는 못했다는 오리배를 함께 탈 것이다. 두 사람이 서툴게 모는 오리배는 기우뚱거리면서도 물위를 무사히 헤쳐갈 것이다. 짜장 짬뽕 탕수육이라면 지긋지긋하다는 로사를 위해 차이나타운에서 멀리 떨어진 인천의 맛집을 꼭 찾아내리라고도 생각했다. 음식 생각을 하니 배가 고파졌다. 할리는 엎드린 자세로 오래전 그 남자애가 한다는 음식점을 검색해보았다. 그리고 그 거리에서 가장 멀리 떨어진 맛집을 찾아 예약 버튼을 눌렀다. 당분간은 가능한 한 낯선 방향으로 갈 것이다. 서울로 돌아가는 기차 시간은 아직 여유가 있었다.

맘껏 슬픈 사람

너는 여름 마을을 향해 간다. 해안도로 오른편에는 바다가, 왼편에는 한적한 어촌이 보인다. 도로를 지나는 자동차가 많지 않고 마을 쪽에도 간혹 집 앞에 나와 느린 손으로 그물을 손질하는 노인들만 보일 뿐이다. 여름 오전, 안개비가 부슬부슬 내리는데 미끄러운 해안도로를 달리거나 바다에 나가 고기를 잡을 사람은 별로 없을 것이다. 그런 공간을 네가 지나고 있다. 운전대는 윤이 잡았다. 그는 고지식한 성격대로 내비게이션 화면이 안내하는 규정 속도에 딱 맞춰서 가고 있다. 간혹 성미 급한 다른 차들이 윤의 차를 추월하는데, 그럴 때마다 윤은 세상만사에 통달한 노인의 말투로 예, 예, 그렇게 급하시면 먼저 가셔얍죠, 하고 중얼거린다. 너는 그런 윤이 답답하지만 그 고지식함의 기원을 알기에 그저 핏, 웃고 만다. 도로에서는 규정 속도를 지키는 것보다 다른 차들의 흐름에 맞춰 가는 쪽이 더 안전해. 세진이 있었다면 벌써 한마디했을 것이다.

어려서부터 자동차 조작에 관심이 많았던 윤은 열아홉 살이 되자마자 면허를 따고 세진에게 본격적으로 운전을 배웠다. 집 앞 공터에서 운전 연수를 몇 차례 한 뒤 세진은 윤이 기계를 만지는 재주가 있는데다 조심성까지 갖추었으니 좋은 운전자가 될 거라고 했다. 하지만 막상 서울 시내 곳곳의 도로 주행을 함께 해보더니 세진은 윤의 조심성이 오히려 큰 걸림돌이 될 수도 있다고 진단했다. 내비게이션에 뜬 속도 숫자만 보지 말고 주변 차들을 봐. 이 많은 차가 강물처럼 부드럽게 흘러갈 때가 가장 안전한 법이야. 그러나 윤은 세진의 지적을 불편해했고 규정을 준수하는 것이야말로 가장 안전한 길이라는 자신의 운전 철학을 고집했다. 두 남자가 각자의 방식을 두고 옥신각신하는 동안 차 안의 긴장은 높아졌고, 뒷자리에 앉은 너는 불편한 마음으로 책을 읽는 척했다.

조금 전까지만 해도 차 안 분위기는 좋았다. 세진이 다른 차선으로 끼어들 때는 짐승이 머리를 들이미는 것처럼 살짝 그쪽으로 차를 붙이고 방향지시등을 켜되 상대 차에 냉큼 비키라는 압박을 줘서는 안 되고, 그 차가 끼어들기를 허락하면 비상등을 짧게 깜박여 눈웃음 짓듯 인사를 건네는 게 매너라고

가르쳐주었을 때 윤은 신나하며 다른 매너 신호들도 가르쳐달
라고 했다. 그러자 세진도 덩달아 신나서 안개가 자욱한 길에
서는 뒤차가 미리 볼 수 있도록 계속 비상등을 켜고 주행해야
한다는 것, 밤길을 달리다 맞은편에서 차가 오면 운전자가 눈
부시지 않도록 잠시 상향등을 내려야 한다는 것, 앞차가 위험
하게 굴거나 졸음운전을 한다고 추측되면 눈을 부라리는 것처
럼 상향등을 깜박여 경고 신호를 줘야 한다는 것 등을 차례차
례 일러주었다. 윤은 비상등과 상향등, 방향지시등이 사람의
눈처럼 표정을 짓고 의도를 전달할 수 있다는 사실을 흥미롭
게 여겼다. 그러니까, 매너 신호라는 게 일종의 언어라는 말이
네? 윤의 말에 세진이 대답했다. 그렇지! 인간은 어떤 상황에
서도 기어이 언어를 찾아내니까. 두 사람이 새로운 언어의 세
계로 미끄러져들어가는 모습을 보고 너는 묘한 소외감을 느꼈
다. 그런데 각자의 안전 운전법을 두고 세진과 윤이 불화하자
너는 긴장 속에서 눈치를 보느니 차라리 소외되는 편이 낫겠
다고 생각했다.

　운전할 줄 모르고 할 생각도 없어서 자동차에 관해서라면
모든 권한과 책임을 세진에게 맡겨왔던 너는 집안에 운전자가
둘이 되면 두 배로 편리해질 줄 알았는데, 오히려 권한과 책임
이 둘로 나뉘고 편의보다 불화가 늘어날 수도 있음을 실감했
다. 온 가족이 윤의 도로 주행에 동반했던 그날 이후 윤은 세

진에게 운전 연수를 부탁하지 않았다. 세진도 윤에게 여분의 자동차 키를 주며 필요할 때 쓰라고만 했을 뿐, 윤의 운전 방식에 관해 어떤 말도 덧붙이지 않았다. 윤은 다시 운전 연수를 받았는지 어쨌는지 말하지 않았지만 간혹 세진의 차를 빌려 몰고 나가는 눈치였고, 어디 벽에 부딪힌다거나 자동차 외관을 긁어 오는 흔한 실수조차 하지 않았다. 그렇게 대학교 3학년까지 보낸 후 윤이 운전병으로 입대하게 되자 세진은 군대 운전이라면 유연성보다는 고지식함이 더 통하겠다고 말했고 너는 그런 세진의 뒤늦은 조롱이 좀 치사하다고 생각했다.

너는 지금 여름 마을로 간다. 운전대는 윤이 잡았고 너는 조수석에 앉았다. 이런 배치는 처음이다. 연애 시절에는 세진이 운전석에 너는 조수석에 앉았다. 세진의 첫 차는 쥐색 프라이드였는데, 둘이 타기에 딱 좋았던 그 차를 너는 그레이 마우스라는 애칭으로 불렀다. 귀여운 미키마우스와 미니마우스 커플 스티커를 구해 차 뒤쪽에 붙여주기도 했다. 주말이면 세진과 너는 그레이 마우스를 타고 곳곳의 사찰과 고택을 보러 다녔다. 고고학자가 꿈이었다는 세진은 내륙 산촌에서 고된 노동으로 오남매를 키운 부모에게 보답하기 위해 취업률이 높았던 공대에 진학했고, 너와 연애하던 시절에는 대기업 건설사에 다니고 있었다. 급여로 상당한 금액을 노쇠한 부모에게 송금할 수 있어 좋았지만 포기한 꿈에 대한 미련이 갈수록 커져서 세진은 회사에 가지 않는 시간을 역사책 읽기와 답사 여행으로 채웠다. 너는 고고학이나 역사에 큰 관심이 없었음에도 여행은 좋아했기에 그레이 마우스 조수석에 앉아 두꺼운 지도책을 넘기며 길을 안내하고 장거리 운전중인 세진의 입에 김밥이나 껌을 넣어주는 역할에 만족했다. 그레이 마우스의 전성기는 너와 세진의 신혼여행이었다. 결혼식이 끝나자마자 그레이 마우스는 예복도 갈아입지 못한 신랑 신부를 태우고 서울에서 고성까지 올라갔다가 속초, 양양, 강릉, 동해, 울진, 영덕, 포항, 경주, 울산, 부산까지 차례차례 내려갔다. 이른바 7번 국도 종주였는데, 내비게이션이 없던 시절, 너는 조수석에 앉아 운전석의 세진을 분주히 보조하며 이 모습이야말로 이제 막 출범한 이인 가족의 이상적인 모습이라고 믿었다.

그러다 몇 년 후 윤이 태어나고 삼인 가족이 되면서 그레이 마우스는 흰색 아반떼에 자리를 내주었다. 좌석 배치도 달라졌다. 운전석은 여전히 세진이 차지했지만, 너는 뒷자리 아기 카시트 옆으로 옮겨갔다. 한동안은 아기 윤과 운전석의 세진을 동시에 챙기느라 정신이 없긴 했어도, 그 역시 삼인 가족의 (이상까지는 아니라도) 일반적인 모습이라 여겼다. 윤이 커서 여덟 살이 되자 차는 주말여행에 적합한 은색 소렌토로 바뀌었고(윤은 몇 년간 정이 담뿍 든 흰색 아반떼와 작별하면서 반나절을 울었다) 좌석 배치 역시 운전석의 세진, 조수석의 너, 뒷자리의 윤으로 바뀌었다. 윤은 뒷자리에 혼자 앉아 책을 읽거나 장난감을 갖고 놀다가 지루해지면 부모를 졸라 끝말잇기를 했다. 그때쯤엔 내비게이션도 생겨 조수석의 너는 지도를 볼 필요가 없어졌고 세진과 윤의 간식을 챙기거나 윤과 함께 끝말잇기, 시장에 가면, 스무고개 등 말로 하는 온갖 놀이를 했다. 그러다 윤이 고등학생이 되어 가족 여행을 갈 시간이 줄자 세진은 자동차를 '점잖은' 세단으로 바꾸었다. 어쩌다 삼인 가족이 함께 차를 타고 갈 때면 윤이 세진의 운전을 옆에서 지켜보고 싶다고 해 조수석에 앉고 너 혼자 뒷자리에 앉았다. 그때 이미 윤은 너의 키를 훌쩍 넘겨 컸다. 그러던 게 윤이 대학생이 되고 운전면허를 딴 후로 상황에 따라 운전석과 조수석의 배치만 바뀔 뿐 뒷자리는 언제나 너의 고정석이 되었다. 두 사람이 나란히 앉아 도로나 자동차에 관한 이야기를 나눌때면 너는 유난히 닮은 두 남자의 뒤통수를 번갈아 바라보며 앞자리와 뒷자리 사이에 투명한 벽이 나타났다 사라지는 환영을 보기도 했다.

여름 마을이 코앞이다. 여름 마을의 파랑을 보고 싶어한 사람은 윤이었다. 홋카이도 서쪽 해안의 샤코탄반도가 너와 윤의 목적지다. 그곳 해안은 기암절벽과 바다의 푸른빛이 맑고 깊은 것으로 유명해 '샤코탄블루'라는 말이 있을 정도다. 윤은 샤코탄블루 앞에 서서 멍하니 물만 보고 싶다고 했다. 그 파랑이 얼마나 맑고 깊은지 직접 확인해보고 싶다면서. 바다가 푸른 게 당연하지, 그걸 보겠다고 비행기까지 타? 세진은 그렇게 말하며 자신은 홋카이도행에 빠지겠다고 했지만, 항공권을 비롯한 모든 여행 비용을 내주었다. 윤은 호텔 예약과 일정 짜기, 운전을 비롯한 가이드 역할을 맡기로 했다. 네가 자신은 뭘 하면 좋을지 묻자 세진은 윤에게 오직 엄마를 위한 특별 여행이니 효도 잘하라고 해놓고, 나중에 너와 단둘이 남았을 때는 윤이 떠나고 나서 울고 짜고 하지 말고 이참에 아들 곁에 딱 붙어 실컷 즐기다 오라고 했다. 울고, 짜고, 딱 붙어, 즐기다. 세진의 입에서 나온 이 단어들은 연체동물의 빨판처럼 너의 뇌리에 착 들러붙어서는 한동안 가시지 않는 불쾌한 감각을 남겼다. 울고 짜고 딱 붙어 즐겨? 뭘 즐겨? 너는 꿈에서도 허공에다 짜증을 냈고 여행 직전까지 밥상머리에 앉은 세진을 흘겨보며 속으로 징그럽다, 징그러워, 했다. 윤은 9월에 영국으로 유학을 떠나니 그전에 마지막으로 가족 여행을 가고 싶다고 했다. 세진은 회사에 중요한 프로젝트가 있어서 함께 못 가니 모자간에 오붓한 시간을 보내다 오라며 선심 쓰듯 말했다. 윤은 가족 단톡방에 자신이 짠 일정표를 공유했다. 윤이 선택한 곳은 홋카이도 서부였고 도시보다 산과 바다 위주였다. 윤의 일정표를 보며 너는 네가 낳고 키운 윤이 어느새 취향도 속도 모를 타인으로 자랐음을 실감했다.

여행 전날 너와 윤이 각자 짐을 싸고 있는데 세진이 왜 하필 홋카이도냐고 (참 일찍도) 물었다. 뜻밖에도 윤은 발표를 준비해온 신입사원처럼 술술 대답했다. 첫째, 일본은 우리나라에서 가까워 비행시간의 부담이 적다. 둘째, 홋카이도는 우리나라보다 위도가 높아 한여름에도 크게 덥지 않으니 다니기 수월하다. 셋째, 일본 자연은 신생대에 이루어진 곳이 많아 풍광에 웅장한 맛이 있다. 넷째, 최근 엔화 환율이 낮아져 국내 여행보다 더 저렴한 비용으로 다녀올 수 있다. 다섯째는 가장 실용적이면서 중요할 수 있는 이유인데, 영국에 가기 전 영국과 많은 게 비슷한 일본에서 예행연습을 해볼 수 있다. 예를 들면 운전이나, 운전이나, 운전 같은 것. 그 말에 세진이 다섯 번째 이유가 가장 마음에 든다며 큰 소리로 웃었다. 모처럼 부자 사이 분위기가 좋았다.

샤코탄이라는 지명은 홋카이도의 선주민이었던 아이누족의 언어로 '여름의 마을'이라는 뜻이다. 너는 윤의 설명을 들으며 경험한 적 없는 먼 옛날의 여름을 떠올린다. 아이누족은 이 북쪽 땅을 왜 여름이라고 불렀을까? 윤의 이름에도 여름이라는 계절이 들어간다. 윤은 자신의 이름을 의식하고 샤코탄을 선택했을까? 너는 요즘의 윤에 대해 아는 게 거의 없다고 생각한다. 윤이 바다를 좋아하는지 파랑을 좋아하는지도 몰랐다. 심지어 영국으로 유학을 떠나게 된 근본적인 이유도 몰랐다. 윤은 주위에서 부모와 사이가 좋고 대화도 자주 나누는 다정한 아들로 통했지만, 정작 깊은 속내는 보이지 않았다. 고등학생 시절 대입 진로를 선택할 때도, 대학에서 전공을 바꿀 때도, 군에 입대할 때도 언제나 혼자 결정한 뒤 사후 통보만 했다. 입대 날에도 육군훈련소까지 데려다주겠다는 세진의 제안을 한사코 뿌리치고 아침 일찍 혼자 시외버스를 탔다. 너와 세진은 아파트 엘리베이터 앞에서 윤과 헤어졌다. 엘리베이터가 닫히고 윤의 모습이 사라지자 세진이 집으로 들어가며 볼멘소리를 했다. 자식, 애비 에미도 없는 사람처럼 굴어.

윤은 9월에 영국에 간다. 정확히는 스코틀랜드다. 너는 윤에게서 스코틀랜드와 홋카이도의 유사점에 대한 설명을 듣는다. 둘 다 점령지로서 본토에 편입된 역사가 있고 국토의 북쪽에 위치하며 풍광이 장관이다. 거칠게 말하면 선주민이 타자가 되어버린 변방이다. 전날 윤은 인근의 유명한 위스키 박물관에 너를 데려갔는데, 위스키 공장 설립자가 홋카이도에 정착한 것도 주조법을 처음 배운 스코틀랜드 지역과 기후가 비슷하기 때문이라고 했다. 윤의 설명에 귀를 기울이며 너는 윤의 어린 시절을 떠올린다.

기억은 언제나 동네 산부인과에서 임신을 확인받고 감격에 겨워 울음을 터뜨렸던 순간부터 시작된다. 윤이 스코틀랜드의 위스키 제조법에 관해 설명할 때 너는 윤을 낳던 날을 생각한다. 열두 시간 넘게 진통했지만 끝내 산도가 열리지 않아 응급으로 제왕절개수술을 받아야 했던 날을 떠올릴 때면 어김없이 심장이 반 박자 빠르게 뛴다. 출산은 숭고한 경험이 아니었다. 아프고 더럽고 끈적거리고 고약한 냄새를 풍겼다. 윤이 위스키와 브랜디의 차이를 설명할 때 너는 윤이 한참을 낑낑거리다 처음으로 몸을 뒤집었던 날을 떠올린다. 생후 이 개월 무렵의 윤은 이마에 실핏줄이 돋을 정도로 힘을 주다 결국 몸을 뒤집었는데 너는 누가 시켰다고 이리 애를 쓰나 싶어 한참 동안 윤의 이마를 쓸어주었다.

윤의 역사는 곧 너의 역사이기도 해서 너는 언제든지 기억의 미로에 들어설 수 있다. 처음으로 윤이 너를 향해 웃어주었던 날, 첫걸음을 떼 기쁨을 안겨주었던 날, 처음으로 보조 바퀴를 떼고 두발자전거 타기에 성공한 날 등등 온통 벅찬 장면으로만 역사를 편집할 수도 있다. 또 울고 싶을 땐 삼 초도 안 되어 오열을 시작할 수 있는 아픈 기억도 갈피에 몇 장면 저장되어 있다. 기쁨 편, 감동 편, 슬픔 편, 웃김 편, 고통 편 등등 편집본은 다양하다. 윤은 자신의 어린 시절 이야기를 너의 입으로 전해듣는 시간을 퍽 좋아한다. 독특하거나 재미있거나 어이없는 기억일수록 더 듣고 싶어한다. 윤은 부모가 전해주는 과거를 온몸으로 흡수하는 것처럼 보이기도 하는데, 그럴 때 너는 언젠가 먼 곳에 나가 어둠 속을 헤맬지도 모를 윤을 위해 스스로 빛을 발하는 조약돌을 길 위에 떨어뜨려놓는 마음으로 더 많은 기억을 들려주려 애쓴다. 솔직히 그 기억들이 반짝반짝 빛나도록 각색할 때도 많다. 네가 편집하고 다듬어 들려주는 이야기 속의 윤은 늘 귀엽고 엉뚱하고 사랑스럽다. 그러니까 네가 윤에게 전하는 기억의 서사들은 윤의 무사 귀환을 바라며 집밖에 켜두는 외등과도 같다.

차창 너머로 보이는 바다는 온통 잿빛이다. 홋카이도에 온 후 계속 비와 함께 다니는 중이다. 비는 부슬비였다가 안개비였다가 부슬부슬 내리는 안개비이길 반복할 뿐 완전히 물러가지 않는다. 윤이 아무래도 샤코탄블루를 보지 못하겠다고 아쉬워하면 너는 샤코탄블루 대신 샤코탄그레이를 보면 되겠다고 윤의 성에 차지 않을 농담을 건넨다. 샤코탄그레이라는 말에 오래전 세진의 첫 차였던 그레이 마우스를 떠올린다. 윤은 그레이 마우스에 탄 적이 없다. 아니다. 윤은 너의 만삭 뱃속에 웅크린 채 그레이 마우스를 타고 병원에 갔고 일주일 후 역시 그레이 마우스를 타고 집으로 돌아왔다. 너와 윤이 삼칠일 동안 집에 틀어박혀 있을 때 세진은 자동차를 바꾸고 아기 카시트를 달았다. 바다의 파란색은 빛의 흡수와 반사, 분산을 통해 결정될 뿐 바다 본연의 색은 아니다. 그러니 파랑은 바다의 본질이 아니다. 우리가 오늘 샤코탄블루를 보지 못한들 그것은 바다의 잘못도 우리의 잘못도 아닌 순전히 날씨 탓이다. 윤은 청하지도 않은 해명을 늘어놓는다.

어린 윤은 질문이 많은 아이였다. 엄마, 바다는 왜 파래? 새는 왜 날아? 그런 귀여운 질문도 했고, 엄마는 왜 윤이처럼 고추가 없어? 엄마는 왜 이모처럼 운전을 못해? 엄마는 왜 지유 아줌마처럼 회사에 안 다녀? 같은 성가신 질문도 했다. 윤이는 왜 기관총이 없어? 엄마는 왜 삼단 변신 애니멀 포스 로봇을 안 사줘? 나중에 윤이가 커서 결혼하면 엄마는 윤이 보고 싶어서 맨날 잉잉 울어? 윤은 부탁도 항의도 협박도 모두 질문으로 했다. 어떤 질문은 창처럼 옆구리에 꽂혔고 어떤 질문은 밤새 붙들고 늘어질 화두가 되었다.

그랬던 윤이 사춘기를 지나고 너의 키를 훌쩍 넘으면서부터 질문보다 설명을 좋아하게 되었다. 호기심이 많은 윤은 새로 관심을 둔 분야를 집중적으로 파고드는 편이었고 그렇게 알게 된 정보를 너에게 들려주길 즐겼다. 바다가 왜 파랗냐고 묻던 윤은 바다가 파란 이유를 빛과 함께 설명하는 사람이 되었고, 엄마는 왜 다른 엄마들처럼 회사에 다니지 않느냐고 물었던 윤은 엄마가 집에 있으니 갑자기 비가 올 때 우산을 들고 마중 나와줄 수 있어서 좋았다고 말했다. 총이나 칼처럼 무기를 흉내낸 장난감을 왜 사주지 않느냐고 질문으로 항의했던 윤은 전쟁의 역사에 관해 읽고 너와 제법 진지한 대화를 나누는 청소년이 되었고, 선거철이면 아파트 담벼락에 붙은 후보자 포스터를 보며 저 아저씨는 못생겼으니 뽑지 말자고 철없는 소리나 하던 윤은 고등학생이 되자 각 후보의 공약을 꼼꼼히 비교하며 밥상머리에서 부모와 토론하길 즐겼다. 이런 윤을 보고 사람들은 아이를 참 잘 키웠다고 칭찬했지만, 그때마다 너는 미세한 불안을 느꼈다.

너는 전쟁과 평화와 환경과 공정을 입에 올리는 윤이 낯설었다. 윤이 남 보기에 번듯한 사람이 될수록 묘한 기시감을 느꼈다. 어쩌면 윤은 언젠가의 너처럼 철든 게 아니라 철든 것처럼 보이려고 안간힘을 쓰고 있는지도 모른다. 잠자리에서 그런 고민을 언뜻 내비치면 세진은 윤이 고지식하고 성실한 건 엄마인 너를 닮은 게 맞지만, 윤과 네가 똑같을 수는 없다고 일축했다. 결정적으로 윤은 사내아이이고 너는 그의 엄마가 아니냐고. 한국 사회에서 사내아이는 아무리 엄마를 빼닮은들 엄마와 똑같이 살 수는 없는 법이라고. 세진의 말은 너의 불안을 달래려는 배려이면서 동시에 잔인한 선고였다. 세진은 윤이 아들이라는 이유만으로 성별이 같은 자기가 윤에 대해 훨씬 내밀하게 이해할 수 있다고 자신했다. 사내아이가 원래 그렇지, 뭐. 남자는 그럴 수밖에 없다니까? 세진이 자주 하는 말이었다. 너에게는 한 번도 '여자가 그렇지 뭐'라든가 '여자는 그럴 수밖에 없다니까?'라고 한 적 없는 세진이 유독 윤에 대해서만은 단정적으로 말했다. 중학생이 된 윤에게 처음 스마트폰을 사주었을 때 유해 콘텐츠에 노출될까 전전긍긍하는 너에게 세진이 말했다. 사내아이라면 야동 한 번쯤은 보고 커. 포르노 한두 번으로 전부 성범죄자가 되는 것도 아니고. 당신이 진정한 엄마라면 우선 아들을 믿어주어야 하는 거 아니야? 너는 그런 둔감한 태도가 남자아이들을 망친다면서 민감하고 구체적이어야 할 성교육은 전부 여성인 엄마에게 전가하고 있다고 맞섰다가 세진과 크게 다투고 한 달이나 서로 냉담하게 지냈다. 그후로 윤이 스마트폰을 들고 제 방에 들어가 문을 닫을 때마다 너는 당장 쳐들어가 스마트폰을 뺏어 검열하고 싶은 마음과 모든 걸 믿고 이해하는 '진정한 엄마'가 되고 싶다는 마음 사이에서 힘겨웠다.

샤코탄블루를 코앞에 두고 바다의 색깔과 빛의 관계에 대해 열심히 설명하는 윤을 흘낏 보며 너는 그때뿐만 아니라 성인이 된 지금의 윤도 신뢰하는가 자문한다. 그리고 생각한다. 너는 아들 윤과 남편 세진은 물론이고 엄마로서 너 자신조차 온전히 신뢰해본 적이 단 한 순간이라도 있느냐고.

윤이 모는 차가 드디어 가무이곶 입구 주차장에 들어선다.

가무이곶은 바다를 향해 길고 좁게 뻗은 높은 땅으로 절경과 샤코탄블루를 만끽할 수 있는 곳이라는데 지금 이곳은 부슬비와 안개에 가려 뿌옇다. 하지만 궂은 날씨에도 주차장에 대형 관광버스가 여러 대 서 있고 곶 끝으로 가는 좁은 오솔길도 사람들로 가득하다. 우산을 쓰거나 비옷을 입은 사람들이 양방향으로 좁은 길을 오간다. 곶 입구에 현판이 달린 문이 보인다. 나무 현판에 '여인의 출입을 금하는 땅 가무이곶'이라고 해석할 만한 일본어가 쓰여 있다. 네가 뭐라고 하기 전에 윤이 먼저 발끈한다. 시대착오적이군. 그러곤 문을 지나 곶을 향해 앞장선다. 너는 윤의 뒤를 바짝 따라가며 윤의 대학 시절을 떠올린다.

윤이 입학하고 얼마 지나지 않아 학내 교수 성폭력 사건이 공론화되었다. 신입생이었던 윤은 선배들과 함께 교수의 파면을 요구하는 밤샘 농성에 참여했다. 집에 돌아와서도 너에게 휴직과 해직과 파면이 어떻게 다른지 설명하며 학생들의 요구와 학교측의 대응이 어떤지 간간이 알려주었다. 학과 학생회 선배들과 자주 어울리는 눈치였고 단대 동아리 활동에도 열심이었다. 교양과목 중 여성학이나 젠더 관련 강의를 골라 들었고 새로 배운 것들을 너와 나누었다. 윤은 일 년 내내 활짝 피고 분노하고 듣고 말하느라 뜨거웠다. 세진은 그런 윤을 기특하게 여기며 청춘을 맘껏 즐기라고 했지만, 너는 청춘과 즐김과 분노가 한 선에 놓일 수 있는 단어인지 의심하며 아침마다 학교에 가는 윤의 뒷모습을 보고 아찔함을 느꼈다. 아마 너는 막 스마트폰이 생긴 중학생 윤을 신뢰할 수 없었던 것처럼 이제 막 세계를 향해 뜨겁게 열린 윤도 신뢰하지 못했을 것이다. 윤은 2학년이 되자 과 학생회장이 되었고 학과에 행사가 있을 때마다 후배에게 억지로 술을 먹이는 선배가 없는지, 술자리에서 성추행이 벌어지지는 않는지, 여학생들이 무사히 귀가하는지 챙기느라 자신은 술 한잔 마시지 않고 새벽이 다 되어서야 집에 돌아오길 반복했다. 세진은 그런 윤이 자길 닮아 '매너'가 좋은 거라고 추켜세웠지만 너는 성폭력을 예방하고 안전을 도모하는 일을 고작 매너에 맡길 수 있느냐고 따졌다가 세진과 또 한차례 크게 싸웠다. 부모가 집에서 개싸움을 벌이든 말든 윤은 학생회 일에 열중했고 당연한 결과로 성적은 대차게 말아먹었다. 3학년이 되자 윤은 총학생회 인권위원회에서 활동했고 성적은 학사경고 직전 수준으로 떨어졌다. 밤샘회의 때문에 학교에서 자고 오는 일도 잦았다. 윤은 고3 때 로스쿨에 진학해 인권 변호사가 되겠다고 야심 차게 써내려간 대입 자기소개서와는 전혀 다른 길을 가고 있었다. 여전히 인권 변호사가 꿈이더라도 이 성적으로는 로스쿨에 갈 수 없었다. 하지만 세진도 너도 윤의 대학생활에 어떤 참견도 하지 않았는데, 세진은 청춘의 힘을 믿기 때문인 것 같았고 너는 스스로 윤의 삶에 참견할 자격이 있다고 믿지 않았기 때문이었다.

윤은 그렇게 삼 년을 뜨겁게 보내고 입대했다. 동기들이 군대 안에서 틈틈이 취업 준비를 하거나 주식 투자를 한다는 소식을 전하면서도 윤은 읽고 싶은 책 목록을 보냈다. 윤이 부탁한 책들은 소설과 교양 과학과 철학 입문서와 에세이 등 장르도 주제도 두서가 없었다. 코로나 시국이라 병사들에게 개인 휴대폰을 나눠주었을 때인데도 윤은 자주 연락하지 않았다. 세진은 무소식이 희소식이라고 해석했지만 너는 이렇게 윤과의 점진적인 이별이 시작되었음을 예감했다. 하지만 윤의 전역일은 생각보다 빨리 찾아왔고 윤은 언제 군대에 다녀왔느냐는 듯 순식간에 대학생의 모습으로 돌아왔다. 너는 다시 삼인 가족 체제에 익숙해졌다. 그랬는데 졸업을 앞두고 윤이 불쑥 영국의 대학원에 진학하고 싶다고 했다. 세진은 왜 영국이냐, 영국에서 뭘 전공할 거냐, 학비와 체류비는 어떻게 할 생각이냐, 유학으로 끝날 일이냐, 아니면 현지 정착까지 생각하고 있느냐, 면접관처럼 차례차례 질문했고 윤은 미리 준비를 마친 모양인지 침착하게 대답했다. 윤의 통보에 심장이 덜컥 내려앉았던 너는 꼼꼼한 계획에 마음이 조금 누그러드는가 싶었지만, 윤이 세부 전공으로 젠더학을 공부하고 싶다고 말했을 때는 어쩐지 까마득한 이질감을 느꼈다.

가무이곶 끝으로 가는 길은 바람이 거세 미세한 비의 입자가 사정없이 얼굴을 때린다. 날이 흐리고 바람까지 불어 기온 자체는 높지 않은데 좁은 오르막길과 내리막길을 번갈아 걷다 보니 등에서 땀이 줄줄 흐른다. 너는 당장 몸을 돌려 안전한 휴게소로 들어가고 싶은 마음이 굴뚝같지만 윤은 벌써 저만치 앞서가고 있다. 윤은 어차피 샤코탄블루를 볼 수 없다는 걸 알면서도 무엇을 향해 가는지 상체를 앞으로 숙인 채 분주히 걷고 있다. 오솔길 양옆은 깎아지른 절벽인데 정체를 알 수 없는 관목과 풀이 바위에 붙어 자라고 간간이 백합을 닮은 주황색 꽃이 피어 있다. 참나리, 하늘나리, 원추리, 하늘말나리, 섬말나리. 너는 저 아래 보이는 주황색 꽃과 조금이라도 비슷한 꽃의 이름을 속으로 나열한다. 순간 한줄기 세찬 바람이 훅 불어와 네 앞에 가던 중국 여자의 모자를 벼랑 너머로 날려버린다. 앗! 주위에서 탄성이 터진다. 여자는 모자가 날아가는 방향을 바라보며 발을 동동 굴러보지만, 계속해서 밀려드는 인파에 이내 걸음을 옮길 수밖에 없다. 너는 반사적으로 모자 끈을 턱 바로 밑까지 바짝 조인다. 잠시 후 또다른 탄성이 앞에서부터 번져온다. 곶의 끝에 다다른 모양이다. 작은 등대를 지나니 정말로 곶의 끝이다. 사람들이 줄을 서서 차례차례 곶의 끝에 있는 바위에 올라 기념사진을 찍는다. 윤도 줄을 선 채 주변 바다를 카메라에 담고 있다. 너는 어쩐지 염탐하는 기분으로 그런 윤을 보다가 마침 뒤를 돌아보는 윤과 눈이 마주친다. 엄마!

윤이 상기된 표정으로 너에게 손을 내민다. 너는 잠시 망설이다 살짝 웃으며 고개를 흔든다. 윤은 한번 더 청하지 않고 다시 몸을 돌려 바다를 본다. 너도 윤의 시선을 따라 바다를 본다. 비와 안개에 둘러싸인 회색 바다. 파도는 거칠고 주위를 나는 새도 별로 없다. 기묘한 모양의 바위가 물수제비 모양으로 띄엄띄엄 박혀 파도를 견디고 있다. 드디어 윤의 차례가 되어 바위에 오른다. 바위로 오르는 돌계단이 빗물에 젖어 미끄러워 보인다. 너는 또 심장이 덜컥 내려앉았다가, 윤의 나이가 이십대 후반을 향해 가는데 언제까지 이 나약한 반사를 계속할 것인지 스스로가 한심해진다. 윤은 정작 바위에 올라가서는 사진도 찍지 않고 그저 가만히 서서 먼 곳을 한참 본다. 어느 순간 윤이 고개를 돌려 너를 바라본다. 윤의 표정은 비와 안개에 가려 확실하지 않다. 웃는 것 같기도 하고 찡그린 것 같기도 하다. 너는 그만 고개를 돌리고 등대를 보는 척한다. 등대 위에 까마귀 한 마리가 앉아 있다. 갈매기도 아니고 까마귀라니. 가까이서 보는 까마귀는 생각보다 몸집이 크다. 까마귀가 입을 벌리자 뜻밖에 들짐승의 울음소리가 난다. 엄마!

어느새 윤이 곁에 와 있다. 너는 돌아가는 길에 합류한다. 이번에는 네가 앞장서고 윤이 바로 뒤에 따라온다. 어깨 너머로 윤의 목소리가 들린다. 엄마, 그거 알아? 가무이곶의 가무이는 아이누족 언어로 신을 뜻한대. 여긴 신의 땅끝이야.

윤은 너의 아들이 아니라 네 엄마의 아들이었다. 엄마. 네게 엄마라는 타이틀이 생긴 지도 이십육 년이나 되었는데 엄마라는 말을 들으면 너는 여전히 자신이 아니라 너의 엄마를 떠올린다. 네가 임신 소식을 알리자마자 엄마는 한동안 발길을 끊었던 절에 다시 다니며 108배를 올리고 기도를 시작했다. 명목은 순산 기도였지만, 엄마가 바란 것은 단순한 순산이 아니라 아들의 순산이었다. 초등학교 교사였던 엄마는 결혼과 동시에 직장을 그만두고 맏며느리 역할에 충실했는데, 두 살 터울로 딸만 내리 셋을 낳고 자궁에 문제가 생겨 아들을 낳을 수 없었던 것을 인생의 가장 큰 실패로 여겼다. 엄마는 딸들을 몹시 사랑했지만 낳지 못한 아들을 평생 그리워했다. 다른 사람들 앞에서 딸들을 챙기고 아끼는 모습을 보이길 부끄러워했다. 집에서는 딸들을 살뜰하게 보살피면서도 명절에 친척들 앞에서는 무심한 척 굴었다. 그럴 때 너는 다른 남자 사촌들만 눈에 띄게 챙기는 엄마를 대신해 동생들을 챙겼다. 엄마는 딸들에게 동화책을 읽어주거나 함께 산책하는 동안 주변의 나무와 꽃 이름을 세세히 일러주고 온갖 자연현상을 과학적으로 설명해주었지만, 친척들 앞에서는 자신의 지식을 전혀 드러내지 않았고 아무것도 보이지 않고 들리지 않는 사람처럼 굴었다. 너는 그런 엄마가 얼굴이 두 개인 아수라 백작 같다고 생각했다.

　세 딸이 모두 자라 대학을 졸업하고 남들 눈에 번듯한 직장에 다니면서부터 엄마는 역시 딸부자가 최고라는 주변의 부러움을 샀지만, 그래도 여자는 당연히 결혼해야 하고 자식도 낳아야 한다는 신념을 포기하지 않았다. 그러다 첫딸인 네가 임신하자 집요하게 아들을 바라는 건 물론이고, 언제부턴가는 뱃속 아이가 당연히 아들이라고 믿어 의심치 않았다. 엄마의 믿음은 우격다짐 수준이었다. 배가 불러오기도 전에 온통 파란색 계열의 아기 옷과 육아용품을 미리 사들이더니 너의 배를 보고 떡두꺼비, 장군감 같은 말을 입에 올렸다. 진통이 시작되었을 때 너는 직장에 있던 세진에게 먼저 연락하고 다음으로 엄마에게 연락했는데, 엄마가 먼저 달려왔다. 병원에서도 엄마는 남자는 '이런 거' 보는 거 아니라며 세진을 병실 밖으로 몰아내고 혼자 너의 곁을 지켰다. 열두 시간이 넘도록 진통이 계속돼도 산도가 열리지 않고 아기 심박수만 현저하게 떨어지자 의사는 급히 제왕절개수술을 결정했다. 의사와 간호사의 다급한 목소리가 들리고 곧바로 이동 침대가 도착해 너를 수술실로 실어날랐다. 겁이 더럭 난 네가 비질비질 울음을 터뜨리자 함께 수술실로 달려가던 엄마가 모질게 말했다. 여자라면 누구나 겪는 일인데, 약하게 굴면 안 돼! 어머니는 세상에서 가장 강한 사람이어야지! 수술실에 들어가자마자 마취가 시작되고 곧바로 의식을 잃어가는 단 몇 초 동안 엄마의 그 말은 얼음송곳보다 차갑고 뜨겁게 너의 옆구리를 푹 찔렀다.

간호사가 볼을 두드리는 것을 느끼며 마취에서 힘겹게 깨어났을 때 가장 먼저 네 눈에 들어온 것은 온통 눈물로 얼룩진 엄마의 얼굴이었다. 엄마 울지 마. 나 안 죽었어. 너는 이런 말을 어눌하게 중얼거렸던가? 그러나 너와 눈이 마주치자마자 엄마는 황홀하게 웃으며 소리쳤다. 장하다, 내 딸! 드디어 아들을 낳았구나!

너는 출산 일주일 만에 집으로 돌아와 삼칠일 동안 집에서 산후조리를 했다. 엄마는 네 집에 머물며 끼니마다 정성껏 밥을 차려주었고 아직 태지도 못 벗은 아기 윤을 살뜰히 보살폈다. 윤의 첫 목욕도 엄마 손을 거쳤고 첫 기저귀도 엄마 손으로 갈았다. 초유를 먹여야 하는데 젖이 돌지 않아 결국 윤이 짜증스레 울음을 터뜨리자 옆에서 초조하게 지켜보던 엄마는 네 품에서 윤을 뺏어 안고 분유를 먹였다. 애 성질 버리겠다! 젖을 빨던 윤이 울음을 터뜨릴 때마다 엄마는 윤의 성질을 걱정하며 분유를 먹였고 결국 윤은 초유도 제대로 못 먹고 분유에 길들었다. 엄마는 귀하게 키워야 귀한 사람이 된다며 세진이 사다 나르는 일회용 기저귀를 포장 그대로 내버려둔 채 직접 만들어온 천기저귀를 빨아 썼다. 그 힘든 일들을 엄마는 콧노래를 부르며 해치웠다. 베란다에서 빨래를 널며 노래를 흥얼거리는 엄마를 볼 때마다 너는 새록새록 상처받았다. 윤이 잠에서 깨어나 에엥 울면 엄마는 설거지를 하다가도 기저귀를 빨다가도 그 소리를 용케 알아듣고 엄마 간다! 외치며 달려갔다. 엄마는 윤이 조금만 소리를 내도 일단 안아 든 탓에 윤은 며칠 지나지 않아 사람 손을 탄 아기가 되어버렸다. 누구의 품에든 안겨 있지 않으면 곧바로 울음을 터뜨렸고 점점 재우기도 먹이기도 힘들어졌다. 한두 시간에 한 번씩은 꼭 깨어 울며 보채는 윤에게 너는 그만 질려버렸는데, 엄마는 힘든 내색을 전혀 하지 않았다. 아니, 오히려 엄마의 얼굴에는 달뜬 표정이 올라왔고 묘한 빛이 일렁였다. 그런 엄마는 어쩐지 외설스러워 보였다. 너는 엄마 간다! 소리와 함께 엄마가 달려와 윤을 안아 들 때마다 엄마가 당장 윗옷을 들치고 자신의 말라붙은 가슴을 꺼내 윤의 입에 물릴지도 모른다는 공포에 시달렸다. 상상만으로도 끔찍했고 그런 상상을 한다는 수치심까지 몰려와 괴로웠다.

엄마가 산후조리를 해주는 삼 주일 동안 너는 스스로가 엄마와 윤으로 이루어진 이인 가족 사이에 거추장스럽게 끼어든 짐 같다고 느꼈다. 그동안 너는 엄마가 정성껏 차려준 밥을 먹으며 살이 부쩍 쪘고 윤은 몹시 까다로운 아기가 되었다. 엄마는 윤의 성질을 지킨다는 이유로 윤의 버릇을 망쳐놓고는 아빠와 두 동생이 기다리는 집으로 가버렸다. 예민한 아기와 남겨진 너는 그저 막막했다. 한번 울음이 터진 윤은 너의 품에서 쉽게 달래지지 않았고 낮밤이 자주 바뀌는 건 예사였다. 급기야는 언제나 다정했던 세진마저 수면 부족으로 짜증을 내며 출근했다. 너는 짜증낼 기력도 없이 영혼이 텅 빈 사람이 되어 우는 윤을 안고 베란다로 나가 저 아득한 밑바닥을 바라보았다. 그런 네 모습에 겁을 먹은 세진이 엄마에게 연락하자 당장 달려온 엄마는 윤부터 안아 들며 푸념인지 생색인지 모를 말을 했다. 나 없으면 너희는 어떻게 산다니? 그때 너와 윤은 둘 다 엄마의 자식이었고 윤은 오직 엄마의 아들이었다. 엄마 품에서 수굿해진 윤을 보며 너는 앙갚음하는 심정으로 평생 윤을 아들이라 부르지 않겠다고 다짐했다. 누가 우리 아들! 하고 부르는 소리만 들어도 욕지기가 올라왔다. 세진에게도 우리 아들! 이런 말은 징그러우니 쓰지 말라고 했다. 사내자식이 어쩌고 하는 말도 하지 말라고 했다. 세진은 알겠다며 고개를 끄덕이기는 했지만 산후 우울증이 의심되는 아내를 그저 이해하는 척했을 뿐 진짜 너의 심정을 헤아리지는 못했다. 아니, 너조차 너의 심정이 어떤지 알 수 없는 시절이었다.

일 년 전 엄마가 쓰러졌다는 연락을 받았을 때 너는 세진보다 윤에게 먼저 연락했다. 윤은 당장 달려와 주차장에 세워둔 세진의 차를 몰고 대학병원으로 갔다. 구급차가 도착했을 때 엄마는 이미 심정지 상태였다. 둘째가 결혼해 대전으로 이사하고, 비혼인 셋째는 중국에 직장을 구하고, 칠 년 전 아빠까지 직장암으로 세상을 떠난 후 엄마는 줄곧 혼자 살았다. 엄마는 부지런한 성격대로 평일에는 노인대학과 문화센터에 번갈아 다니며 시간을 보냈고 주말이면 친구들과 등산이며 나들이를 떠났다. 온갖 음식을 해서 세 딸에게 보내고 가끔은 윤만 따로 불러 먹이고 재웠다. 엄마는 도봉산에 올라갔다 내려오는 길에 쓰러졌다. 너와 윤이 도착했을 때 엄마는 이미 응급실이 아닌 영안실에 누워 있었다. 윤과 함께 장례식을 준비하는 사이 세진이 왔고 뒤이어 대전 동생네가 왔다. 막내는 발인 직전에야 겨우 도착했다. 장례식 내내 엄마와 떨어져 살았던 기간이 가장 긴 막내가 제일 섧게 울었고 그다음으로 대전 동생과 그 딸들이 많이 울었다. 너는 간혹 눈물이 저절로 흘러내렸을 뿐 소리 내어 울지는 않았다. 어린 시절 친척들 앞에서 남자 사촌들만 눈에 띄게 챙겼던 엄마나 아기 윤을 뺏어갈 듯 탐내던 엄마를 지켜보며 속으로 미움과 혐오를 키운 기억이 새록새록 떠올라 맘껏 슬퍼할 수 없었다. 너의 슬픔은 기만 같았다. 너는 엄마를 애도할 자격이 없었다. 뜻밖에 윤도 울지 않았다. 너의 동생들이 그런 윤을 힐난하듯 쳐다보는 게 느껴졌다. 엄마의 사랑을 독차지했던 윤이 엄마의 장례식에서 눈물 한 방울 흘리지 않는 모습은 네가 보기에도 배덕 같았다.

입관 때도 운구차가 출발할 때도 울지 않았던 너는 화장장

모니터로 엄마의 관이 불길에 휩싸이는 모습을 보고 발작하듯 울음을 터뜨렸다. 눈앞이 깜깜한 아이처럼 울부짖었다. 울다 울다 까무룩 정신을 잃을 지경까지 갔을 때 누군가의 단단한 가슴이 네 앞을 가렸다. 검은 양복에 상장을 단 남자였다. 너는 그 남자가 세진이라고 생각하고 품에 뛰어들어 한차례 또 질기게 울었다. 어리광을 부리듯 맘껏 서러워했다. 남자는 묵묵히 서서 그런 너를 받아주었다. 남자의 가슴은 단단하고 따뜻했다. 한참을 울다가 막냇동생이 그러다 일내겠다고, 그만 울라고 말렸을 때야 비로소 너는 그 남자가 세진이 아니라 윤임을 깨달았다. 당장 땅으로 꺼지고 싶을 만큼 수치스러웠다. 남은 장례 기간 내내 너는 윤과 눈을 마주치지 않았다.

신의 땅끝 다음 코스는 시마무이 해안이다. 여긴 가무이곶만큼 많이 안 걸어도 돼. 윤이 변명하듯 말한다. 너는 많이 걸어도 괜찮다고 말해준다. 차는 금세 시마무이 해안 주차장에 도착한다. 이곳에도 단체 관광객을 실어나르는 대형 버스가 늘어서 있다. 휴게소에서 맛있는 냄새가 풍긴다. 배고프지 않아? 네가 묻자 윤은 조금만 더 참았다가 어렵게 예약한 식당에서 맛있는 성게알덮밥을 먹자며 너를 달랜다. 휴게소 구석 표지판에 시마무이 해안은 거대한 암석과 절벽, 그리고 샤코탄블루 바다를 가까이서 볼 수 있는 곳이라는 소개글이 쓰여 있지만, 안개비 탓에 이곳 바다도 보나마나 잿빛으로 일렁일 것이다. 그래도 여기까지 왔으니 한번 가볼까? 윤이 말하고 앞장선다. 특이하게도 시마무이 해안으로 가려면 작고 낮은 터널을 지나가야 한다. 야트막한 산을 뚫어놓은 그 터널은 오래전 해안에서 잡은 청어를 운반하던 통로였다. 너는 터널의 어둠 속으로 성큼성큼 앞장서 들어가는 윤의 등을 바라보며 궤짝에 실려 이쪽으로 운반되는 청어떼를 상상한다. 순간 알 수 없는 곳에서 비린내가 훅 날아들고 너는 반사적으로 외친다. 윤아!

삼우제까지 지내고 두 동생이 각자 집으로 돌아간 뒤 너는 윤과 단둘이 엄마 집을 정리하러 갔다. 집은 그날 엄마가 도봉산으로 향하기 직전 상태에서 서서히 쇠락하는 중이었다. 부엌과 화장실에는 기분 나쁜 냄새가 풍겼다. 가스레인지 위에 커다란 국 냄비가 올라가 있었다. 혼자 사는 엄마가 이렇게 큰 냄비에 음식을 했다는 건 자식들에게 보낼 생각이었거나 친구들을 초대할 계획이었다는 뜻이었다. 냄비 안 음식은 붉은 국물 위로 하얀 더께를 얹은 채 정체가 뭔지 알 수 없을 만큼 부패해 있었다. 붉은 국물은 윤이 좋아하는 육개장이거나 세진이 좋아하는 김치찜일 수도 있었다. 너는 숨을 참고 내용물을 싱크대 개수대에 부었다. 부패가 상당히 진행되어 건더기가 완전히 뭉개진 상태였다. 너는 수돗물을 세게 틀어 육개장일 수도 김치찜일 수도 있는 그것을 한참 흘려보냈다. 등뒤에서 윤이 거실을 정리하는 소리가 들렸다. 냉장고까지 정리한 후 윤에게 안방 정리를 맡기고 너는 욕실로 들어갔다. 엄마의 욕실은 늘 청결했지만 이제 묘한 지린내를 풍겼다. 너는 윤이 이 냄새를 맡기 전에 서둘러 욕실을 청소해야겠다고 생각했다. 어쩐지 윤이 엄마의 지린내를 맡으면 네가 견딜 수 없을 것만 같았다. 락스가 들어간 세제를 곳곳에 뿌리고 솔로 박박 문질렀다. 욕조와 변기와 바닥을 꼼꼼히 닦았다. 코끝에 어른거리던 지린내를 톡 쏘는 락스 냄새가 밀어냈다. 잠시 후 너는 샤워기를 들고 비눗물을 헹구기 시작했다. 물줄기가 세차게 쏟아지며 비누 거품을 씻어냈다. 욕조, 변기, 마지막으로 바닥까지 차례로 헹궜다.

가장자리부터 배수구 방향으로 물을 뿌리고 있는데 배수구 근처에서 이상한 빛이 어룽거리는 게 보였다. 그 빛은 마치 살아 있는 존재처럼 엄마의 머리카락 몇 올이 엉겨 있는 배수구 위에서 까딱거렸다. 너는 샤워기를 든 채 그 빛을 향해 다가갔다. 가늘고 길쭉하고 투명한 무언가가 얕은 수면 위로 둥실 떠올랐다. 일렁이는 발광 생명체 같았던 것이 이제 빛으로 만든 거룻배로 보였다. 너는 조심스럽게 그것을 집어들고 욕실 조명 아래서 한참을 들여다보았다. 낯이 익으면서도 낯선 그것이 희미한 비린내를 풍겼다. 그제야 너는 그것의 정체를 알아보았다. 가늘고 길고 투명한 그것은 오징어 뼈였다. 과연 뼈라고 부를 수 있을까 싶은 모양이지만 해저를 유영하는 오징어를 꼿꼿하게 세워주는 그것이었다. 너는 반사적으로 외쳤다. 윤아!

안방에 있던 윤이 놀라 달려왔다. 너는 윤 쪽으로 그 투명한 뼈를 내밀며 말했다.

이것 봐. 오징어 뼈야. 할머니가 욕실에서 오징어를 손질했나봐. 그런데 왜 부엌이 아니라 욕실에서 했을까?

네가 묻자 윤은 심상한 말투로 대답했다.

할머니는 원래 생선 손질은 꼭 욕실 바닥에 앉아서 했어.

너보다 엄마 집에서 보낸 날이 훨씬 많은 윤의 말이니 맞을 것이다.

냄비에 있던 게 오징어였나보다. 근데 할머니는 누가 먹는다고 오징어 국을 잔뜩 끓여두셨을까? 비린 건 모조리 싫어하는 양반이.

네가 묻자 이번에도 윤은 당연하지 않으냐는 듯 말했다.

엄마가 오징어 국 먹고 싶다고 했잖아.

어떤 엄마?

너는 이렇게 되묻고 곧바로 후회했다. 어떤 엄마겠는가? 순간 기억이 뒤통수를 치며 찾아왔다. 얼마 전 윤과 함께 어느 예능 프로그램을 보다가 무를 숭숭 썰어넣고 얼큰한 오징어 국을 끓여먹는 모습에 중얼거리듯 말했던 것을. 아, 오징어 국 먹고 싶다. 겨울이면 엄마가 대충 끓여주었던 시원하고 칼칼한 오징어 국. 내가 끓이면 왜 그 맛이 안 나나 몰라? 기억이 떠오름과 동시에 투명한 오징어 뼈가 칼이 되어 옆구리를 푹 찔렀다. 너는 그대로 젖은 욕실 바닥에 주저앉아 숨을 헐떡였다. 칼끝은 차갑고도 뜨거웠다. 엄마, 괜찮아? 윤이 물었다. 너는 말하는 대신 고개를 흔들었다. 그 순간 어떤 엄마도 괜찮지 않았다.

윤아!

터널의 어둠 안에서 윤이 뒤를 돌아본다. 윤의 뒤쪽으로 작고 둥근 빛이 보인다. 그 빛 너머에 하늘과 바다가 있을 것이다. 네가 서 있는 곳에서는 윤의 표정을 읽을 수 없다. 윤은 그저 회색의 실루엣으로 존재한다. 살아 있는 청어떼가 윤의 곁을 지나 네 쪽으로 몰려온다. 너는 눈을 질끈 감았다가 뜬다. 윤이 보이지 않는다. 윤아!

너는 엄마 잃은 아이처럼 절박하게 소리친다. 윤이 나타난다. 이번에는 윤의 표정이 보인다. 엄마 손을 놓친 아이의 얼굴이다. 너는 손을 내민 채 터널로 들어선다. 윤이 다가오며 손을 마주 내민다. 엄마를 잃은 지 얼마 안 된 어른과 어른이 되느라 갈팡질팡하는 아이가 어둠 한가운데서 만난다. 윤의 손을 잡고 너는 그리 멀지 않은 둥근 빛을 향해 앞장선다. 터널 안에 두 사람의 발소리가 메아리친다. 너는 조약돌을 떨구는 마음으로 윤에게 말한다.

너 돌잔치 때 사회자가 아기가 어떤 사람이 되면 좋겠냐고 묻더라? 할아버지는 판검사가 되거라 했고 할머니는 건강하게만 자라다오 했어. 네 아빠는 탐험가가 되면 좋겠다고 해서 사람들 박수를 받았지.

엄마는?

맘껏 슬픈 사람. 엄마가 그렇게 말하자 좌중이 싸늘해졌어.

두 사람은 금세 빛에 도달한다. 터널 밖으로 나온 윤이 가장 먼저 한 일은 전망대 울타리에 기대 울음을 터뜨린 것이다. 윤은 몇 년 치 울음을 한꺼번에 울 셈이다. 너는 그런 윤 곁에서 딱 세 발짝 떨어져 기다린다. 그 세 발짝이 당분간 윤과 너의 이별 거리다. 머리 위에서 까마귀 한 마리가 들짐승의 소리로 윤의 울음을 거든다. 윤과 너는 한동안 괜찮지 않겠으나 그리 외롭지도 않을 것이다.

순영, 일월 육일 어때

오전 여덟시. 알람이 울렸고, 동시에 방향을 종잡을 수 없는 까마득한 곳에서 세계가 무너졌다. 세계는 오후 다섯시 무렵 한번 더 무너질 것이다.

계절이 두 번 바뀌도록 지하철 공사가 이어지고 있었다. 아파트 바로 밑으로 지하철이 통과할 예정이었다. 공사 소식은 이 아파트로 이사하고 두 계절이 지나서야 들었다. 지하에 터널을 뚫으려면 하루 두세 차례 발파가 필요했는데, 그 말은 하루에 적어도 두세 번은 내 집 바로 아래의 세계가 반복적으로 무너진다는 뜻이었다. 관리사무소는 발파 전 예고 방송을 하기도 했지만, 딱히 규칙적이지는 않았고, 예고를 한들 발파가 몰고 오는 공포와 진동까지 막아주지는 않았다. 지금 생각해보면 아파트 전세 계약을 할 때 팔십대 노인인 집주인이 낡고 녹슨 거실 조명을 LED로 바꿔달라는 내 요구는 딱 잘라 거절 했으면서("멀쩡한 전등을 왜 갈아? 정 아쉬우면 아가씨가 직 접 사다 갈든가. 내가 그것까지는 뭐라 못하지.") 전세 보증금 을 오백만원 깎아달라고 한번 던져본 말은 내심 놀랐을 정도 로 흔쾌히 들어주었던 게 지하철 공사와 관련이 있지 않았을 까 싶다. 집주인은 조명 교체에 들어가는 몇만원은 아끼면서 그보다 큰돈은 선뜻 양보할 줄 아는 '알뜰한 찐부자'(부동산 중개인의 표현이다)가 아니라, 몇 년간 이어질 지하철 공사 소음으로 세입자를 구하기 어려운 상황에 나처럼 물정 모르는 사람이 나타나자 보증금을 깎아주면서까지 덥석 물어야겠다 고 마음먹은 노련한 승부사였을 뿐이었다. 결국 나는 시세보 다 오백만원 싼 보증금을 내고 삼십 년도 넘은 낡은 스무 평 아파트에 들어와 조명뿐만 아니라 수도꼭지며 샤워기, 전등 스위치, 문손잡이 등등을 내 돈으로 직접 교체하고 부분 도배 와 부분 페인트칠까지 도맡았다. 이만하면 심적으로나마 내 집으로 삼을 수 있겠다 안도했을 딱 그때, 예상하지 못했던 공 사 소음과 마주쳤다.

처음에는 층간 소음인 줄 알았다. 방향을 꼭 집어 말할 수 없는 어딘가에서 우르릉 쾅쾅 촤르르 뭔가 무너지는 소리가 들리더니 곧이어 척척척척 일정한 박자로 망치질하는 소리가 뒤따랐다. 어느 집에서 세간살이를 전부 집어던지며 격렬한 싸움을 벌이나? 누가 꼭두새벽부터 망치질을 하지? 어느 부지런한 사람이 한밤중에 저리 꾸준한 속도로 트레드밀을 타는 걸까? 그것도 몇 시간 동안? 나처럼 생각하는 사람이 많았는지 층간 소음을 호소하는 민원이 빗발치자 관리사무소는 해명 방송을 했다. 우르릉 쾅쾅 촤르르 소리는 지하 터널을 뚫기 전 발파음이고, 척척척척 망치질소리는 기계가 터널을 뚫고 지나가는 소리라고 했다. 그제야 아파트 곳곳에 걸린 플래카드와("무서워서 못살겠다! 안전 진단 시행하고 소음 피해 보상하라!") 상가에 붙은 이질적인 간판이('○○아파트 지하철 공사 피해 보상 주민 대책위원회' '피해 보상 주민 대책위 강제 해산을 위한 주민 혁신위원회') 눈에 들어왔다. 아파트 정문 오른쪽에 높은 담장을 둘러친 곳이 지하철 입구 공사장이라고 했다. 편의점에 담배와 우유를 사러 나갈 때나 음식물 쓰레기를 버릴 때 공사장 담장 위로 삐죽이 솟은 크레인을 올려다보며 생각했다. 저곳이 하루에도 몇 번씩 세계가 무너지는 멸망의 진원지구나.

오늘 아침 나의 세계는 평소보다 더 참담하게 무너졌다. 발파음과 함께 간밤 술자리에서의 실언과 망동이 고스란히 떠올라버렸다.

언니라고 불러도 돼요?

이건 막내 편집자의 말이었고,

싫습니다!

이건 나의 반사적인 대답이었다. 유쾌했던 술자리가 싸늘히 식는 게 피부로 느껴졌다.

데뷔 십 년 기념으로 낸 첫 산문집이 출간 한 달 만에 3쇄를 찍어 편집부에서 마련한 축하 자리였다. 와인을 곁들인 저녁 식사는 출판사에서 냈고 2차와 3차는 내가 냈다. 3차로 간 일본식 주점부터는 다들 긴장이 풀리고 흥이 올라 저마다 많이 웃고 떠들었다. 저자와 편집자 사이의 적절한 거리를 지켜왔던 평소의 깍듯함이 조금씩 허물어지더니 어느새 동종업계 종사자들끼리의 편안한 수다와 푸념이 이어졌다. 어느 출판사의 경영 태도가 도마에 올랐고 모 중견 평론가의 괴벽이 가십거리가 되었다. 사실 가장 많이 풀어진 사람은 그 자리에서 나이만 제일 많고 하는 일은 없이 '선생님' 소리를 거저 듣는 나였다. 나는 젊은 편집자들의 불평에 맞장구치거나 그들의 한탄을 위로하며 이곳에선 어떤 말을 해도 안전하다는 분위기를 조성했다. 새벽 한시에서 두시로 넘어갈 무렵, 산문집의 책임편집을 맡았던 막내 편집자가 터질 것같이 뻘게진 얼굴로 말했다. 선생님! 냉정한 분인 줄 알았는데, 의외로 따순 사람! 그러고는 곧바로 강아지 같은 눈망울을 동그랗게 치뜨고 말했다. 언니라고 불러도 돼요? 순간 술이 확 깼다. 다른 편집자들도 어쩐지 재미난 구경거리를 만난 사람들처럼 호기심을 담뿍 담은 눈빛으로 이쪽을 보았다. 딱딱하게 굳는 내 표정이 느껴졌다. 싫습니다! 내가 들어도 야박한 소리가 튀어나왔다.

알람을 끄면서 보니 밤새 막내 편집자에게서 문자메시지가 와 있었다. 안경을 쓰지 않아 제대로 읽을 수는 없었지만 대강 '무례' '죄송' '선생님' '다시는' 같은 단어가 보였다. 침대에 누운 채 이대로 꺼지고 싶었다. 한동안 이들의 술자리에서 내 이야기는 모 평론가의 괴벽보다 더 자주 끌려나오는 안줏거리가 될 게 뻔했다. 나이 차 따위 상관없다는 듯 친근하게 굴 때는 언제고 막상 언니라고 불러도 되냐니까 개정색하고 가버리는 거 있죠? 그놈의 선생님 소리, 죽어도 포기가 안 되는 거지. 솔직히 스무 살 가까이 차이 나는 제가 언니라고 불러주면 오히려 그쪽이 황감해야 하는 거 아니에요? 싫으면 싫었지, 싫습니다! 는 또 뭐야? 필경사 바틀비인 줄! 온갖 비난의 말들이 다양한 목소리로 재생되었다. 숨이 잘 쉬어지지 않았다. 두번째 장편소설이 처참하게 실패했을 때 처음 공황이 왔고, 이 년 정도 정신과 약을 먹었다. 약을 끊은 지 벌써 이 년이 넘었지만, 여전히 감당할 수 없는 감정이 찾아오면 호흡부터 문제를 일으켰다. 몸을 반듯하게 눕히고 정신과에서 배운 응급 호흡법을 시작했다. 하나 둘 셋, 들이쉬고, 하나 둘 셋 넷 다섯, 내쉬고. 하나 둘 셋, 하나 둘 셋 넷 다섯. 호흡은 엉키고 풀리기를 반복하며 서서히 제 속도를 찾아갔다. 눈꼬리에서 물 같은 것이 흘러나왔다. 몸은 꼼짝도 할 수 없는데 머리 혼자 분주했다. 싫습니다! 야멸찼던 내 대답이 반복 재생되었다. 언니라고 불러도 돼요? 싫습니다! 언니 소리 듣는 게 싫은 게 아니야! 언니라는 역할에 갇히기 싫은 거야. 이건 내 목소리로 재생되지 않았다. 실제로 들어본 말도 아니면서 이 절박한 호소는 이제는 잊은 줄만 알았던 그 사람의 목소리로 들렸다.

*

순영을 처음 만난 건 대학 입학식 날 저녁, 기숙사 복도 끝 방에서였다. 입학식이 끝나고 각자 배정된 기숙사 방에 가 짐을 푼 뒤 고향으로 돌아가는 가족을 배웅하고 나자 이인실에는 어색한 침묵뿐이었다. 룸메이트와 서로 등지고 각자 책상 앞에 앉아 있는데(간간이 룸메이트 쪽에서 콧물을 훌쩍이는 소리가 들렸고, 나는 저애가 감기에 걸린 건지 울고 있는 건지 궁금했다) 누군가 방문을 두드렸다. 복도 끝 방에 이층 신입생들이 전부 모여 파티를 한다고 했다. 그날 처음 만난 룸메이트와 다소 쭈뼛거리며 가보았더니 이인실에 열두 명 정도가 모여 있었다. 의자와 침대 가장자리는 물론 침대 위까지 촘촘

230

히 들어앉아 있었고 두어 명은 서 있었다. 방 주인은 부산에서 올라온 쾌활한 여자애였는데, 매점에서 과자며 음료수를 잔뜩 사다 풀어놓고(어디서 구했는지 캔맥주도 있었다) 모임을 주도했다. 이층 신입생이 얼추 다 모이자 자기소개가 시작되었다. 나중에 알게 된 사실인데 기숙사 입주생 가운데 칠십 퍼센트 이상이 경상도 출신이었고 나머지가 전라도, 충청도, 강원도, 제주도 출신이었다. 기숙사 표준어가 경상도 사투리라는 농담도 있었다. 내 귀에는 전부 같은 유쾌한 억양으로 들렸는데, 경상도 출신끼리 진주 말은 좀 특이하다거나 경남과 경북의 악센트가 완전히 다르다거나 어떤 발음은 죽었다 깨어나도 안 된다거나 해서 좀 신기했다.

내 차례가 되어 소개를 시작하자(대전에서 여고를 나왔고, 생일이 1월이라 남들보다 한 살 어리며, 부모님의 권유로 사범대에 진학했지만 아직 교사가 장래 희망은 아니다, 서울은 처음이고 길눈도 어두워 캠퍼스생활이 걱정된다 등) 방안이 일제히 조용해졌다. 뭐가 잘못됐나 싶어 입을 다물자 이윽고 방 주인이 특유의 경쾌한 억양으로 침묵을 깼다. 와! 충청도 말씨는 억수로 언언-하고 잔잔-하네? 다른 애들이 와르르 웃음을 터뜨렸다. 내가 한 살 어리고 몸집도 눈에 띄게 왜소해서 그랬을까? 방안의 신입생들이 갑자기 오랜만에 만난 사촌 언니들처럼 내 앞으로 과자 봉지를 밀어주고 종이컵에 콜라를 채워주며 말을 걸었다(누군가는 "니 쫌 귀엽네?" 했다). 명절 날 큰집 뒷방처럼 흘러가는 분위기가 그리 싫지는 않았다. '언니'는 나이 차가 큰 오빠만 둘 있는 내가 오래도록 소망해왔던 존재였으니까.

달뜬 마음에서 벗어나 정신을 차려보니 또다른 신입생이 경상도 억양으로 자기소개를 하고 있었다. 대구에서 남녀공학을 나왔고(정말로 방 주인 부산 여자애와는 문장을 시작하는 악센트가 달랐다) 대구에서 일 년, 서울에서 일 년, 삼수를 해서 남들보다 두 살 많지만 같은 학번이니 편하게 친구로 대해달라고 했다. 그러더니 내 쪽을 지그시 바라보며 아이들에게 문학의 소중함을 알려주는 국어 교사가 꿈이라고 했다. 알고 보니 그는 나와 같은 과였다. 나도 모르게 눈을 동그랗게 떴는지 그 사람이 나를 향해 싱긋 웃었다. 방안의 대부분을 차지하는 경상도 여자애들이 호쾌하고 왁자지껄한 분위기였던 데 반해 그 사람은 말투가 나긋나긋했고 동작도 차분했다. 그날 저녁 복도 끝 방은 입시 지옥을 통과해 원하던 대학에 들어왔다는 안도감과 비로소 떳떳한 성인의 삶이 시작되었다는 기꺼움, 자기 앞에 붉은 주단이 펼쳐졌다고 믿는 사람들 특유의 자긍심 등으로 터져나갈 것 같았다. 파티를 마치고 우리 방으로 돌아왔을 때 대구 출신에 무역학과 신입생이라는 룸메이트가 문득 떠오른 듯 말을 꺼냈다. 그 삼수생 언니, 우리 고등학교 일

년 선배거든? 별명이 천사다, 천사. 진짜 착해. 오죽하면 생일도 10월 4일이란다. 일공공사, 천사. 룸메이트의 말을 흘려듣는 척 칫솔을 주섬주섬 꺼내던 나는 '천사'보다는 '언니' 쪽에 방점을 찍었고, 그 사람을 스스럼없이 '언니'라고 부른 룸메이트가 부러웠다.

그 삼수생과 나는 시간표가 비슷해 과방이나 강의실에서 자주 마주쳤다. 내가 그 사람이 신청한 선택 교양 수업을 따라 듣고, 그 사람이 기웃거린 과 학회를 기웃거렸기 때문이었다. 결국, 1학기가 시작된 지 한 달 후 나는 과에서 가장 인기 없는 '함께 읽는 세계'라는 학회에 들어가 그 사람 옆에서 마르크스와 엥겔스를 읽고 있었다. 우리끼리 '함읽세'로 줄여 부르는 이 학회의 선배들은 왜 국어 교사가 되려고 국어교육학과에 온 우리가 마르크스와 엥겔스를 읽어야 하느냐는 어느 신입생의 질문에는 똑 부러지게 대답하지 못하면서 명절에만 과도하게 친근한 사촌들처럼 수상쩍게 잘해주었다. 함읽세는 세계고전문학을 함께 읽는 '문학만세'나 교육 현장의 이모저모를 고민하는 '참교육 참세상'에 비해 인기가 바닥이었다. 함읽세 신입 회원 중 그 사람이 가장 열심이었고, 다른 애들은 호기심에 끌려 왔지만 내내 경계심을 풀지 못하는 어정쩡한 태도로 일관했다. 오직 그 사람 때문에 온 나는 무슨 말인지 도통 이해 안 되는 텍스트를 읽는다기보다 억지로 눈에 찍어 바르는 수준이었다.

학회는 일주일에 한 번 늦은 오후 빈 강의실을 찾아다니며 모였는데, 선배들은 안전하게 가명을 써서 부르자고 했다. 이 넓은 캠퍼스 강의실마다 도청 장치라도 있다는 말인가? 나는 선배들의 과한 경계심이 조금 우스웠지만(때는 바야흐로 최초의 문민정부를 거쳐 최초의 정권 교체를 이룬 새천년이었다) 그저 분위기를 잡으려는 선배들의 구습이려니 여겼다. 솔직히 내 본명이 마음에 들지 않아 가명을 쓰자는 제안이 반갑기도 했다. 늦둥이 막내딸에게 집안의 항렬자로 이름을 지어주고 싶었던 늙은 아버지의 마음은 애틋했지만, 천자문만 들쳐봐도 무수한 한자 중에 왜 굳이 '순할 순' 자를 골라 차영순이라는 이름을 지었는지는 이해하고 싶지 않았다(나보다 열 살 많은 큰오빠는 차영웅, 여덟 살 많은 작은오빠는 차영빈인 걸로 봐서 아버지의 미감이 그리 후지지는 않았다). 내 또래에 '순'이나 '자'를 넣은 여자애 이름은 흔치 않았다. 당시 텔레비전에서 한창 활동하던 배우들도 '희라'니 '시라'니 '상아' 같이 세련된 본명을 달고 있었다. 내 이름이 싫은 건 단순히 촌스러워서가 아니라 어쩐지 성의 없이 지었거나 아니면 굉장히 성의 있게 모종의 이데올로기를 심어놓은 이름으로 보였기 때문이다(아들들 이름에는 무려 '수컷'이나 '빛나라'라는 뜻을 심어주었으면서 딸은 그저 순하라니, 순하라니!).

함읽세 첫날 각자 가명을 지으라는 선배들의 주문에 신입생들이 조용히 머리를 굴리고 있을 때 옆자리 삼수생이 내 귀에 대고 속삭였다. 우리 서로 이름을 빌려줄래? 나는 네 이름을 빌려 '순영'이 될게. 너는 내 이름을 가져다가 '수은'이 되면 어때? 그렇게 차영순은 그 사람, 홍은수의 이름을 빌려 수은이 되었고 홍은수는 차영순의 이름을 빌려 순영이 되었다. 그때부터 순영은 내게 줄곧 순영이었고, 차수은은 내 필명이자 정식 개명을 거쳐 새로운 본명이 되었다(간밤 막내 편집자가, 선생님은 진짜 '차가운 수은'처럼 냉정한 분위기가 간지 나요. 어쩜 이름도 차수은이래요? 하고 '주접 멘트'를 날렸던 게 기억난다).

1학년 내내 열아홉 살 나는 스물두 살 순영을 쫓아다녔다. 남들 눈에는 순영과 내가 늘 붙어다니는 단짝처럼 보였겠지만 사실 순영은 주위 사람 누구에게나 친절하고 다정했다. 집요한 내 관찰에 의하면 순영은 언뜻 사람들에게 둘러싸인 것처럼 보여도 진짜 친구는 단 한 명도 없는 아이러니의 주인공이었다. 순영은 누구의 부탁도 거절하지 않고 대화와 만남에 응했지만 정작 자신의 이야기는 꺼내지 않았다. 천사라는 순영의 별명은 참으로 적절했다. 천사는 누구에게나 은총을 내리지만 그런 천사의 복잡한 속내를 엿본 인간은 없을 것이다. 어쩌면 천사는 인간의 온갖 소망에 귀를 기울이느라 자신의 마음은 돌볼 틈이 없는 존재일지도 모른다. 동기들보다 나이가 두 살 많다는 점도 순영을 천사로 만드는 큰 요인이었다. 동기들은 3학년과 나이가 같은 순영을 실제 3학년에게 보여야 하는 존경과 예의라는 의무 없이 그저 편하게 의지하고 이용했다. 순영은 도서관 자리를 맡아달라거나 강의 필기를 보여달라거나 속상하니 술을 사달라거나 하는 동기들의 얄미운 부탁을 순순히 들어주었다. 술을 잘 마시지 못하면서도 뒤풀이 자리에 끝까지 남아 여자 동기들을 챙겼다. 나는 순영을 유난히 '착취' 하는 몇몇 동기의 블랙리스트를 작성해 그들을 티나지 않게 미워하고 저주했다. 순영은 오직 나만 갖고 싶었다. 나만이 순영을 착취하지 않고 순수하게 사랑할 수 있다고 믿었다.

마음만은 복잡하고 분주했던 대학 1학년 시절이 끝나고 겨울방학이 되면서 우리는 기숙사에서 나왔다. 나는 2학년 때도 기숙사에 들어가게 되어서 방학 동안 머물 하숙집을 구했고, 기숙사에 떨어진 순영은 학교 앞에 원룸을 구했다. 일 년 동안 무사히 마르크스와 엥겔스를 읽고 다행히 누구도 도청에 걸려 잡혀가지 않은 함읽세 회원들이 순영의 새 원룸에서 집들이를 겸해 크리스마스이브를 보내기로 했다. 순영의 원룸은 신축 건물이었는데 말이 원룸이지 방과 부엌이 딸리고 별도의 거실이 있는 집이었다. 이 정도면 보증금과 월세가 꽤 셀 텐데, 순영의 고향집이 생각보다 여유가 있나보다 싶었다. 일 년이나 쫓아다녀놓고 아직도 순영에 대해 아는 게 별로 없다는 사실이 신경질 나기도 했다. 순영이 함읽세 회원 모두에게 미리 준비한 과일이며 치킨이며 캔맥주를 다정하게 건네는 모습도 거슬렸다. 당장 천사 노릇 그만두고 인간세계로 내려와 내 곁에만 머물러달라며 조르고 싶었다. 열두시가 넘고 창밖에서 성가대의 크리스마스캐럴이 들려올 무렵 준비한 술이 다 떨어졌다. 순영이 편의점에 다녀오겠다고 지갑을 챙겨 나갈 채비를 하자 함읽세의 회장인 철기 선배가 벌떡 일어났다. 맥주가 무거울 테니 남자인 자기가 함께 가는 게 좋겠다는 속 보이는 변명까지 중얼거렸다. 철기 선배는 평소 순영을 마음에 두고 있는 게 분명해 내 블랙리스트에 오른 인물이기도 했다. 나는 속이 안 좋아 바람을 좀 쐬어야겠다며 두 사람을 따라갔다. 실제로 와인과 맥주를 섞어 마셔 속이 부글거리기도 했다. 철기 선배는 따라나서는 나를 흘낏 보며 얼굴을 살짝 찡그렸다.

돌아오는 길은 철기 선배가 무거운 맥주 봉지를 들고 앞장섰고 그 뒤를 순영과 내가 따랐다. 순영이 나에게 속은 괜찮냐고 몇 번이나 물었다. 원룸 건물 앞에 도착하자 철기 선배가 잠시 쭈뼛거리더니 순영에게 할말이 있으니 나 먼저 들어가라고 했다. 기어들어가는 목소리였지만 말투는 흡사 명령 같아서 비위가 확 상했다. 나야말로 순영에게 할말이 있으니 철기 선배 먼저 들어가라고 했다. 철기 선배가 당혹스러운 얼굴로 나와 순영을 번갈아 보고는, 취해도 단단히 취했는지 갑자기 가위바위보를 하자고 했다. 진 사람이 먼저 순영에게 말하기로. 나는 어이가 없었지만 가위바위보를 했고, 이겼다. 철기 선배가 덥수룩한 제 곱슬머리를 마구 흩트리다가 갑자기 순영 쪽으로 몸을 돌렸다. 그리고 눈을 질끈 감고 말했다.

은수야, 나 너 좋아해. 나 곧 군대 가는데 기다려줄 수 있냐?

이토록 자기중심적인 고백이라니! 철기 선배를 블랙리스트 상단에 올린 나 자신이 기특할 정도였다. 순영이 울 것 같은 얼굴로 나와 철기 선배를 번갈아 보더니 작은 소리로 대답했다.

선배, 미안해요. 저 사귀는 사람 있어요.

그 말에는 내가 더 놀랐다. 거짓말! 일 년 내내 내가 얼마나 집요하게 순영을 쫓아다녔는데! 철기 선배의 자존심을 건드리지 않으려는 순영의 배려가 틀림없었다. 철기 선배는 세상이 무너진 표정으로 먼저 들어가버렸다. 눈은 오지 않고 춥기만 한 크리스마스이브의 골목길에 나와 순영만 남았다. 너는 할말이 뭐야? 순영이 귀여운 막냇동생 보듯 한없이 너그러운 얼굴로 내게 물었다. 할말? 할말이야 늘 차고 넘쳤다. 그런데 늘 마음으로 되뇌었던 고백의 말들은 어디론가 사라지고 내 입에서 엉뚱한 소리가 나왔다.

언니라고 불러도 돼요?

순영이 눈을 휘둥그레 뜨고 나를 빤히 보았다. 그러다 한참 후에 풍선 바람 빠지는 소리를 내며 웃었다.

싫어.

왜?

우린 친구잖아.

그러곤 순영은 내게 팔짱을 끼며 건물 안으로 이끌었다. 그날 순영에게 일 분 간격으로 거절당한 철기 선배와 나는 밤새도록 새로 사온 술을 다 마셨고 정오가 지나서 눈을 떴을 때 아담한 부엌에는 순영의 콩나물국이 끓고 있었다.

*

사귀는 사람이 있다는 순영의 말은 사실이었다. 대구에서 재수할 때 만났다는 남자는 순영보다 일 년 먼저 국립대에 들어갔고, 순영이 서울에서 삼수할 때는 매 주말 순영을 만나 과외를 해주었다고 했다. 기숙사에 살 때 순영은 주말마다 잠실 이모 집에서 사촌동생 과외를 해주고 그 집에서 자고 온다고 했는데, 그때 남자도 만났던 것 같다. 크리스마스이브에 철기 선배와 나에게 동시 고백을 받은 후(나의 고백을 진짜 고백으로 알아들었는지는 모르겠지만) 순영은 스스럼없이 남자친구 이야기를 했다. 아마 순영 나름대로 철벽을 치는 방식이었을 것이다. 철기 선배를 비롯한 남학생들은 순영을 향한 관심을 뚝 끊어버렸다. 그와 함께 내 블랙리스트 명단도 확 줄었다. 나는 그 밤 이후로 언니가 되어달라는 내 부탁을 거절한 순영의 속내가 무엇이었을까, 자꾸 복기하는 버릇이 생겼다. 우린 친구잖아. 순영은 이렇게 말했다. 나보다 세 살이나 많은 자신이 언니라고 불리는 순간 위계가 생긴다는 말이었을까? 순영은 정말로 언니를 권력이 더 많은 자리라고 생각했을까? 아니면 의무가 더 많이 요구되는 언니 노릇을 사양하고 싶었던 걸까? 그것도 아니면 순영은 생각보다 눈치가 빨라서 철기 선배처럼 나 역시 자신을 독점하고 싶어한다는 것을 알아챘던 걸까? 천사는 범인간을 향한 사랑은 가득하지만 배타적이고 독점적인 사랑에는 마음을 줄 수 없는 존재니까? 아니, 그렇지 않다. 순영은 이미 배타적이고 독점적으로 사랑하는 남자가 있었다. 생각이 여기까지 흘러가면 나는 참을 수 없이 화가 나면서 한 번도 본 적 없는 순영의 남자가 미웠고, 남자를 좋아하는 순영까지 미워졌다. 그 무렵 내 마음은 늘 연옥처럼 들끓었다.

2학년이 되면서 순영과 나는 함읽세의 운영진이 되었다. 철기 선배는 군대에 갔고 동기 중 누구도 인기 없는 그 학회를 맡으려 들지 않았다. 마르크스와 엥겔스를 읽었던 동기들은 벌써 임용고시나 공무원 시험 준비를 시작했다. 나와 순영은 함읽세의 커리큘럼을 바꾸었다. '함께 읽는 세계'라는 이름답게 지금 세계에서 우리에게 가장 중요해 보이는 것들을 함께 읽기로 했다. 우리는 시몬 드 보부아르의 『제2의 성』을 읽었다. 피임법을 가르쳤다는 이유로 감옥에 갇혀야 했던 미국의 여성 운동가 마거릿 생어의 전기를 읽었다. 식민지 조선의 신여성 나혜석과 김명순, 윤심덕에 관한 자료를 찾아 도서관을 뒤졌다. 가까운 여자대학에 찾아가 페미니즘 관련 자료를 빌려왔고 번역되지 않은 영미권의 문서는 원서를 구해 함께 번역했다.

함읽세는 여학생 후배들이 대거 들어오면서 과에서 가장 인기 있는 학회가 되었다. 원래도 여학생 수가 정원의 3분의 2를 넘는 과였으나 과 회장이나 학회장은 늘 남학생이었다. 그러나 이제 판도가 바뀌었다. 우리는 여성 작가와 여성 운동가의 삶을 발굴하면서 동시에 우리의 이야기를 글로 썼다. 학회의 공동 일기 인터넷 게시판은 자의든 타의든 무수한 대학 중에서 굳이 사범대에, 그것도 국어 선생님이 되는 과에 온 여자애들의 고백과 탄원과 호소와 다짐으로 터져나갈 것 같았다. 나는 한때 국민학교 교사였지만 첫번째 결혼에 실패하고 교사직에서 물러나 아들만 둘 있는 남자와 재혼해 딸 하나를 낳고 가정주부로 숨죽여 살았던 내 어머니 이야기를 썼다. 어린 내가 듣고 있는 것도 모르고 부주의하게 어머니의 과거에 대해 수군거렸던 친가 쪽 어른들에 관해 썼다. 늦둥이로 얻은 막내딸을 어떻게 예뻐해야 할지 몰라 늘 쩔쩔맸던 늙은 아버지에 관해 썼다. 피가 반만 섞인 막냇동생을 예뻐한다고 주장하면서 정작 자신들에게만 허락되는 수많은 권리에 대해서는 모르는 척했던 두 오빠에 관해 썼다. 내 글은 에세이와 소설의 중간 형태를 띠었는데, 학회 공동 일기 게시판의 인기 코너가 되었다. 후배들은 연재소설을 읽는 것 같다고 나를 추켜세웠다. 나는 원고를 한 편 완성할 때마다 가장 먼저 순영에게 보여주었다. 순영은 언제나 나의 첫번째 독자였다. 순영은 내 글을 읽다가 눈물을 흘리기도 했고 가끔 공들여 쓴 감상을 보내주기도 했다. 어느 메일 끝에 순영이 덧붙인 한 문장이 지금의 나를 만들었다. 수은, 넌 꼭 작가가 되어야 해.

*

수상한 편지가 오기 시작한 건 석 달 전부터다. 낯선 이름으로 온 메일을 처음 열었을 때 거기에는 다른 텍스트는 없이 오직 스캔 파일 하나만 첨부되어 있었다. 손글씨로 쓴 편지를 스캔한 것이었다. 아날로그도 디지털도 아닌 이상한 방식이었다. 편지는 '나의 수은에게'로 시작해 '너의 순영'으로 끝났다. 순영을 마지막으로 본 게 이십 년 전이었다. 가슴이 무섭게 뛰었다. 설렘은 아니었고, 공포도 아니었다. 그저 걷잡을 수 없

242

이 심장이 박동했다. 대체 누가 이런 고약한 장난을 치는가. 내 이메일 주소는 간간이 단편소설을 발표하는 계간지에 명시되어 있으니 누구나 쉽게 내게 메일을 보낼 수 있었다. 지금도 간혹 내 소설에 관한 평을 보내는 독자들이 있다. 언젠가는 어느 도시의 사립고등학교 학생들이 내 소설을 읽고 비평문 쓰기가 수행평가 과제라면서 이런저런 것들을 묻는 메일을 떼로 보내기도 했다. 순영의 편지는 평범했다. 은은하고 잔잔했다. 편지 속의 순영은 이십여 년 전 미국에 살고 있었다. 편지는 일주일에 한두 차례 도착했다. 늘 똑같이 손글씨로 쓴 편지를 스캔한 파일이었다.

순영은 미국에서 어린아이를 키웠다. 아이는 어느새 어린이집에 들어갔고, 영어와 한국어를 섞어 말하기 시작했다. 캘리포니아의 뜨거운 햇볕에 순영의 가느다란 머리카락은 연갈색으로 바랬다. 한국어 텍스트를 구하기가 어려운 동네라 어쩌다 도심에 나가면 한인타운에 가서 책을 한 보따리 사왔다. 메일함에 순영의 편지가 쌓이는 동안 편지 속 순영은 점점 나이가 들었고 순영의 아이도 자랐다. 순영은 어느새 한국으로 돌아왔다. 십 년 전이었다. 순영의 가족은 천문대가 있는 남쪽의 도시에 자리를 잡았다. 순영의 남편은 천문대에서 밤하늘을 관측하는 천문 연구원이 되었고 순영의 아이는 서툰 한국어 때문에 수줍음이 많은 성격으로 오해받는 속상한 아이가 되었다. 순영은 나의 뒤늦은 등단 소식을 들었다. 순영은 기뻤다. 순영은 내가 발표하는 모든 소설을 찾아 읽었다. 인터넷 서점 덕분에 내 소설을 바로바로 받아볼 수 있는 세상이 반가웠다. 순영의 아이는 사춘기를 혹독하게 지나갔다. 순영의 남편은 오로지 밤하늘과 논문밖에 몰랐다. 순영은 홀로 있는 시간이 늘어났고 덕분에 책을 많이 읽었다. 가끔은 쓰기도 했다. 오래전 함읽세 공동 일기 게시판에 써내려간 이야기들을 이어서 써야겠다고 생각했다. 글이 막히면 내게 편지를 썼다. 순영에겐 아직 자기만의 책상이 없었다. 순영은 식탁 위에 남편이 넘겨준 구형 노트북을 펴놓고 버지니아 울프의 『자기만의 방』을 필사했다. 순영은 내가 보고 싶었다. 순영은 소설이 쓰고 싶었다. 순영은 소설을 쓰다가 편지를 썼다. 완성하지 못한 소설 파일이 늘어났다. 부치지 못한 편지가 쌓여갔다. 부치지 못할 편지이기도 했다.

순영의 편지를 읽는 내내 가슴 한쪽이 뻐근하게 아팠다. 그건 분명 물리적인 통증이었다. 편지는 순영이 쓴 게 맞았다. 순영이 아니고선 쓸 수 없는 글이었다. 그런데 편지는 순영이 쓴 게 아니었다. 나는 순영의 글씨를 알았다. 내가 순영의 글씨를 흉내내려고 얼마나 애썼는데. 순영을 닮아 획이 둥글고 부드러운, 보고 있으면 어쩐지 나를 향해 웃는 것 같은 그 필체를 내가 모를 수가 없었다. 스캔 파일 속의 글씨는 획도 삐

침도 모두 날카로웠다. 이건 순영의 글씨가 아니었다. 도대체 누가 무슨 저의로 이런 장난을 치는가. 두렵고 불쾌했다. 불길하고 무서웠다.

4학년, 교생 실습을 다녀온 후 순영은 본격적으로 임용고시를 준비했고 나는 역시 교직과 맞지 않는다는 것을 확인하고 문예창작과 대학원 입시를 준비했다. 4학년 2학기에 순영과 나는 처음으로 동선이 크게 달라졌다. 그 몇 달 동안 우리는 한 달에 한 번도 만나지 못했다. 대학원 합격 통보를 받았을 때 나는 가장 먼저 순영에게 전화를 걸었다. 전화기는 꺼져 있었다. 학생회관 카페에서 1학년 때 기숙사 룸메이트를 우연히 만났다. 대기업 어느 물산에 입사하기로 했다는 그애는 이런저런 근황을 들려주다가 뜻밖에 순영의 결혼 소식을 전했다. 몰랐어? 내가 모르고 있다는 사실이 오히려 놀랍다면서.

그애의 말에 따르면 순영은 나와 연락이 뜸했던 고작 몇 개월 사이에 임신했고 미국 대학원에 진학하기로 한 남자친구와 결혼식을 올린 후 함께 유학을 떠날 예정이었다. 당연히 임용고시 준비는 그만두었다. 순영의 친가는 대구에서 탄탄한 사업체를 운영하는 부자이고 남자는 작은 아파트 한 채 외엔 딱히 재산이랄 게 없는 말단 공무원 집안인데, 순영의 아버지가 재수 시절부터 그 남자를 사윗감으로 점찍고 두 사람의 교제를 '관리'했다고 했다. 미국 유학과 신혼생활에 드는 비용도 전부 순영의 집에서 대주기로 했다. 아마 순영의 아버지는 서울대에 다니는 사위가 미국에서 석박사 학위를 따고 한국에서 교수가 되어 자신을 교수 장인으로 만들어주길 바라는 것 같다고, 순영과 별로 친해 보이지 않았던 그애는 말했다. 그 언니, 그 남자를 사랑하기야 하겠지만, 솔직히 교수 부인 욕심이 있으니 임용고시까지 포기하고 미국에 따라가는 게 아니겠어? 그렇게 말하는 여자애는 어쩐지 신이 나 보였다. 나는 그애가 전하는 소식도, 순영을 둘러싼 사연도 다 싫었다. 무엇보다 그런 소식을 순영이 아닌 다른 사람에게 전해듣는 게 화가 났다. 내 전화는 받지 않았던 순영이 이따위 여자애에게 자신의 연애사를 시시콜콜 들려줬다고? 도대체 무슨 말을 어떻게 했기에 교수 부인 자리를 욕심낸다는 소리나 듣고 있는가 말이다. 우리 과 최초로 함읽세를 탄탄한 페미니즘 학회로 키워낸 순영이, 국어 교사가 되어 묻혀 있던 여성 작가들의 글을 여학생들에게 읽히겠다고 다짐했던 순영이, 내 글을 읽고 여성 서사의 가능성을 보았다며 눈을 빛내던 바로 그 순영이.

　순영에게 전화를 걸었다. 받지 않았다. 며칠을 기다린 끝에 순영과 연락할 수 있었다. 순영은 아무렇지 않은 목소리로 결혼식 준비차 고향에 내려와 있으며 졸업식 때도 못 볼 것 같으니 자기 결혼식 날 보자고 했다. 먼길이지만, 와서 밥 한 끼 먹고 가라고. 부모님이 서울에서 출발하는 버스를 빌려놨으니 그걸 타고 오라면서. 어느 순간 나는 순영의 말을 끊고 전화기에 대고 마구 화를 내고 있었다. 진짜 교수 부인 자리가 욕심나느냐고. 아니면 임신 때문에 발목이 잡힌 거냐고. 우리가 함께 토론한 피임할 권리와 임신 중단권은 다 어디로 내팽개쳤느냐고. 원래 남자 없으면 못 사는 사람이었냐고. 순영은 잠시 아무 말도 하지 않았다. 네가 다 망쳤어! 나는 무엇이 망가졌는지도 모르면서 이렇게 말해버렸다. 미안해. 순영이 말했다. 정말 미안해, 수은아. 그리고 순영은 전화를 끊었다. 얼마 후 순영의 청첩장이 도착했지만 나는 대구에 내려가지 않았다. 순영의 결혼식 날 혼자 학교 뒷산에 있는 작은 암자에 올라 차가운 법당 바닥에서 108배를 했다. 오직 절하는 동작에만 집중했을 뿐 아무것도 빌지 않았다.

　순영의 편지 내용이 최근에 가까워지자 더는 가만히 있을 수가 없었다. 당장 순영을 만나야 했다. 어쩐지 불길한 마음을 누르고 또 누르며 순영의 연락처를 수소문했다. 편지를 보내오는 그 계정은 신뢰할 수 없었다. 나도 과 동기들과 연락을 끊은 지 오래됐지만, 순영도 마찬가지였는지 순영의 연락처를 아는 사람이 없었다. 심지어 순영이 미국에서 한국으로 돌아온 것도 대부분 몰랐다. 나는 어쩔 수 없이 순영의 결혼 소식을 알려주었던 룸메이트를 수소문했다. 기분은 나빴지만 어쩐지 그 여자애는 순영의 소식을 알고 있을 것 같았다. 내가 아는 한 순영을 스스럼없이 '언니'라고 부르는 유일한 여자애였으니까. 여자애는 어느새 중년의 애엄마가 되어 있었다. 대기업 무역 회사는 얼마 전 그만두었다. 누구보다 워킹맘생활에 자신 있었는데, 둘째가 초등학교에 입학한 직후 틱 증상을 보이기 시작하면서 항복했다고 했다. 궁금하지도 않은 그애의 근황을 참고 듣다가 어느 순간 말을 자르고 순영의 연락처를 아느냐고 물었다. 수화기 너머로 정적이 흘렀다.

몰랐어? 그 언니, 일 년 전에 갔어.

미국으로?

얼간이 같았을 내 물음에 그애가 한숨을 쉬었다.

췌장암이었대. 진단받고 얼마 안 돼 금방 떠났다나봐.

내가 한동안 말이 없자 그애가 또다시 한숨을 푹 쉬더니 말했다.

딸애가 벌써 어른이 되었던데, 아주 섧게 울더라. 장례식장이 울음바다였어.

*

막내 편집자가 보낸 장문의 사과 메시지에 답장을 보냈다.

나 역시 술이 과해서 실수한 것 같다고, 언니라고 부르고 싶으면 얼마든지 불러도 좋다고, 조금도 불쾌하지 않다고, 다만 나이 차가 이렇게 나는데 언니 소리를 듣는 게 미안할 뿐이라고, 우리는 이모와 조카 사이에 더 가깝지 않겠냐고 솔직하지 못한 변명을 늘어놓았다. 내가 봐도 구차했다. 막내 편집자가 며칠 후 메일을 보내왔다. 특별 북토크 일정이 잡혔다는 내용이었다. 직장인답게 공사를 구분할 줄 알아서 그 밤 술자리에 관해서는 단어 하나도 꺼내지 않았다. 나는 북토크 일정을 숙지했으며 행사 당일 편집자의 원활한 진행을 기대한다고 답장을 보냈다. 메일 페이지를 나가려는데 받은 메일함에 쌓인 순영의 편지가 눈에 들어왔다. 순간 불현듯이 뭔가를 깨달았다. 순영이 노트북에 썼을 그 무수한 편지들을 일일이 종이에 옮겨 적고 스캔까지 해서 내게 보낸 사람이 누군지 알 것 같았다. 순영의 편지를 열어 답장하기를 누른 다음 단 한 문장을 썼다.

순영, 1월 6일 어때?

북토크가 예정된 날짜였다. 보내기를 누르고 컴퓨터를 껐다. 오후 다섯시. 발밑의 세계가 또 한차례 무너지고 있었다.

1월 6일. 역시 발파음과 함께 잠에서 깨어났다. 뜨거운 물로 오래 샤워를 하고 오랜만에 고데기를 꺼내 짧은 머리를 정성껏 매만졌다. 가장 아끼는 옷을 입고 검은색 코트를 걸친 뒤

밖으로 나갔다. 가방에는 미리 사둔 청록색 잉크의 만년필도 챙겨넣었다. 순영의 편지는 청록색 잉크로 쓰여 있었다. 내가 가진 증정본 가운데 가장 깨끗한 것을 골라 종이봉투에 담고 가방에 넣었다. 아파트 정문을 통과해 큰길가로 나오자 거짓말처럼 눈이 내리기 시작했다. 눈송이가 굵고 소담했다. 지나가던 사람들이 걸음을 멈추고 눈을 올려다보았다. 여기저기서 탄성이 들렸다. 삭막했던 풍경에 물기가 돌았다. 나도 걸음을 멈추고 하늘을 올려다보았다. 가없는 곳에서 눈이 떨어지고 있었다. 내 검은색 코트 위로 흰 눈이 차례차례 내려앉았다. 가슴 한쪽이 뻐근해졌다. 언제나 굳게 닫혀 있던 지하철 공사장 담장에서 작은 쪽문이 벌컥 열리더니 작업복 차림의 노동자 서너 명이 우르르 뛰어나왔다. 그들은 깡충깡충 뛰며 손바닥으로 눈을 받았다가 혀를 내밀어 맛을 보았다. 마스크를 벗은 얼굴이 환하게 웃고 있었다. 남쪽 나라에서 온 것 같은 청년들은 눈을 처음 본 사람들처럼 신나게 뛰다가 휴대폰을 꺼내 사진을 찍었다. 그중 한 사람과 눈이 마주쳤다. 그 사람이 나를 향해 고개를 까딱했다. 나도 반사적으로 고개를 끄덕였다. 안녕하신가요. 즐거우신가요. 안전하신가요. 이런 말들이 말없이 오갔을 것이다.

북토크 행사장에 도착해 막내 편집자에게 미리 준비해간 꽃다발을 내밀었다. 편집자는 그저 미소를 지으며 꽃다발을 받았다. 어머, 저희가 드려야 하는데, 어쩌면 좋아요? 선생님은 정말 푸근한 언니 같아요! 이런 겉치레 말은 필요 없다는 걸 이제 나도 그도 알았다. 북토크는 정시에 시작되었고 막내 편집자의 매끄러운 진행으로 원활하게 끝났다. 편집자가 책에 사인을 받고 싶은 독자는 내가 앉은 테이블 앞으로 줄을 서서 기다려달라고 했다. 이번 책의 서명 문구는 산문집 안에서 미리 골라왔다. '눈물을 심어본 적 있는 당신에게.' 줄을 선 독자들이 한 명씩 내게 책을 내밀었다. 그러면 나는 독자의 이름을 묻고 책 면지에 만년필로 그 이름과 산문집의 문구와 오늘 날짜와 '차수은'을 나란히 적었다. 서명은 거의 한 시간이나 이어졌다. 드디어 맨 마지막 사람이 내 앞에 섰다. 이쯤 되자 독자의 얼굴도 제대로 쳐다보지 않고 기계적으로 이름을 물으며 서명하고 있었다. 마지막 독자가 말했다.

순영이라고 합니다.

나는 고개를 들어 그 사람을 보았다. 낯선 얼굴이 어딘가 익숙한 미소를 띤 채 나를 보고 있었다. 우리는 한동안 말없이 서로를 보았다. 시계가 다섯시를 가리켜도 발밑의 세계는 무너지지 않았다.

반가워요.

나는 인사하고 서명을 시작했다. 순영에게, 라고 적지 않았다. 어쩐지 그럴 수가 없었다. 대신 홍은수에게, 라고 썼다. 눈물을 심어본 적 있는 당신에게. 그리고 2024년 1월 6일, 까지 썼다. 한 박자 쉬었다가 내 이름을 썼다. 차영순이라고. 오늘 처음 만난 것처럼. 안녕, 나는 홍은수야. 안녕, 나는 차영순이야. 그래야 비로소 시작될 수 있을 것이다. 나의 순영이 되어줄래? 너의 수은이 될게. 다짜고짜 언니가 되어달라는 부담스러운 말은 하지 않을게. 너를 함부로 판단하지 않을게. 네가 다 망쳤다고 어깃장 부리지 않을게. '눈물'이라고 쓴 내 글씨 위로 눈물이 뚝 떨어졌다. 순영이라는 사람이 손수건을 건넸다. 눈물에 번져버린 서명 문구의 뒷부분이 떠올랐다. 눈물을 심어본 적이 있는 당신에게, 깨진 거울을 겁내는 우리에게 나는 오늘 화환처럼 무지개를 걸어주고 싶다. 산다는 게 다 그렇다지만, 어쨌든 우리는 그렇고 그런 삶을 살아내느라 오늘도 모진 애를 쓰고 있으므로.[*]

---

[*] 이주혜, 『눈물을 심어본 적 있는 당신에게』, 에트르, 2022, 45쪽.

기억의 물결 위를 유랑하기

강지희(문학평론가)

기억의 물결 위를 유랑하기

강지희(문학평론가)

자기가 괴물이라고 생각하는 어린 소년들이 많을까?
하지만 내 경우엔 맞아 게리온이 개에게 말했네
—앤 카슨,『빨강의 자서전』에서

네 몸이
내 손길 아래에서 움직일 때
우린 속박을 끊어낸다
—오드리 로드,「재창조」,『블랙 유니콘』에서

1

스위스의 시각예술가 하이디 부허는 의미 있는 공간에 거즈나 천으로 벽을 덮고, 그 위에 액체 라텍스를 겹겹이 쌓아 말린 뒤 벗겨내는 '스키닝Skinning' 기법을 사용했다. 그가 아버지의 서재나 '히스테리아' 전문가였던 빈스방거 박사 가문이 운영하던 요양원을 덮었다 뜯어낸, 그 거대한 천들이 주는 인상은 강렬하다. 이 작업 과정을 담아낸 영상 〈Bellevue, Kreuzlingen〉[1] 속에서, 그 천들을 뜯어내는 순간은 마치 피부를 한 꺼풀 벗겨내

---

1) Heidi Bucher, 〈Bellevue, Kreuzlingen〉, 1990, film by Michael Koechlin.

는 과정과 흡사하다. 이성적인 지식의 그물이 펼쳐지던 이곳에서 여성들은 자연스럽게 배제되거나 병명 안으로 몰아넣어지며 감금과 통제의 대상이 되었을 것이다. 지극히 남성적인 공간의 표면에 밀착했다가 떨어져 흐늘거리는 천은 마치 허물처럼 보인다. 이 공간에서 자기 자신으로 온전할 수 없었던 존재들의 기운을 흡입하듯 벽에 끈끈하게 붙었던 천은 기원이 된 공간의 흔적을 고스란히 간직한 채 비체abject가 된다. 영상 속에서 거대한 천을 힘겹게 뜯어낸 작가는 불현듯 그것을 뒤집어쓰는데, 그 순간 그는 유령처럼 보인다. 이 형상은 생물과 무생물의 경계 어딘가를 부유하는 듯 보이고, 뭉개졌던 여러 존재와 기억을 끌어오는 허물 속에서 작가는 잠시 샤먼이 된다.

그런데 이 흐늘거리는 허물의 기이한 형상은 번역을 비롯해 모든 '다시 쓰기'에 필연적으로 수반되는 잔여물을 떠올리게 하지 않는가. 원본에서 번역본으로 이동할 때 무언가 뜯겨나가고, 그 빈자리에 혼이 깃들듯 생명력이 부여되며 새로운 존재가 탄생한다. 번역은 단순한 텍스트 작업이 아니라 존재론적 변형이다. 그렇게 탄생해 어떤 주소에도 등재되지 않은 채 배회하는 몸들이 있다. 이 몸들이 다른 몸을 알아보고 서로에게 붙고 흡입하며 그 살 위에 새로운 시를 새길 때, 기존의 속박은 끊어지고 삶은 다르게 만들어질 수 있다. 접촉을 기반으로 '나'와 '나 아닌 것'의 경계를 무너뜨리는 이 물리적 과정은 끈적이고 흐물거리는 점액질의 형태를 띤다. 그래서인지 『괄호 밖은 안녕』에는 유독 흘러다니는 물의 이미지가 짙게 깔려 있다. 「이소중입니다」에 어른거리는 여름 밤바다, 「초록 비가 내리는 집」에서 얼어붙었던 혼들을 깨우는 폭우, 「안개의 기분」에 흐르는 짙은 안개와 세탁소의 스팀, 「여름 손님입니까」와 「괄호 밖은 안녕」에서 수영장과 욕탕에 이르기까지 소설집의 세계는 물로 출렁거린다. 그리고 물은 이야기 곳곳으로 번지며 여러 경계를 지워버린다. 인물들 앞에 불쑥 등장하는 비인간이나 유령 같은 환상의 존재들은 번역 없이 매끄럽게 이국의 언어를 넘나든다. 대기를 가득 채운 안개가 몸에 스며들 듯 기억은 서슴없이 침범하며 뒷덜미를 채고 옆구리를 푹 찌르며 허방에 빠지게 만든다. 그러니 『괄호 밖은 안녕』을 읽어나가는 일은 기억의 물결 위를 유랑하는 일이다. 대부분의 소설에서 인물들이 여행중인 이유이기도 하다. 이들의 여행은 이색적인 풍광을 맞닥뜨리며 감회에 젖는 대신, 기묘하게 낯익은 공간에서 친숙한 기억들이 침투할 때마다 그에 저항하며 "가능하면 낯선 방향으로"(「할리와 로사」, 172쪽) 가기로 마음먹는 일이다. 어디에서도 쉽사리 안온한 귀향의 휴식이 주어지지 않는 이들에게 불쑥 던져지는 질문이란 이런 것이다. "유령을 찾아왔는가? 아니면 당신은 손님입니까?"(「여름 손님입니까」, 66쪽) 섬뜩하게도 쓸쓸하게도 느껴지는 이 질문에는 환대받아본 적 없는 이들의 감각이 새겨져 있다. 그러나 어디에도 자신의 처소를 마련하지 않고 환대를 기대하지 않는 이들은 속박을 끊어내며 궁극에는 자유로워진다. 그렇게 흘러다니며 다른 존재와 접속하고 미끄러지며 새로운 존재가 되어가는 과정에는 어떤 빛이 어른거린다.

2

　서로 이름을 모르는 친구와 함께하는 여행기 「할리와 로사」에서 시작해볼까. 서울 서남부 지역에서 운영하는 '할리 헤어숍'과 '로사 네일살롱'의 상호명을 따라 서로를 '할리'와 '로사'로 부르는 두 여자는 서로의 사생활을 놀라울 정도로 알지 못한다. 하지만 그 거리감이야말로 두 사람이 관습으로 유지되는 여러 관계망에서 자유로운 채, 서로를 세심하게 배려하도록 도와주는 원동력이기도 하다. 전주 한옥 마을의 한 은행나무가 속이 충전재로 채워져 있고 수피도 절반 가까이 사라졌음에도 여전히 무성한 것처럼, 어떤 존재의 영양분을 끌어올리는 관은 껍질 바로 아래에 있기에 한가운데가 텅 비어도 살 수 있다. 할리에게는 그가 떠나온 고향 전주와 가족이 그 비워져도 좋았을 중심 줄기처럼 보인다.

할리에게 남은 원형의 기억들이란 이런 것이다. 어린 시절 자주 놀던 오동나무 언덕 공터에서 야구방망이를 휘두르던 두 남자와 자루 안에서 터져나오는 새된 비명, 그렇게 귀가한 후 사라진 오골계의 깃털이 눌어붙은 하수구를 보며 쏟아낸 구토, 고등학생 시절 밤늦은 귀갓길을 무서워하던 딸에게 새벽 기도의 숭고함을 역설하던 엄마, 바로 그 새벽 귀갓길에 마주 달려오던 남자에게 가슴을 쥐어뜯겼던 성추행의 순간. 결국 고향은 할리의 첫 손절 대상이 되었다. 그러나 고향을 떠나온 후에도 세상의 폭력성은 집요하게 찾아든다. 할리의 미용실에 온 한 남자 손님은 느닷없이 묻는다. "짱깨에 대해 어떻게 생각해요?"(183쪽) 중국인 혐오를 표면에 깔고 있기도 하지만, 이 남자는 서비스 업종 종사자로서 자신의 입장을 명확하게 밝히기 어려운 할리의 곤란함을 즐기는 중이다. 그리고 바로 이때 가게 건너에서 네일살롱을 운영하던 로사가 걸어들어와 중국어 욕설처럼 들리는 말로 남자를 쫓아낸다.

그렇게 가까워진 두 사람이 찾은 할리의 고향 전주는 단순한 귀향지가 아니다. 역사 속 많은 여성에게 몸과 집이 안식처이기 전에 폐소공포를 불러일으키는 불안의 대상이었듯, 전주에 다시 온 할리가 계속해서 되뇌는 것은 "가능하면 낯선 방향으로"라는 구호다. 그렇게 방향을 틀어 오른 치명자산 천주교 성지에서 그는 아홉 살에 유배당한 '유섬이'라는 한 여성이 순교 후에 합장묘에 도달하기까지 대략 이백 년의 시간이 걸렸음을 확인한다. 그러나 "고작 흙 한줌이 돌아왔는데, 그것을 우리는 귀향이라 부를 수 있을까?"(179쪽)라는 질문에 이미 답이 담겨 있는 것처럼, 고정된 정체성이나 귀속되기를 거부하는 여성들에게는 "그곳이 어디든 여행일 뿐 아직 귀향은 아니"(188쪽)라는 것만이 선명한 진실로 남는다. 그렇다면 떠도는 여성들은 어디로 향할까?

「이소중입니다」는 이 질문에 대한 대답이자, 소설집의 문을 여는 열쇠처럼 보인다. 번역가, 소설가, 시인인 세 친구는 암에 걸린 뒤 육지 끝에 자리잡은 철학자를 찾아가는 여정 중이다. 세 인물을 오직 직업으로만 지칭하며 '가나다순'이나 '데뷔 연도순' 등의 객관적 지표로 배열하는 방식은 언어와 사유를 도구로 삼는 네 사람의 파편화된 자아를 '우리'라는 하나의 집단적 정체성으로 묶어내는 효과를 낸다. 이 인물들에 대한 소개는 사실상 '서로에게 가장 짐이 된다고 짐작되는 존재에 대한 안부'를 통해 이루어지는 듯하다. 그런데 듣다보면 표면적으로는 경제적인 이유로 결속한 듯 보이지만 그 존재들은 이미 그들 삶의 근원이자 중요한 의지처이기도 하다. 질병과 죽음과 결별이 뒤엉킨 이들의 가족사는 우리를 무너뜨리곤 하는 혹독한 사건이 때론 삶을 지탱하도록 돕는다는 역설을 알려준다. 하지만 이는 세속을 초월하는 구원이나 부드러운 위안 같은 것은 아니다.

이를 알려주는 표상이 세 사람의 여정 가운데 불쑥 나타나는 추락한 아기 새다. 이소중인 어린 새를 섣불리 구조했다간 나중에 야생에서 살아남기 어려울 수 있기에 이들은 새를 두고 냉정하게 떠나야 한다. 무거운 발길 속에서 번역가는 "상훈아, 널 버리고 가서 미안해"(117쪽)라고 중얼거리는데, 말끔하게 설명되지 않는 이 죄책감의 발설은 자동차 트렁크에서 비릿한 냄새를 풍기고 있는 불온한 짐을 상기시킨다. 떨어진 새뿐만 아니라 철학자를 향해 가는 이 여로는 하강의 형태를 띠고 있다. 육지 끝이라는 공간, 각자의 동반자가 지닌 질병과 죽음과 결별의 그림자, 탁한 물에 가라앉는 돌멩이와 휴대폰, "추락하는 새의 비명"(120쪽) 같은 소리와 함께 일어나는 차의 추돌 사고까지 소설 속에서 벌어지는 일련의 사건들은 불안한 충돌과 함께 내려앉는 이미지들로 이루어져 있다. 그리고 이소중인 새를 두고 떠나야 하는 냉정한 발걸음은 타인의 고통에 섣불리 개입하기보다 그 추락의 시간을 각자 견뎌내야 한다는 엄격한 거리감을 시사한다.

그런데 소설은 추락의 가속도를 형식의 차원에서 삶의 운동성으로 바꿔낸다. 이 작품에는 액자의 프레임처럼 '시를 낭독하는 여름 밤바다'에 대한 서술이 세 번에 걸쳐 삽입되어 있다. 서술자가 개입해 마법처럼 만들어놓은, 아직 이들에게 도래하지 않은 여름밤은 상승의 기운을 품고 있다. 밤 수영과 모닥불과 폭죽과 낭독과 노래와 술과 웃고 떠드는 소란함 속엔 따뜻한 활기로 가득하다. 밤바다를 마주한 채 용감하게 낭독하는 여러 겹의 목소리들은 "파도처럼 몰려왔다 몰려가는 즉흥곡"(100쪽)을 닮아 있으며, "살고 싶은 사람도 죽고 싶은 사람도 하릴없이 그 소리와 박자에 몸을 맡"(111쪽)긴다. 그러니 이 소설이 미래를 끌어들여 만들어낸 이 구조를 두고 '파도식 구성'이라 명명해도 좋겠다. 인생이 끝없이 밀려왔다 밀려가는 물결처럼 계속 상승과 하강을 반복하는 일이라면, 하강의 경직된 속성을 돌연 경이로운 리듬으로 바꿔내는 전환은 예외적이지 않다. 우회하지도 후퇴하지도 않고 철학자가 알려준 길을 따라 육지 끝으로 똑바로 이동하는 그들에게는 삶을 이탈하고 싶은 욕망을 거슬러 기꺼이 살아가고자 하는 운동성이 흐른다. "철학자는 왜 육지 끝에서 멈추었을까?"(119쪽)라는 질문에 대한 거침없는 대답―"추락하지 않으려고." "다시 말해 살려고."(119, 120쪽)―은 이후의 사고와 무관하게 이 네 명을 단단히 결속시킨다.

하강하는 낙차를 딛고 상승하는 힘은 그들의 여름 밤바다에 방점처럼 찍힐 앤 카슨의 『빨강의 자서전』에 담긴 핵심이기도 하다. 게리온은 본래 신화 속에서는 이상한 날개가 달린 빨강 괴물로, 영웅 헤라클레스로부터 비참하게 죽임을 당하는 자다. 하지만 앤 카슨은 이 헤라클레스의 영웅담을 해체해 게리온을 중심에 둔 비참하지만 아름다운 사랑 이야기이자 그가 자신의 주인이 되는 새로운 영웅담으로 만들어낸다. 그리고 이주혜의 소설은 이를 다시 쓰며, 게리온을 네 친구들의 여름 밤바다로 불러낸다. "빨강 날개를 갖고 태어난 소년 게리온이 화산 같은 검은 바다를 향해 날아오"(111쪽)르는 그때, 그 리듬을 따라 소설 속의 네 여성은 게리온처럼 날아올라 내일의 자리로 유연하게 몸을 옮겨간다. 이는 엘리자베스 비숍이 왜 우리가 집에 머물지 않고 상상의 장소로 계속해서 떠나야만 하는지 자문자답했던 것을 떠올리게 한다. "우리 몸에 삶의 숨결이 붙어 있는 한/ 반대편의 태양을 보겠다고/ 서둘러 달려가려는 이 유치한 마음은 무엇인가?"[2] 질병과 결별이라는 짐을 싣고 달리는 삶은 계속해서 고약하고도 달큰한 냄새를 풍기겠지만 파도를 닮은 삶의 형식에 따라 상승하기 위한 분투는 계속될 것이다. 다른 삶을 향한 터무니없는 기대가 때로는 전부이기에 결코 지치지 않는 "우리는 내륙으로 질주한다".[3]

---

2) 엘리자베스 비숍, 「여행의 질문들」, 『우리는 내륙으로 질주한다』, 이주혜 옮김, 봄날의책, 2025.

3) 「상투스에 도착」, 같은 책.

3

많은 서사가 모녀의 특수한 관계가 잠재적이기에 더 전복적인 언어 이전의 지식을, 상징 질서의 언어 전승을 뛰어넘어 서로 교환해왔다고 말한다. 풀어 말하면, 복잡한 애증의 관계를 쉬이 벗어날 수 없다는 이야기다. 가부장제 사회에서 소외되어 있는 이 존재들은 서로 연결을 갈망하면서도, 동시에 그 관계를 부인하는 자기혐오 속에 놓인 채로 언어를 건너뛰어 소통해왔다. 그러나 이주혜의 「안개의 기분」과 「맘껏 슬픈 사람」에서 두드러지는 것은 모자 관계다. 두 소설에서 엄마와 아들은 둘만의 일본 여행을 온 참이며, 이들에게는 아직 완수되지 못한 애도의 임무가 남아 있다. 「안개의 기분」에서는 엄마를 바라보는 아들 화자가 등장하고, 「맘껏 슬픈 사람」에서는 아들을 바라보는 엄마 화자가 등장하기에 두 소설은 마치 짝패처럼 보이기도 한다.

이 가운데 「안개의 기분」은 가족 서사이면서도 후일담 소설의 계보 위에 살짝 발을 걸치고 있다. 소설은 자동차 옆자리에 앉아 눈을 감고 무심하게 있는 '은재씨'의 마음의 소리를 헤아려 듣는 화자의 독백으로 시작된다. 냉담해 보이기까지 했던 은재씨가 화자의 엄마라는 사실이 드러나면서, 은재씨의 피로는 고단한 돌봄노동 와중에도 한밤까지 키보드를 두

드려야 했던 자아의 생존 본능이 겹쳐진 것으로 이해 가능해
진다. 그럼에도 불구하고 화자의 어린 시절, 두 사람이 함께
놀다가 죽은 척을 하던 은재씨에 대한 에피소드에 깃든 불안
은 여정 중에 불쑥 끼어든 사슴 한 마리에 의해 전환점을 맞
는다.

　히치하이킹을 하며 술집으로 안내하는 사슴 '키리'는 이번
소설집에서 가장 천연덕스럽고 유머러스한 존재다. 마음을 다
하면 저절로 상대방의 말을 할 줄 알게 되는 키리는 시내를 가
득 채운 안개와 더불어 과거에 진입할 수 있게 돕는 편안한 징
검다리가 되어준다. 평소라면 통성명중에 엄마와 아들이 성이
같다는 데서 "돌발적인 질문의 돌팔매"(17쪽)가 날아왔겠지
만, 가족이 모두 같은 성을 쓰는 일본 사슴 키리 앞에서는 어
떤 해명도 필요치 않다. 일본 사슴 앞에서 족보와 낙인의 논리
는 단숨에 무화된다.

　유년 시절에 대한 회상에서도 아버지에 대한 결여와 혼란은
두드러지지 않는다. 그 자리에는 버들 할아버지의 존재가 있
다. 원조 싱글맘 버들 할머니의 동거인이었던 버들 할아버지
는 자신의 성 표기를 고쳐 은재씨를 '아비 없는 자식'이라는
멸시로부터 지켜주었으며, 세탁소의 따뜻하고 뿌연 스팀을 닮
은 보살핌으로 화자의 유년을 채워주었다. 버들 할아버지가
은재씨가 좋아하던 마른오징어를 손에 든 채 던지던 "어떻게,

세로로 잘라드려, 가로로 잘라드려?"(24쪽)라는 다정한 질문은 이 소설에서 세상의 긴장을 완화하는 가장 강력한 무기가 된다.

가족의 비밀은 화자가 답사 여행을 하던 중, 그의 부모를 아는 만취한 교수로부터 그들을 '밀고자'나 '비겁한 새끼' '정액받이'라 부르는 폭언을 들으며 터져나온다. 하지만 소설은 역사와 뒤엉킨 은재씨의 다사다난한 정황을 구태여 설명하려 들지 않는다. 다만 "나는 아직도 그 사람의 애도를 완성하지 못했어"(29, 30쪽)라는 은재씨의 말은 진실은 밝히거나 이해받는 것보다 그 고통의 무게와 고유성이 훼손되지 않는 것이 더 중요함을 시사한다. 안개와 말하는 사슴을 통해 우회적으로 기억에 접근하는 방식은 소설의 공백을 메우지 않는다. 이는 세속의 시선으로 단순하게 비극으로만 규정될 수 없는, 안개(스팀) 속에서 나누었던 행복을 온전히 보존하기 위한 선택이다. 안개는 두 사람의 관계를 이어붙이며 기억의 모서리들을 둥글게 다듬는다.

역시 안개비가 부슬부슬 내리는 일본의 해안도로에서 출발하는 「맘껏 슬픈 사람」은 영국 유학을 앞둔 아들 '윤'을 떠나보내기 전의 마지막 여행기다. 그런데 엄마인 화자는 스스로를 이인칭으로 서술하고 있다. 이 이인칭의 독특한 위상은 새롭게 짚어질 필요가 있다. 우리는 일인칭의 자율적 주체의 환상 속에 살고 있지만, 모든 인간은 '나'이기 이전에 '너'였다는 인식은 엄마를 분리될 수 없는 존재로서 소환한다. 이주혜는 독일의 역사학자이자 사회철학자인 오이겐 로젠스토크-휘시의 말을 빌려, "사람이 태어나 자라면서 가장 먼저 듣는 말은 '나'가 아니라 '너'이므로(너, 배고파? 너 기저귀 갈아야겠다. 너 왜 우냐?), 사람은 다른 사람에게 의미 있는 이인칭으로서 존재가 우선한다"라는 말을 의미심장하게 전한 바 있다.[4] 소설 속 화자는 아들에 대한 기억을 세밀하고 애틋하게 회상하고 있지만, 이인칭이라는 형식은 궁극에 이 소설이 가족사를 거슬러올라가 엄마로 향할 것임을 짐작하게 한다. 그러니 엄마를 찾는 일은 곧 자신을 타자로 재발견하는 일이기도 하다.

"윤은 너의 아들이 아니라 네 엄마의 아들이었다"(210쪽)라는 문장 그대로, 아들을 낳지 못한 것을 평생의 결핍으로 여겼던 엄마는 첫딸인 '너'가 임신하면서부터 집요하게 아들을 바란다. 그렇게 태어난 손자 윤을 황홀하게 맞이한 후 산후조리에 유난스럽게 굴던 '너'의 엄마는 어딘가 외설스럽게 묘사된다. 결국에는 엄마 역시 가부장제의 희생자라는 걸 알면서도, 자신이 어린 시절에 느꼈던 소외감을 떠올리며 아들 윤을 탐하던 엄마에게 미움과 혐오를 키웠던 '너'는 엄마의 장례식

---

4) 이주혜, 「[7월의 산문] 빈칸에 먼저 오는 사람」, 낯선 소설의 집, 2024. www.leeinseong.pe.kr/7124.

장에서도 맘껏 슬퍼하지 못한다. 그러나 막상 화장장에서 발작하듯 아이처럼 울부짖는 불안정한 감정 기복은 여성에게 부과된 굴레가 많은 사회에서 모녀 관계가 얼마나 복잡하게 형성되며 박리될 수밖에 없는지를 보여준다. 오래전 잃어버린 이인칭을 되찾는 일은 지난하다. 강력한 힘과 권한으로 나를 돌보고 사랑했던 누군가를 다시 찾고 받아들이기 위해서는 자신을 수동태의 상태에 열어두어야 한다.

이를 위해 소설은 아들을 경유해 두번째 눈물에 다가선다. 청어 운반 통로였던 작고 낮은 터널을 지나는 순간, 상상 속 청어떼의 비린내와 함께 떠오르는 기억은 삼우제 후에 엄마 집을 정리하던 날이다. 욕실 배수구 위로 떠오른 투명하고 길쭉한 오징어 뼈는 아들을 향해 있던 엄마의 일그러진 욕망인 동시에 딸인 '너'에게 어떻게 가닿고 있었는지를 드러내는 지극한 돌봄의 잔해다. 그 딱딱하고 이질적인 뼈가 기억의 살점을 찌르고 들어올 때, 화자는 비로소 엄마를 '나'의 가해자가 아니라 '너'로 살게 했던 의미 있는 존재로 다시 대면한다. 그러니 그 기억과 함께 터널의 어둠 안에서 '너'와 윤은 모두 "엄마 잃은 아이"(220쪽)처럼 절박해지고 "맘껏 슬픈 사람"(221쪽)이 되어, 아들 윤의 울음과 함께 최초의 원형적인 이인칭의 자리로 되돌아간다. 이 장면은 여신 데메테르가 지하세계에 납치되었다 돌아온 딸 페르세포네를 다시 만난 환희를 기리는 비밀 의식을 떠올리게 한다. 매년 9월에 거행된 이 의식에서 죽은 자의 여왕인 페르세포네는 인간을 향해 '여신을 향한 믿음이 있으면…… 죽음 속에서도 탄생이 가능하다'라는 것을 알리는 징표로 눈부신 빛 속에서 아기인 아들을 안고 나타났다고 한다. 에이드리언 리치는 이 신비로운 비밀 의식의 진정한 의미를 "가부장제의 분열이 이들(모녀)을 완전히 갈라놓은 것처럼 보여도 이처럼 죽음과 탄생을 다시 통합했다"[5]라는 데서 찾았다. 그러니 아들 윤은 데메테르와 페르세포네 사이에서 제의를 거행했던 '최초의 인간'이며, 그의 울음은 자신 안의 일부를 잃어버렸던 두 여성이 다시 서로의 관계를 여는 계기로 작동한다. 이 눈물의 자리는 절묘하게도 '여인의 출입을 금하는 땅'이라는 가무이곳이다. 서로를 몹시 사랑하면서도 평온한 관계로 지내기 어려웠던 두 사람은 이 순간 흘러넘치는 물의 이미지 속에서 숱한 금기와 제약을 넘어 화해에 이르는 것만 같다.

4

이주혜에게 기억은 자신을 꿰뚫는 괴로운 갈고리인 동시에

---

5) 에이드리언 리치, 「어머니와 딸」, 『우리 죽은 자들이 깨어날 때』, 이주혜 옮김, 바다출판사, 2020, 196쪽.

거스를 수 없는 책무다. 때로는 주체가 기억하는 것이 아니라, 기억이 주체를 만든다. 돌연 떠오르는 기억의 이미지는 와해된 시간을 다시 열어젖히는 기이한 순간을 발생시킨다. 이때 물은 외면해온 진실을 강제로 끌어내는 차가운 심연이다. 그러나 이런 기억의 회귀는 상대를 되돌릴 수 있는 최선의 방책이기도 하다. 관계의 미끄러짐 속에서 잃어버렸던 것을 되찾으려는 시도가 일어나는 소설이 「순영, 일월 육일 어때」와 「여름 손님입니까」다.

「순영, 일월 육일 어때」는 지하철 공사 발파 진동 때문에 하루에 두어 번씩 무너지듯 흔들리는 집을 배경으로, '언니'라는 호칭을 둘러싼 미묘한 어긋남을 감지하며 과거의 관계를 호출하는 순간에서 출발한다. 막내 편집자의 '언니'라는 호명을 반사적으로 거부한 뒤 다음날 떠오르는 '그 사람의 목소리'는 바로 대학 시절 동경의 대상이었던 '순영'으로 이어진다.

학회 '함읽세(함께 읽는 세계)'는 이 관계를 가능하게 한 핵심 공간이다. 학회에서 쓸 가명을 짓기 위해 두 사람은 서로의 이름을 빌려준다. 이름을 교환하는 행위는 단순한 친밀성의 표식을 넘어 서로의 일부를 나눠 받으며 자아의 경계를 이동시키는 실험이기도 하다. 어느 날 밤 순영을 언니로 부르고 싶다는 고백과 거절의 사건에는 분명 독점의 욕망이 있었겠으나, 이를 더 깊게 만들고 뒤엉키게 한 것은 읽고 쓰는 여성 공동체를 만들어갔던 시간으로 보인다. '함읽세'에서 여학생들은 여성 작가와 여성 운동가의 삶을 발굴하면서 동시에 자신들의 이야기를 글로 쓴다. 여성들이 서로의 사유와 언어를 확장시키는 과정에서 집단적 지성의 운동이 만들어내는 힘에 대한 감탄과 기쁨은 경이로웠을 것이다. 마치 여성 공동체를 거의 찾아보기 어려웠던 1960년대 초, 미국 래드클리프 독립연구소에서 만난 다섯 여성들이 서로를 진지한 학자와 예술가로 존중하고 진정한 애정을 키워나가며 '동등한 우리'라고 불렀던 것처럼.[6] 이후 순영이 임신하고 미국 대학원에 진학하기로 한 남자친구와 결혼식을 올린 뒤 유학을 떠나며 발생한 감정적 충돌과 관계의 단절에는 이 공동체에 대한 상실감이 스며들어 있다. 그러니 소설이 현재 시점으로 돌아와 수상한 편지의 미스터리를 푸는 데는 연결에 대한 다른 갈망이 작동하고 있는 것처럼 보인다. 부치지 못한 순영의 편지들을 일일이 손글씨로 옮기고 스캔해 메일로 보낸 이가 췌장암으로 죽은 순영의 딸이라는 비밀은 어렵지 않게 풀린다. 그보다 중요한 것은 만남을 약속한 1월 6일 북토크에 나타난 순영의 딸에게 서명하며, 순영의 이름 '홍은수'를 돌려주고(물려주고) 있다는 사실이다. 그때 내내 흔들리던 세계는 비로소 무너지지 않고

---

6) 매기 도허티, 『동등한 우리 —집 안의 천사, 뮤즈가 되다』, 이주혜 옮김, 위즈덤하우스, 2024.

바로잡히며 새로 시작된다.

그런데 무엇을 시작한단 말인가. 자신의 열정적인 갈망을 표출할 수 있는 다른 여성과 친밀함 이상을 원하는 여성들이 있다. 제도 안에서는 명쾌하게 이름 붙여지지 않는 그 관계에서 여성들의 애정과 동경은 뒤섞이고, 그에 반해 공동체는 여러 이유로 자주 위태로워지며 서로에 대한 원망과 죄책감은 짙게 남는다. 그러나 그것이 누구의 탓도 아니며 그저 삶의 경로가 서서히 달라졌을 뿐이라는 것을 이해하는 과정에서, 그 시기의 불가해한 혼란과 함께 무너졌던 관계는 다시 펄럭이며 열리고 세계는 다시 세워진다. 그렇게 순영이라는 '첫번째 독자'는 그 딸인 '마지막 독자'로 존재를 이어간다. '동등한 우리'의 가능성은 여전히 남아 있는 셈이다.

명확하게 규정될 수 없었기에 미끄러지는 관계를 보여주는 또다른 소설은 이 소설집 안에서도 각별히 아름다운 「여름 손님입니까」이다. 호텔의 회전문 옆에서 흰 연기를 피워올리는 향을 묘사하며 시작된 소설은 시작과 끝이 맞물리듯, 손님과 주인 역시 돌고 돌 것임을 암시하며 이어진다. 호텔방에서 내려다보이는 묘지처럼 산 자들의 세계와 망자들의 세계가 포개진 이 공간에서 모든 등장인물은 어딘가 기이한 유령인 듯 보인다.

이 한여름에 화자가 "호랑이보다 무서운 여름 손님으로"(46쪽)

초대받은 곳은 어디인가. 삼십 년도 더 전에 그에게는 열두 살 많은 '영란 언니'가 있었다. 자신을 향한 영란 언니의 애정을 모성에 가깝게 감각하면서도 엄마의 지극한 사랑을 받는 언니를 질시하던 '나'는 "언니는 손님이잖아!"(47쪽)라는 아빠의 말을 통해 어느 순간 가족의 비밀을 깨닫는다. 영란 언니는 재일유학생 간첩단 사건에 연루되어 구속된 후 세상을 떠난 외삼촌이 남긴 딸로, "엄마가 '달고 시집온' 조카"(50쪽)였던 것이다. 스무 살이 되자마자 영란 언니는 엄마를 버리고 일본으로 떠났는데, 그후 소식 한 줄 보내오지 않던 언니가 불쑥 자신의 딸 결혼식에 엄마를 초대했다. 화자에게는 언니의 천연덕스러운 초대도, 언니가 떠난 후 세상을 다 잃은 듯 상심했던 엄마가 자신에게 그 결혼식에 대신 다녀와달라고 애걸하는 것도 이해되지 않는다.

이 소설은 두 명의 안내자와 두 번의 인공지능 번역 오류를 정교하게 병치한다. 현실과 환상의 경계에 선 백발의 노부인과 교복을 입은 여학생은 화자를 과거의 기억이 고인 물가로 이끈다. 그러나 온천탕에서 마주한 어린 시절의 풍경을 간신히 피할 수 있었던 것과 달리, 여학생이 안내한 연못은 "물리적인 폭력성을 갖추고 내 뒤통수를 후려"(61쪽)치며 외면해온 진실을 대면하게 한다. 영란 언니의 첫사랑이었을 선머슴애 같은 동급생, 그 대상에 대한 질투에 휩싸여 화자가 심술을 부려 일어난 작은 수중 사고가 있었다. 화자는 그 수영장에서 자신이 만들어낸 비밀의 사건이 사실상 언니가 집을 떠날 준비를 시작하는 결정적 계기였음을 정확하게 직시한다. 수중 사고를 통해 언니를 가족의 경계 밖으로 박리해냈던 과거의 행위는 허물처럼 되살아나 화자의 몸에 다시 밀착한다. 물은 더이상 풍요로운 추억의 양수가 아니라, 언니가 견뎌온 불청객의 감각 같은 늪이 되고 그 차가운 물속으로 화자를 끌어내린다.

이 과정에서 끼어드는 인공지능의 번역 오류들은 단순한 오역이 아니라 허를 찌르며 진실에 도달하는 무의식의 결과물이다. "물고기가 없다. 다시 주문을 부탁하지만 나는 수치스럽게 죽는다"(45쪽)라는 어색한 번역은 그들의 관계를 풍요롭게 덮어주던 물의 고갈과 함께 남겨진 감정을, "유령을 찾아왔는가? 아니면 당신은 손님입니까?"라는 기이한 번역 역시 화자가 더이상 주인 노릇을 할 수 없는 유령이자 손님으로 전도되었음을 명확히 한다. 자신의 죄책감과 정확히 조우하는 이 순간에는 통렬한 마주함이 있다. 언니에게 본인의 욕망보다 동생인 자신을 우선해야 하는 '손님의 자리'를 확인시켜주었던 그 사건으로부터 삼십 년이 지나 화자는 호랑이보다 무서운 여름 '손님'이 되고 만다. 결혼식 하객으로 초대받은 자리는 뒤늦게 자신의 장례식을 치르는 자리로 바뀐다.

그러나 이 소설을 단지 잘 숨겨두었던 죄책감이 인물을 끝까지 몰아붙여 진실을 가혹하게 드러내고 징벌하는 플롯으로만 읽는다면, 소설을 둘러싼 아름다움은 충분히 설명되지 않을 것이다. 화자가 유발한 수중 사고에는 언니와 닮고 싶고 사랑받고 싶었던 아이의 일그러진 갈망이 숨어 있다. 이 시기의 복잡한 감정의 실타래와 대면하는 화자의 수치는 역설적으로 아름답다. 이는 언니가 견뎌온 불청객의 감각을 내 몸의 감각으로 전이시켜 그 고통을 되살려내는 최선의 방책으로서 기억을 괴롭게 끌어안는 일이기 때문이다. 이들은 서로에게 영원히 두렵고도 먼 '여름 손님'으로 남게 될까. 자신이 저지른 과오의 물결 속으로 기꺼이 침잠하기를 택하는 화자의 손님-되기는 언니라는 존재를 자기 삶으로 끌어오기 위해 바치는 가장 지독하고 아름다운 제의일지도 모른다. 등뒤에서 울리는 이중의 종소리를 들으며 치르는 자신의 장례식에서 언니는 처음으로 주인의 자리로 몸을 옮긴다. 이는 화자가 유령이자 손님으로 자신을 위치시킴으로써 완성되는 가장 고통스러운 형태의 환대다. 그렇게 소설은 손님과 주인이 뒤바뀌는 회전문의 리듬 속에서 이름 붙일 수 없는 관계의 지평을 연다.

5

이주혜 소설에서 번역은 몸을 바꾸는 변신이다. 여성의 상처는 다른 이의 번역을 통해 다시 쓰인다. 기존 상징 질서의 언어를 버리고 여성의 언어로 이동하는 과정에서 필요한 매개체는 '물'이다. 자정이 넘은 한밤중에 물속에서 기존의 몸이 흩어지면서 현실과 꿈의 경계에 틈이 열리면 그들은 다른 존재와 만난다. 그 존재들은 그들보다 앞서 억눌려 살아야만 했던 여성들이기도 하고, 식물이기도 하며, 공중제비를 넘는 여우처럼 종잡을 수 없는 비인간 존재들이기도 하다. 그 시간을 괄호가 열리는 시간이라고 해도 될까. 자신을 규정해둔 괄호가 열릴 때, 그 틈으로 쏟아지는 것은 자아가 상실되는 공포이자 다른 존재로의 이행이 야기하는 해방이다.

그 변신의 첫번째 풍경을 우리는 「초록 비가 내리는 집」에서 보게 된다. 고딕 서사의 새로운 변주로 보이는 이 소설은 세 장에 걸쳐 가부장적 질서의 해체와 식물적 연대를 그린다. 첫번째 장에서 '양순덕'은 시한부 판정을 받은 뒤 생애 마지막 숙제로 백 개가 넘는 화분을 갈무리한다. 평생 자신을 교육과 계몽의 대상으로 하대해온 남편은 그의 마지막 관심사가 아니다. 양순덕은 자신보다 오래 살아남을 식물들을 위해 분갈이용 흙과 영양제를 챙기고, 공책 하나에 화분 백 개의 목록을 만들어 꼼꼼하게 기록한다. 그가 회상하는 말에 식물들이 호응하듯 좌우로 한들거리고, 널찍한 잎을 부르르 떨며, 통통한 잎을 끄덕일 때, 양순덕은 이미 남편의 문법을 벗어나 식물적 언어와 결탁해 있다. 그 식물들 앞에 "부끄러운 어머니로 죽고 싶지는 않다는 생각"(133쪽)이 주는 힘으로 그는 남편에게 교육받은 대로 쓰인 마지막 편지를 찢어버린 뒤, "부디 화분들만은 죽이지 말아주세요"(134쪽)라는 진심어린 당부와 묘비명만을 남긴다. 죽음 앞에서 그간 주입받아온 훈육적 문법들을 버림으로써 사십 년간 그를 옭아맸던 무지한 아내라는 틀은 뜯겨나간다.

두번째 장에서 '박천일'이 받는 고통은 식물적 침투에 의해 붕괴되는 주체를 보여준다는 점에서 고딕 서사의 전형적인 양상을 보인다. 아내가 유서에 남긴 묘비명 "또한 그대도 영원할 수 없으며 그들이 영원할 수 있겠는가?"(125쪽)라는 문장은 그의 오만한 통제 계획을 식물의 무심하고도 압도적인 비인간적 시간 앞에 끌어다놓는 선언이다. 아내를 부끄러워하며 숨기고 자신의 불임이라는 결점도 은폐해온 그의 세계는 "부디 화분들만은 죽이지 말아주세요"라는 문장의 조사에 담긴 원한의 날과 함께 아내를 죽인 죄가 적발되고 탄로나는 악몽으로 가득찬다. 화분들은 그를 뒤늦게나마 심판하는 아내의 분신이다. 화분이 차례차례 시들어가며 박천일 역시 살이 빠지고 뼈가 삭는다. 급기야는 오뉴월 한복판에 냉해를 입은 화분 앞에서 그는 식물이 뿜어내는 분노의 정념에 결국 집을 포기하고 도망치게 된다.

세번째 장은 '다시 쓰기'의 연대가 시작되는 지점이다. 교수 임용을 앞두고 모교 교수의 성추행을 참지 못해 반격한 뒤 공황장애에 시달리며 변두리로 밀려난 영문학 대학 강사 '손우정'은 이 집 창고에서 양순덕의 공책을 발견한다. 고루한 계몽의 언어로는 결코 번역될 수 없었던 이 생동력 넘치고 야생적인 식물적 기록 앞에서 손우정은 "1970년대 약진했던 미국 여성 시인들의 시집을 처음 접했을 때처럼 가슴이 뛰"(146쪽)는 문학적 경이를 감지한다. 그에게 신호를 보내듯 창밖으로 녹색의 뭔가가 빠르게 스쳐간 뒤, 손우정은 똑같은 공책을 사서 일지를 기록하며 죽어버린 식물들을 살려보려 시도한다. 오역되고 말소된 생을 다시 쓰는 번역은 그들이 서로를 알아보며 그렇게 다시 시작된다. 양순덕을 지탱해주었던 자식 같던 화분들은 손우정에게 사나운 세상을 버티는 동지가 된다. 천둥번개를 동반한 폭우 앞에서 화분 백 개와 하나하나 눈을 맞추며 손우정은 속삭인다. "우리 꼭 살아남자."(149쪽)

자정이 넘은 시간 쏟아지는 폭우 속에서 손우정이 읽어나가는 그리스신화 속 새로 변한 두 자매의 이야기는 의미심장하다. 형부에게 강간당하고 혀를 잘린 필로멜라가 자신의 피해 사실을 옷감에 수놓아 언니 프로크네에게 증언하고, 그 사실을 알게 된 언니는 필로멜라를 탈출시키고 남편을 닮은 자신의 아들을 죽여 남편에게 복수한다. 이 신화를 경유하며 양순덕과 손우정은 시공간을 초월해 유사 자매로 다시 탄생한다. 혀를 잘린 필로멜라가 언어를 잃었음에도 수를 놓는 방식으로 기어이 자신의 언어를 찾아냈듯, 양순덕은 박천일의 훈육적 언어로는 결코 포획할 수 없었던 식물의 생태를 기호들의 자수처럼 공책에 새겨넣었다. 손우정이 그 기록의 끈기와 아름다움에 공명하며 울 때, 양순덕의 생애는 비로소 적절한 번역자를 만나 다시 살아난다. 그러므로 손우정의 꿈속에서 가느다란 초록의 덩굴손들이 미끄러져 들어와 방을 가득 채우고, 빨간 꽃이 탐스럽게 피어나고, 그 꽃의 초록색 혀가 제비가 되어 날아오르며 노래하는 장면은 필연적이고 찬란한 변신의 정점이다. 박천일에게는 살을 삭게 하는 복수의 징후이자 공포였던 식물의 침투가 손우정에게는 고립된 방을 우주적 생명력으로 치환하는 해방의 기폭제가 된다. 세상으로부터 유리되어 침잠하는 대신, 서로의 고통을 알아본 이들이 이룬 변신의 공동체는 이제 더없이 요란한 천둥의 소리로 울려퍼진다. 끊임없이 되살아나는 식물의 끈질긴 영속성 안에서, 그들은 붉고 푸른 식물적 주체로 다시 태어난다.

번역의 육체성이 품은 변신의 힘으로 해방에 이르는 절정에

「괄호 밖은 안녕」이 있다. 번역가인 주인공은 번역의 출발어와 도착어가 없는 곳에서 오롯이 텅 빈 상태로 휴식하길 소망하며 홋카이도로 떠난다. 그 여정 위로 십이 년 전 눈밭에서 본 온몸의 털이 태양을 닮은 붉은여우의 강력한 기억과, 어린 시절 한자 '옥玉'을 맞히고 아버지에게 보상으로 받았던 주황색 나리꽃의 기억이 교차한다. 아버지의 언어를 알아본 대가로 주어진 그 꽃이 상징적 질서 속에 편입되는 인정의 기쁨으로 각인되었다면, 지금 그에게 제멋대로 찾아오는 기억들은 해석을 거부한 채 몸의 감각을 두드리는 물리적 충격에 가깝다.

　이주혜에게 기억의 허방에서 빠져나와 몸을 바꾸는 일은 언제나 물과 연루된다. 호텔 노천탕에서 헤엄치고 있던 희끄무레한 형체와 비와 안개에 젖은 깊숙한 산길에서 맞닥뜨린 맨발의 여자는 그 변신을 알리는 전령이다. 붉은 기가 도는 긴 머리카락을 지닌 그 여자의 말은 논리적인 소통을 거치지 않고도 "단단한 괄호에 담겨 곧바로 내 몸에 도착"(82쪽)한다. 이 여자의 맨발은 무의식 속에 잠겨 있던 또다른 여성—폭력을 피해 갓난아기가 있던 집에 뛰어들었던 604호 여자의 다친 짐승 같은 표정과 젖이 돌던 가슴—의 기억을 소환하며, 시공간을 초월한 여성적 고통의 지도를 완성한다. 하코다테산을 내려가는 길에서 마주친 제복 남자는 이곳은 여자 혼자 돌아다니기에 너무 위험하다는 경고를 남기며, 맨발의 여자는 전혀 인지하지 못한다. 제복 남자로 상징되는 견고한 상징 질서의 눈에 이 여자는 포착되지 않는 비존재이지만, 화자의 감각 안에서는 더없이 붉고 생생하게 실재한다. 여자가 이끈 묘지에서 주인공이 "어느 곳에서 죽어도 끝까지 외인으로 살다 갈 것"(93쪽)이라 다짐하는 동안, 갑자기 사라진 여자는 지붕 아래 흰색 구조물 한가운데서 일몰의 기운을 받아 활활 타오르는 붉은 머리카락을 펼쳐놓은 채 짐승처럼 누워 있다. 이 평온함은 상징 질서의 문법 밖으로 완전히 탈주한 존재만이 누릴 수 있는 안식처럼 보인다.

자정이 넘은 시간 화자는 노천탕에서 천천히 헤엄치며 "내가 지금 여기의 내가 아니기를. 내가 이 몸이 아니기를. (……) 물을 가르고 몸을 뒤집고 다시 물을 가르며 출발하다 영영 다른 존재에 도착하기를"(94~95쪽) 간절히 소망한다. 그리고 한밤중 현실과 꿈의 경계가 열린 틈으로 들어온 '그것'은 "낯선 언어의 숨"(95쪽)을 불어넣으며, 치마 속에서 긴 꼬리를 꺼내 화자의 등 가득 해석할 수 없는 언어를 채워넣고는 공중제비를 넘어 창밖으로 사라진다. 이제 화자는 해석할 수 없는 언어를 담은 괄호가 된다. 이 장면을 이주혜 소설론의 핵심이라 말해도 좋지 않을까. 번역은 필연적으로 어떤 낙차를 유발하고, 그 흐름을 따라 몸과 언어 역시 유동한다. 그래서 번역하는 몸은 마치 살아 있는 물처럼 낯선 몸과 해석할 수 없는 언어들을 자신의 몸에 기꺼이 허락하며 혼돈과 미지의 영역으로 들어선다. 그리고 그 순간에 주체는 텍스트를 장악하는 주인이 아니라, 미지의 언어가 머물다 가는 유연한 괄호로 변이한다. 괄호가 된다는 것은 외부의 존재들이 스며들 수 있게 열린, 구멍 뚫린 상태가 된다는 뜻이다. 이주혜의 소설은 바로 그 괄호의 틈새에서 상처 입은 여자들과 이름 없는 비인간들이 몸을 맡기고 자유롭게 흘러다닐 수 있는 물의 세계를 구축한다. 괄호가 되어 끊임없이 내가 아닌 다른 존재에 도착하며 '번역되는 몸(변신하는 몸)'으로 살고자 하는 여정 위에 『괄호 밖은 안녕』은 놓여 있다.

이주혜가 번역한 엘리자베스 비숍의 시 「큰사슴」은 이번 소설집의 정조를 압축하는 에피그램으로도 읽힌다. 밤새 달리는 버스 안에서 지루하고 남루한 인생사들이 오가고 삶에 대한 체념 섞인 긍정인 "그래⋯⋯"와 날카로운 숨소리가 지나간 뒤, 갑자기 큰 사슴 한 마리가 깊은 숲에서 나와 도로 한가운데 선다. 인간의 질서를 멈춰 세운 그 비인간 존재가 위엄 있고 초연하게 인간들을 굽어볼 때, 승객들은 경이로운 탄복을 내뱉는다. "왜, 우리는 왜/ (우리 모두) 이토록 달콤한/ 기쁨의 감각을 느끼는 걸까?"[7] 그 '기쁨'이야말로 이주혜 소설이

------

7) 엘리자베스 비숍, 「큰사슴」, 『우리는 내륙으로 질주한다』.

도달하고자 하는 지점이라고 말하고 싶다. 살아 있는 물처럼 계속 이동해나가는 일, 그 유동적인 미끄러짐 속에서 급작스럽게 등장하는 기억이나 타자와 대면하는 일, 그 침범을 견디며 자신을 온전히 내맡기는 일. 이 일련의 과정은 결국 어떤 진실에 잠시 닿으며 기존의 속박을 끊어내고 다른 존재로 진입해 자유로워지는 변신의 기쁨으로 이어진다. 급작스럽게 등장한 존재 앞에 멈춰 서서 자신의 몸을 괄호로 내어줄 때, 우리는 작은 경이 속에서 서로를 새롭게 창조해내며 삶을 발명한다. 자기가 괴물이라고 생각해온 어린 소년 게리온이 비로소 검은 바다를 향해 날아오르는 순간은 자신의 얼굴과 몸이 무엇에도 붙들려 있지 않고 비어 있음을 알아차렸을 때일 것이다. 터져나오는 물과 같은 이 해방의 자리야말로 이주혜가 지금 가닿은 가장 투명한 인생의 번역이다.

작가의 말

작가의 말

쓰는 사람으로 살면 이따금 시간 여행이 가능해진다. 일기든 소설이든 상관없다. 지금을 기록하는 일은 미래에서 온 타전을 향한 답신이다. 시간은 끊임없이 위치를 간섭하고 한때의 나는 또 어느 순간의 나를 살린다.

두번째 소설집을 엮으면서 간간이 과거에서 온 안부 인사를 받았다. 안개의 도시 구시로의 사슴 키리는 오늘도 뿔이 야물기를 바라며 부지런히 먹이를 찾아다녔고, 하코다테 외국인 묘지에서 만난 맨발의 붉은 머리 여자는 해가 넉넉한 오후면 비탈에 누워 젖은 몸을 말렸다. 시인과 번역가와 소설가와 철학자(불안의 무게순)는 각자의 물가를 산책중이고, 손우정의 화분은 백 개에서 백삼십 개로 늘어났다. 할리와 로사는 지난 여름 함께 홋카이도를 다녀왔는데 그것이 인생 첫 해외여행이 었던 할리는 로사에 대해 예상보다 많은 사실을 알게 되었다. 윤은 젠더학을 공부하러 간 에든버러에서 스코틀랜드의 잿빛 하늘을 볼 때마다 엄마와 함께 다녀온 샤코탄반도의 흐린 날씨를 떠올리며 어린애처럼 "엄마……" 하고 불러본다. 차수은은 최근 출간한 경장편소설 『은수』를 순영의 딸에게 헌정했으며 두 사람은 가끔 만나 영화를 보고 커피를 마신다. 다들 적당히 고통스럽고 적당히 불안하며 적당히 즐겁다.

지난 2월, 「여름 손님입니까」의 배경이었던 호텔을 삼 년 만에 다시 찾아갔다. 입구에 이십사 시간 향이 피어오르고 회색 묘비로 빼곡한 묘지가 바로 옆에 있는 그 호텔 말이다. 향 연기는 변함없이 내 무릎 높이에서 일렁였다. 체크인을 막 마치고 방에 들어갔을 때 놀랍게도 모 출판사로부터 「여름 손님입니까」에 관해 묻는 전화를 받았다. 간단히 소설 이야기를 나누고, 속으로는 그 우연에 놀라워하며, 창문 너머로 묘지와 바로 옆에 붙은 절의 기와지붕을 내려다보았다. 통화를 끝내자 뒤통수를 치듯 적막이 찾아오면서 뜬금없이 롤랑 바르트의 유명한 말이 떠올랐다.

작가는 죽었다.

저 아래 묘지에서 눈을 떼지 않고 바르트의 문장을 이어 말해보았다.

작가는 죽었다. 그리고 그 죽음의 자리에서 비로소 소설은 시작된다.

'비로소'를 '겨우'로 바꿔볼까. 부사의 남용을 피해야 하나. 그러나 편집될 가능성을 두려워하며 부사의 남용과 병치를 선택해본다.

작가는 죽었다. 그리고 그 죽음의 자리에서 비로소 소설은 겨우 시작된다.

묘지 옆에는 꽤 키가 큰 석등이 하나 있고 그 주변으로 길쭉하고 작은 화단이 있었다. 도착한 날 화단에는 붉은 동백꽃이 화사하게 피어 있었다. 호텔에 드나들 때마다 동백의 사진을 찍었다. 서울로 돌아오는 날 동백은 좀 시들었고 대신 서향이 꽃망울을 잔뜩 매달고 있었다. 서향은 다른 말로 '천리향'이라고도 한다. 천리를 간다는 그 향을 맡지 못하고 떠나는 게 아쉬워 사진만 잔뜩 찍었다. 카메라에 향기가 담기기라도 하는 듯이. 공항으로 가는 길, '비로소'와 '겨우' 곁에 다른 부사를 넣고 싶은 마음이 간질거렸다. 활짝.

소설 곳곳에 죽음이 서성인다는 사실을 뒤늦게 깨달았다. 묘지도 나오고 무덤도 나오고 죽은 이도 죽은 이를 그리워하는 이도 살고 싶어 애쓰는 이도 살아 있다는 게 부끄러운 이도 나온다. 죽음은 늘 반복되고 새로워진다는 게 모순이 아님을 나이들수록 알게 된다. 죽음과 삶의 경계가 의외로 얄팍하고 허술하다는 것도. 그 곁을 함께 걸어준 친구들이 있다. 고맙다는 말은 진부하지만 남용하고 싶다. 많이 고맙고 비로소 고맙고 이제야 겨우 고맙고 활짝 고맙다.

겨우내 책 한 권을 만들기 위해 문장 사이, 장면 사이를 살피고 고치고 다독여준 문학동네 편집부, 특히 책임편집을 맡아 함께해준 최예림 편집자에게 진심으로 감사드린다. 책의 탄생을 도모하는 편집 일이란 처음부터 끝까지 지난한 돌봄노동에 해당하지 않나, 하는 생각에 숙연해지는 순간이 많았다. 과분한 추천사로 격려와 응원을 건네준 구병모 작가님께 고백하고 싶다. 책과 책으로, 문장과 문장으로 우정과 신의와 존경 같은 것들이 물리적으로 오갈 수 있음을 덕분에 알게 되었다고. 강

지희 선생의 해설은 '번역하기'에서 '번역되기'로, '괄호 치기'
에서 '괄호 되기'로 흘러가고 싶은 내 오랜 욕망을 유일하게
간파한 눈 밝은 동지의 위로 같았다. 해설을 읽은 날 나는 "단
한 사람만 있어도 사람은 산다"라고 노트에 썼다.

　집에 돌아와 짐을 풀었는데 뜻밖에 호텔 안에서 입고 돌아
다닌 실내복에 향냄새가 은근하게 배어 있었다. 천리향이 채
피지 않은 자리에서 향냄새는 이곳까지 나를 따라왔구나 싶어
눈물이 나올 만큼 좋고 왠지 서글펐다. 그 호텔의 향은 산 자
와 죽은 자를 공평히 위무하고 있었다. 그런 소설을 쓰고 싶
다. 당신의 옷자락에, 머리카락에 은은하게 배어 함께 서성이
는 그런 이야기를, 그런 문장을 건네고 싶다. 비로소, 겨우, 그
리고 활짝.

2026년 봄

이주혜

| 수록 작품 발표 지면 |

안개의 기분 …… 『쓺』 2024년 상권

여름 손님입니까 …… 문장웹진 2024년 8월호

괄호 밖은 안녕 …… 『문학과사회』 2024년 가을호

이소중입니다 …… 『현대문학』 2023년 5월호

초록 비가 내리는 집 …… 『여름기담: 순한맛』(읻다, 2023년)

할리와 로사 …… 『가능하면 낯선 방향으로』(다람, 2025년)

맘껏 슬픈 사람 …… 『현대문학』 2024년 9월호

순영, 일월 육일 어때 …… 『언니라고 불러도 될까요』(&(앤드), 2025)

문학동네 소설집
괄호 밖은 안녕
ⓒ 이주혜 2026

초판 인쇄 2026년 3월 30일
초판 발행 2026년 4월 10일

지은이 이주혜
책임편집 최예림 | **편집** 황문정 김봉곤
디자인 이현정 최미영 | **저작권** 박지영 형소진 주은수 오서영 조경은
마케팅 정민호 서지화 박치우 한민아 왕지경 이민경 정유진 정경주 김예진 김혜원 이서진
브랜딩 함유지 이송이 박민재 김하연 신은서 이준희
미디어콘텐츠 함근아 김은솔 박다솔
제작 강신은 김동욱 이순호 | **제작처** 한영문화사

펴낸곳 (주)문학동네 | **펴낸이** 김소영
출판등록 1993년 10월 22일 제2003-000045호
주소 10881 경기도 파주시 회동길 210
전자우편 editor@munhak.com | **대표전화** 031) 955-8888 | **팩스** 031) 955-8855
문학동네카페 http://cafe.naver.com/mhdn
인스타그램 @munhakdongne | **트위터** @munhakdongne
북클럽문학동네 http://bookclubmunhak.com

ISBN 979-11-416-0308-3 03810

* 이 책의 판권은 지은이와 문학동네에 있습니다.
  이 책 내용의 전부 또는 일부를 재사용하려면 반드시 양측의 서면 동의를 받아야 합니다.

잘못된 책은 구입하신 서점에서 교환해드립니다.
기타 교환 문의 031) 955-2661, 3580

www.munhak.com